媳婦好粥到

1

文創風 1020

踏枝 著

目錄

序文

踏枝

這是一個現代女孩穿越到古代，面對名義上的夫君「戰死」，家徒四壁，只剩下孤兒寡母，卻並不氣餒和自苦，憑藉自己勤勞的雙手、過人的手藝和善良的品性發家致富，並且贏得了親情和友情、愛情的故事。

這個故事在如今訊息爆炸的時代，或許並不算新穎，但我想寫的不過是大時代下一群勤勞善良質樸的人的縮影。

個人比較滿意的，是在此作品中的女性形象——她們不再是過去言情小說中刻板的為男人爭風吃醋、全然沒有自我、面目模糊的紙片人形象，她們有血有肉，有截然不同的性格，為了更好的生活付出努力。她們互相幫助、互相扶持，成就對方的同時成就了更好的自己。

當然，還有文中出現的幾個孩子，可愛機靈的同時那也是帶著鮮明的個人特色。

這些人有淚有笑，幾位配角的出彩程度，在某些讀者心裡，甚至有些超過主角。

不自謙的說，這算是一本群像戲十分精彩，不只是單純講述男歡女愛的小說。

但身為作者的我最喜歡的，卻還是這本書的女主。

她有別於我之前寫過的任何一個主角，她不止擁有聰慧、善良、勤勞等許多優點，同樣缺點並存——她以事業為主，好像一刻不得閒，不是很會享受生活，在人情方面並不算特別練達，甚至許多時候會顯得有些笨拙。

在本故事裡，因為她過人的手藝和機敏、聰慧的頭腦，受到了德高望重的人的信賴和讚賞，她本可以很輕易地就改善自己的生活，而到了劇情中期，她那位素未謀面的「戰死」夫君回來了，榮華富貴更是唾手可得，許許多多的強者就在她身邊，但她自始至終，從來沒想過成為誰的附庸。她朝著自己認定的目標，堅定不移地做著自己想做的事。人人都說她辛苦，可她自己不覺得，她樂在其中，心志堅定。

我創造了她，卻也被她鼓舞和影響。

希望看了這本書的你（妳），也能感受到她身上散發的蓬勃生機和力量。

第一章

盛夏深夜，一絲風兒也無。

月至中天，萬籟俱寂。空中濃雲掩住月色，只留幾顆暗淡的星，夜色深沈似濃稠的墨。壩頭村內的莊戶人都早早地歇下了，寂靜的田野間只聽得嗚咽風聲和斷斷續續的狗吠。轟隆幾聲悶雷過後，一道閃電劃破夜空，一個鬼祟的身影突兀地出現在田間。

來人左顧右盼、東張西望，在確定四下無人之後，來到村東頭唯一一戶還亮著燈的人家，躡手躡腳地翻過了土牆。

此時，這戶人家裡，顧茵臥在炕上，正定定地望著桌上的一豆燈火出神。

就在幾天前，她還是生活在現代的一個普通人，大學畢業後就繼承了家裡的老字號粥鋪。粥鋪是顧茵的爺爺留下的，照理說這手藝應該先傳給兒子、兒媳婦，但不幸的是，顧茵的父母在她剛上大學那一年就車禍去世了。

為了成全養大自己的爺爺的心願，顧茵大學畢業後放棄大城市的生活，回到家鄉。後來沒多久爺爺就去世了，顧茵孑然一身，全身心地投入粥鋪的經營上。

不過兩年，顧家的老字號粥鋪生意越發紅火。

顧茵一口氣開了數家分店，正準備大展宏圖之際，卻在加班的時候暈了過去。

一片黑暗之後，再睜眼，她就穿到了眼下這個時代，成了一個同名同姓的農家小媳婦。

這邊的顧茵比她可慘多了。

顧家家徒四壁，親娘病逝之後，親爹續娶了後娘。後娘生了兩個兒子後，家裡更是窮得叮噹響。後頭她長到快十歲，老家鬧了蝗災，親爹帶著後娘，和幾個兒女逃難到了這裡。

這裡雖然沒有災難，但一家子的銀錢都在逃難途中花盡了，吃飯都成了問題。

後娘本就容不下她，枕頭風遞了兩、三回，顧老爹就把那時候還叫顧大丫的閨女拉到路邊，插上了草標。

當天，顧大丫就讓壩頭村的武家買了回來。

這壩頭村武家是地裡刨食的莊戶人，人丁也單薄，照理說並沒有富裕到能買丫頭回來伺候的地步，但這家的大兒子武青意早些年被一個雲遊術士批了命，說是命硬剋妻的孤煞命數。村子裡信奉這種神神道道的人家不少，加上王氏眼光也高，模樣差一些的還入不了她的眼，是以武青意雖然生得人高馬壯、容貌俊朗，卻一直到十五歲了還沒說上親。鄉下人都成家早，十四、五歲當爹娘那都不是稀罕事，眼瞅著再拖下去兒子就得去和嫁過人的小寡婦相看了，武家當家太太王氏急得嘴邊都燎起了兩個大火泡。於是後頭武家夫婦一合計，就準備用所有積蓄去人牙子那裡給兒子買個童養媳，然後就正好遇到了路邊插著草標的顧大丫。

小丫頭那會兒餓得面黃肌瘦，頂著蓬亂的頭髮，一身髒得看不出顏色的衣褲，細瘦伶仃的脖子支著個大大的腦袋，看著也就八、九歲大，但就是那般狼狽的形容，都沒能蓋住她姣好的五官和清亮的眼神。

顧家老爹也是個會來事的，當時看到王氏停下腳步就立即上前推銷，說自家死掉的元配是在大戶人家裡當過丫鬟的，樣貌在他們鄉下是出了名的好，自家丫頭被教養得聰明又伶俐，雖說現在餓的樣子差了些，但所謂龍生龍、鳳生鳳，老鼠生的兒子會打洞，這丫頭將來的模樣肯定是差不了！接著又報了一個十分實惠的價格。

武家夫婦本是積攢了十兩銀子準備買個體面丫鬟的，眼前的顧大丫卻只要一半價錢，這如何不讓人心動？不過王氏在把顧大丫仔細打量之後，還是做出了一副不甚滿意的模樣，說她看著那麼小，自家兒子卻是十五了，這得養多少年、填進去多少糧食才能當媳婦兒啊？人牙子那裡的丫頭雖然貴一些，但不乏年紀大一些、已經長成的，買來可就能立刻成事哩！

因為這樣，顧老爹又降了價，最後以四兩銀子成交，顧大丫成了武家人，而顧老爹得了銀錢，當天就帶著老婆跟兒子離開了這裡。

王氏省下一大筆銀錢，心情正美，當即帶著顧大丫淘換了一身新衣裳，途中遇到一個給人寫文書的窮秀才，還讓人給她起了個新名字，也就是顧茵這個略顯文氣的名字的由來。

再後頭，顧茵就到了武家。

武青意那時尚且不知道爹娘的打算，冷不防見家裡多了個人才知道眼前這小丫頭是自己未來媳婦兒。小丫頭說是十歲，看著卻像和他差著輩分似的，這他哪裡願意？加上武青意心胸也是豁達，早就想好了自己既剋旁人，就孤家寡人地過一輩子，反正爹娘都年輕，後頭總還能給家裡添丁，延續香火。

無奈王氏銀錢已經花出去了，自然不肯做賠錢的買賣，只說先把顧茵養在家裡，若是大了還不討武青意喜歡，就當作乾閨女從家裡嫁出去。

如是過了三年，顧茵在武家吃得飽、穿得暖，終於從貧弱的樣子中掙扎了出來，長成了一副清麗秀氣的少女模樣。

王氏滿心歡喜，只覺得自己那四兩銀子花得值。就顧茵這美人胚子的長相，不說十里八鄉，就是縣城裡都鮮少有比她更好看的！

也就在這一年，朝廷突然開始強徵壯丁入伍攻打叛軍，凡是家裡沒銀錢疏通關係的，一個男丁不留，都得上戰場拚命去！

當時懷著身孕的王氏五內俱焚卻也無計可施，只能眼睜睜看著自家男人和大兒子被徵召。

臨分別前，王氏堅持讓武青意和顧茵拜了天地。

武青意也算是克己守禮，入洞房那一夜並未對顧茵做什麼，還帶著歉疚地同她道「娘還懷著身子，我和爹又都要走了，我怕她受不住打擊，只好應承她。我此去凶多吉少，今遭也只是權宜之計，圓我娘一個心願罷了。若是我有命回來，我自然待妳好一輩子；若是不得回，妳過兩年便可自行改嫁。我娘嘴凶心軟，到時候自然不會為難妳」。

武青意念過幾年學堂，說起話來文謅謅的，顧茵原身在家中驟然發生變故後更是腦子發懵，根本沒懂他這一番話的意思，只把他每句話都記在心裡，重重地應了一聲。

半年之後，王氏生下了小兒子，取名為武安。自此三人相依為命，日子雖然清苦，但到底王氏和顧茵都是能做活的人，也總算是熬過了五年。

然而沒承想，前兒個來了消息，說是朝廷在前線的軍隊被叛軍打得全軍覆沒！那前線可不就是武爹和武青意被徵召前去的地方？王氏和顧茵雖然早就做好心理準備，但猛地聽聞這消息，都驚得暈死過去。王氏身子骨好，暈沒多大會兒就自己醒了。可憐顧茵到底年輕，禁不住事情，就此病了下去，一場高熱發起來，最終現在的顧茵穿了過來。

整理好思緒後，顧茵忍不住嘆了口氣。

作為一個現代人，架空穿越的小說和電視劇她也沒少看。但一般穿過去就算不是什麼哪家小姐、貴女的（那是宮廷侯爵文），也得有個奮發上進、一心科考的弟弟或未婚夫（那是科舉種田文），結果呢，她穿過來就是個童養媳，兼還是個小寡婦！倒是有個小叔子，但是武安那孩子還未出生家裡就遭逢巨變，到現在都五歲了，愣是沒讀過一天書，還是個文盲啊！怎麼想，未來的路都艱難得很！顧茵忍不住又是一嘆。

正在這時，屋門吱嘎一聲開了，進來個荊釵布裙的婦人。

婦人看著不到四十，面容仍有幾分年輕時的風采，卻是長眉吊眼，面上還有兩道溝壑似的法令紋，平添不少年歲不說，看著還十分不好相與，這正是原身的養母兼婆母王氏。

王氏把藥碗重重地往桌上一擱，見著她就罵道：「一炷香不到的功夫就聽妳在屋裡嘆了幾十次氣，不知道的還當咱家遭了多大的難呢！」

隨即，王氏想到自家男人和大兒子該是沒了，可不是遭逢大難了？但她這當家的也沒做顧茵這作派，因此心裡越發不耐煩，面容又凶狠上了幾分，惡聲惡氣地拍桌道：「起來吃藥！怎麼，還等著我伺候妳？」

原來的顧茵很怕王氏。王氏待原身雖不如親生子，但總歸沒有像後娘那樣磋磨她，照理說並不該如此，可王氏長相凶、嗓門大，嘴皮子也索利，罵起人來能幾十句不帶重複，還動不動就嚇唬原身說要把她賣了換銀錢，給武安做束脩、唸學堂，把膽小的原身唬得一愣一愣的。當然，其實怕王氏的也不止原身一個，這壩頭村幾乎就沒有罵得過王氏的人，不然他們家孤兒寡母的，過不了這麼些年的安生日子。

顧茵倒不是很怕她，只覺得武青意的話沒說錯，王氏只是個嘴硬心軟的。不然遠的不說，就說自己聽聞噩耗後這一病，纏綿病榻月餘，尋醫問藥掏空了武家最後的家底，王氏但凡心狠一點，早該斷了藥，省下銀錢，讓原身自生自滅，也輪不到她來代替原身活這一遭。

王氏看她起身動作慢，便越發來氣，桌子拍得乒乒作響，藥碗都跟著跳了兩下。

門上又是吱嘎一聲，五歲大的小武安趿著鞋進來，一面揉眼睛、一面嘟囔道：「這大半夜的，娘怎麼還在嫂嫂屋裡大喊大叫？嫂嫂還病著呢……」

王氏心情差，對著親兒子也是一頓無差別的懟。「你也知道大半夜？你娘我在外頭幹了一天活計，侍弄完田地還要去給別人家洗衣裳，回來還得給你嫂子煎藥，可不就忙活到現在？你也知道你嫂子病得下不來床，就蹺著腳在屋裡當少爺呢？」

這話罵得冤枉。從前家裡的活是王氏幹的最多，顧茵排第二，年紀小的武安排第三。前頭顧茵病後，就是王氏攬著外頭的活，武安料理家事並照顧嫂子。

這個年紀的孩子，哪個不是在外頭渾玩？也只有小武安自小比旁人懂事，既勤快又能幹，說是照顧嫂嫂就寸步不離地看著，論妥貼細緻，一般大人都比不上他。

煎藥這活兒本來武安說他可以的，但他人小閱歷淺，王氏怕他糟蹋了金貴的藥材，再三強調要等自己回來煎藥。

不過武安知道自家老娘心情差，也不爭辯，只笑了笑說：「等娘用夕食等晒了，回炕上一躺就睡過去了。娘該一回來就喊我的，我這就給娘熱夕食去。」

聽他這麼一說，王氏的火氣就下去泰半，桌子也不拍了，眼睛也不冒火了，先說自己去熱飯，又說讓武安給顧茵餵藥，再讓顧茵別掙扎著下地，別都快好了又著了風寒。一通吩咐下來後，王氏又行動如風地出去了。

「娘就是這樣，心裡還是關心嫂嫂的。」小武安又對顧茵笑了笑。「嫂嫂別放在心上，病中不好情緒波動的。」

這些年武家的條件並不很好，武安說是五歲，其實身量單薄，個頭也比同齡人矮上不少，看著也就三、四歲，站在桌子旁堪和桌面齊平。眼見他踮起腳尖，小小的雙手捧著藥碗坐到炕沿上，遞到自己面前，黝黑的小臉上滿是真切的關心，顧茵心頭一軟，也跟著笑了笑，先就著他的手，兩三口灌下了湯藥，這才道：「我曉得的。」

小武安看著她喝完了藥，又拿了帕子給她擦嘴，一通忙完後才又迷瞪著眼睛打呵欠。

這個年紀的孩子本就貪睡，白日裡又是他一直忙著照顧自己，顧茵看著不落忍，就把他拉到炕上，脫下他的小鞋子，讓他在自己被窩裡睡下。

小武安睏得眼睛都睜不開，卻仍道：「娘說我大了，不好像從前膩著嫂嫂的。」

顧茵把薄被給他蓋好，一隻手在他胸口輕拍，緩聲哄道：「就瞇一會子，等娘忙完了讓她把你抱回屋去。」

兩人正說著話，卻聽靜謐的夜色中忽然傳來一聲脆響。

「娘怕是又失手打了碗……」武安閉著眼嘟囔了一句，翻個身就打起了小呼嚕。

王氏的性子風風火火，做事也有些毛躁，摔壞東西這種事再平常不過，顧茵也跟著莞爾。但那聲脆響之後，外頭並沒有像往常那樣傳來王氏罵罵咧咧的動靜，只聽得狂風嗚咽，如泣如訴，靜謐得有些詭異，顧茵心頭一陣狂跳，隱隱覺得情況不對！

顧茵看了一眼睡得香甜的小武安，而後下床出了屋，輕手輕腳地到了灶房外。

灶房裡點了油燈，昏黃的光從窗上的油紙縫裡透出來，靜得彷彿裡頭沒有任何人。

「娘，您怎麼了？是不是把碗打了？」顧茵裝作家常口吻，在門口詢問。

等不到裡頭的回應，顧茵在院子裡摸了根洗衣服的木槌，緊緊握在手裡。

此時灶房裡，王氏正被人死死捂著嘴巴。

聽到外頭的聲音，男人低聲道：「不想妳兒子沒命的話，就給我老老實實的！」

別看王氏方才和顧茵他們說話的時候橫得跟什麼似的，此時卻被嚇得兩股戰戰、滿頭冷汗，她認出眼前的男人是村裡的地痞——李大牛！

這李大牛人如其名，壯得像頭牛，空有一身力氣卻正事不幹，鎮日裡就做些偷雞摸狗的事。但因為他叔叔是此間里正，膝下無子，把他當親兒子那般疼，因此村裡人雖然都厭煩他，卻沒人敢把他怎麼樣。

從前武家有兩個壯勞力，尤其武青意天生力氣大，十五歲便能徒手裂石，李大牛欺軟怕硬，就從來不敢把主意打到武家來。日前聽到消息說武家男人都沒了，李大牛這才動了歪心思，又特地等到一個伸手不見五指的黑夜，摸到了武家來。

李大牛本是衝著顧茵來的，可眼下在昏暗燈光下看王氏，倒也摸出一點不同的滋味。旋即他又想到，如今這家裡只有個五歲大的小兒，只要把顧茵騙進來，這婆媳兩個可不都是任他作為？於是他邪笑起來，又道：「讓妳兒媳婦進來，我就放過妳和妳兒子如何？」

王氏驚懼之下卻仍然死死咬緊牙關。

李大牛見王氏不肯張嘴，臉上的神情又凶惡了幾分。

就在兩人僵持的工夫，卻見灶房的門突然被人撞開！

李大牛本就做賊心虛，猛地一聽響動，不覺手下一鬆。

王氏瞅準機會，立刻掙脫了他的桎梏，扯開嗓子就喊「救命」！王氏素來嗓門大，一聲救命喊得那叫一個響亮，說是衝破雲霄都不為過。然而不巧的是，外頭同時響起一道雷聲，隨後瓢潑大雨傾盆而下，將王氏的聲音完全掩蓋了！

豆大的雨滴噼啪作響，李大牛暗道一聲「天助我也」，隨後轉身朝著王氏揮出一巴掌，直接把王氏搧倒在一邊，正準備再下狠手把她打得暈死過去，然而不等他動手，卻忽然感覺後腦勺一痛。

原來是顧茵在雷聲響起之際，無聲無息地到了他的身後，用盡全身力氣拿著手中的木槌打在李大牛的後腦勺之上！

然而大病初癒的顧茵手裡根本無甚力氣，李大牛踉蹌了兩下就穩住了身形。

李大牛伸手向後腦勺一摸，見手上已經染了紅色，身上的戾氣越發濃重。他轉頭瞥了幾步開外、仍然舉著木槌的顧茵一眼，輕蔑地笑道：「往常倒不知道妳這小娘子這般烈性！正好，爺就喜歡妳這種貞潔烈婦，夠味！」說罷，他又奔著顧茵而去。

滿嘴是血的王氏此時剛從地上爬起來，眼看著情況不對，就立刻從後抱住李大牛的腰，對著顧茵喊道：「妳來添什麼亂？還不快帶著武安跑！」

顧茵臨危不亂，沈聲道：「武安已經出了家門去喊人求救了，娘不用擔心，很快就會有人來拿這賊人！」

李大牛被王氏絆住也不惱，反而桀桀怪笑道：「小娘子何苦嚇唬我？你們家離其他人家來回至少得兩刻鐘，這會兒家家戶戶又都睡得香。就算妳未卜先知將武家小兒支喚出去了，可今兒個外頭風大雨大，武家小兒弱得像隻小雞仔似的，這跑出去尋到人來幫忙，怎麼也得要半個時辰吧？妳說，這半個時辰夠不夠我成事？」

顧茵本就是虛張聲勢嚇唬他的，卻沒想到眼前這個看著空有一身力氣、無甚腦子的男人竟不是那麼容易誆騙的！

「妳這蠢貨還囉嗦什麼？還不快跑！」王氏嘴裡的血流到了臉上，急得眼睛都紅了。

顧茵知道，自己不能退。

原身欠著王氏養育之恩，王氏這話一出，她的潛意識就湧出強烈的不願——這應是原身最後殘存的意識。顧茵哪做得出占了別人的身子卻違背原身意願的無道義之事呢？

再者，她眼下大病初癒、渾身發軟，外頭電閃雷鳴、大雨滂沱，就算她撇下王氏跑了，多半跑不出半里地就會暈死過去，更別說自從她進屋後，李大牛的眼神就像黏在她身上似的，想也知道他的主要目標是她。王氏能絆住他多久？那會子工夫，怕是遠不夠她逃脫的。

顧茵凝眉不語，垂下眼睛，濃黑鬈翹的眼睫像一對振翅的玄蝶，更襯得她臉龐瑩潤、白皙如雪。

李大牛望著她的容顏，一時不覺都看呆了。

這武家的童養媳果真是十里八鄉最好看的，不枉費他冒險過來採這朵嬌花！而且李大牛也想好了，女子都重名節，若他得手，占了顧茵的身子，只要這武家小娘子不是太蠢，總歸不會把事情鬧得太大。再者，村裡大多數男人都沒了，到時候再有他叔叔從旁幫忙，自然能把這件事徹底掩下去，說不定自此之後，整個村子的女人都能讓他給占了！

李大牛癡癡地望著顧茵，沒有再惡聲惡氣的，反而放軟了聲音，學著話本子裡的書生那般文謅謅地編瞎話。「小娘子，我也不是那等不會憐香惜玉的人。妳應該認識我，我是里正的姪子。我們李家可是本地的大姓，論起來，縣城裡的知縣老爺還是我家五服內的親戚呢！今兒個妳從了我，明兒個我就八抬大轎來娶妳。與其在武家當個小寡婦，怎麼也不如嫁給我呀，我保管妳下半輩子吃香的、喝辣的！」這話自然是胡亂瞎編的，顧茵再好看，到底是嫁過人的小寡婦，而且武青意那廝的名聲也差，說是天煞孤星。他也只是想占顧茵的身子，並不敢把這天煞孤星的媳婦兒討回家裡。

顧茵聽完了他的話不禁蹙起了秀氣的眉，似乎真的在認真考慮他說的。

李大牛又耐著性子繼續道：「往常我看著不著四六，但我保證只要咱倆成親，我就讓我叔叔給我尋摸個差事，好好幹活，好好待妳。今兒個這番前來，用強也不是我的本意，實在是愛慕妳久矣。」

顧茵咬著嘴唇，猶豫道：「你的真心我明白了，可是無媒苟合到底會讓人看不起。你說得對，我男人已經死了，沒得過這沒滋沒味的寡婦日子。不如你回去和你家裡人說定，明日三媒六禮前來提親。」

這番話一說，李大牛尚沒反應過來，王氏已經氣急敗壞地罵出口！

「妳明白個屁！好妳個顧大丫，老娘辛辛苦苦拉拔妳這麼大，妳轉頭就要和野男人私定終身?!」

顧茵氣憤地回嘴道：「妳雖養了我這些年，但我也沒在你們家吃白飯，哪日不是天沒亮就起來和妳一道做活？要不是妳買了我，說不定我就讓大戶人家買去了！我可聽說那大戶人家的丫鬟都穿金戴銀的，還有機會給主家當姨娘，比一般人家的小姐過得還如意呢！」說到這兒，顧茵還氣憤地瞪了王氏一眼，彷彿是真的早就恨極了她，壓在今日才一股腦兒地發作出來一般。

王氏氣得暴跳如雷，也不抱著李大牛的腰了，手一撒開就向顧茵撲去。

婆媳二人頓時就扭打在一起，竟一路從灶房門邊扭打到灶臺前。

李大牛看呆了，怎麼也沒想到顧茵的態度轉變得這麼快，也沒想到王氏方才還捨了性命都要救顧茵呢，眼下一言不合就和對方打得昏天黑地。

王氏厲害的名聲十分響亮，李大牛反應過來之後生怕她把即將要得手的小娘子給打壞了，連忙上前去阻止，然而他剛一手拉住一個，忽覺胸口一涼，他木愣愣地低頭一瞧，只見灶臺上的菜刀不知何時已經砍進了自己的胸膛！

李大牛小山似的身體轟然倒下。

顧茵和王氏氣喘吁吁，也嚇得不輕。

「我……我殺人了……」王氏愣住了，手中的菜刀哐啷一聲，落在地上。

顧茵閉了閉眼，穩住了心神，隨後俯下身摸了摸李大牛的鼻息和脈搏。「別怕，人沒死。」

王氏嚇得站都站不穩了，扶著灶臺才穩住了身形。

顧茵見她嚇得面無血色，便轉而誇讚道：「娘真是玲瓏心肝，我方才說了那樣的話，您卻能立刻反應過來是我的權宜之計。」

王氏得了誇獎，不覺得意道：「妳是我養大的，我還能不知道妳？」方才她聽著顧茵說的話就覺得很不對勁，好像是為了故意激怒她似的。她撲過去之後，顧茵對她打了個眼色，王氏立刻會意，兩人便做勢扭打在一起。後頭顧茵帶著她一路到了灶臺邊上，王氏不等她伸手，眼疾手快地就把菜刀攥在自己手裡。想到素來性子怯懦、遇事只知道躲自己身後的兒媳婦這次都有急智，王氏自覺當婆婆的也不能落了下風，便強迫自己冷靜下來。

見王氏臉上的驚懼消失了，也能聽進人說話了，顧茵就先拿菜刀遞給王氏看。「咱家的菜刀鈍，只刀尖染了一點血。」隨即她又蹲下身，指著李大牛胸口的傷口道：「這傷口不過手指長，出血量極少，只能算是破了點油皮，這人應該是被嚇暈的。」

王氏低頭一瞧，李大牛胸口的傷原來不過拇指長，那血跡洇濕了衣襟，說話的這會兒工夫便自行止住了血，比她嘴裡流的血還少呢！「阿彌陀佛！老娘還當自己殺人了呢！」王氏撫著自己的心口，大大喘氣，懸著的一顆心總算是落回肚子裡。

顧茵不禁哭笑不得地看了王氏一眼。

其實最開始她的意思是想找機會拿菜刀把李大牛嚇退的，畢竟李大牛再壯，也只是赤手空拳，又是一個人對她們兩個。王氏素來力氣大，一般男人做活都比不上她，她會那麼簡單被制住，純粹是李大牛有心算無心，搶得了先機，王氏驚懼之下才亂了分寸。只要拿到了菜刀，李大牛一個對她們兩個，自然也落不著什麼好。

在原身的記憶裡，這李大牛欺軟怕硬，是沒那個決心魚死網破的——畢竟他知道武家男人已經沒了，他家又背後有人，來日方長的，這次不成，下次再換別的法子就是。但沒想到自家婆婆上手就搶過菜刀，對李大牛就是發狠一刀，結果砍了人卻又嚇成這副模樣。

「那咱們眼下該如何？」鬆了口氣的王氏不自覺地詢問起顧茵。

顧茵去灶房角落尋到了一根麻繩，一邊將李大牛捆上，一邊道：「先把人綁起來，等天亮了就把他抓去見官。」

王氏此時已經恢復鎮定，正覺得自己剛才方寸大亂的模樣失卻面子，聽了這話她便朝著李大牛吐了口血沫子，哼聲道：「妳還是太年輕了，這畜生方才有句話說的不假，他李家在這兒有人呢！今遭他在咱們家受了傷，甭管是不是他先動的手，咱家落到他們家人手裡，不死也得褪層皮！」說著她也出手幫忙，兩人很快就把李大牛給捆結實了。

沒多會兒，李大牛的眼珠子直動，眼看著就要醒過來，王氏撿起顧茵之前落下的洗衣槌，彪悍地朝著李大牛後腦就是重擊一下，又把人打暈死過去。

等顧茵擦拭完灶房的血跡，王氏絞了冷巾子敷臉，兩人一前一後回了屋。

此時屋裡小武安已經醒了，見她們都從外面回來，揉著眼睛問她們幹什麼去了。

王氏用手巾把自己受傷的半邊臉捂住，讓他小孩子家家別多管閒事。

顧茵則溫聲安慰道：「沒什麼事，就是外頭下大雨了，娘和我擔心屋頂被淋壞了，出去看了一眼。」

武安睏得睜不開眼，很快就被顧茵鎮定的話語說服，又躺回被窩裡睡著了。

顧茵見他睡熟了，又沈吟著想起之後的對策。

她初初穿越，對這個時代的了解全來自原身的記憶，而原身年紀小、閱歷淺，對外面的世界知之甚少，只能肯定一點——這朝廷自上而下都爛到了根裡去！不然也做不出強徵窮家所有男丁、一個不留的混蛋事，更不會百姓們都悄悄把叛軍稱作義軍，無比期待著義軍推翻朝廷。因此，要抓那賊人見官，怕是真的無用。

相對無言了良久後，王氏開口道：「咱們回我娘家那兒吧。只有千日做賊，沒有千日防賊的。這次算咱們僥倖，下回可就難說了。反正妳公爹和青意都沒了，咱們家擱這壩頭村再也沒個牽掛，如今又出了這種事，索性便舉家搬走。李家的家勢再大，出了這個村、這個縣，就啥也不是了！」王氏是當慣了家的人，前頭慌亂之際才會聽從顧茵的話，眼下她拿定主意之後就不再多說什麼了，把武安也喊了起來，更不同他多解釋，只讓所有人都動作起來，把自己隨行的東西都整理出來。

顧茵住的是原來武家大兒子的房間，雖然是家裡最大的房間，但這幾年家裡沒了兩個壯勞力，加上顧茵又大病了一場，家裡最值錢的田地都變賣了，屋裡就更沒有其他值錢的東西了，因此顧茵就只收拾了幾身自己的衣裳。

武安很快也打好了自己的小包袱，他的東西就更少了，包裹比顧茵的還小一圈。

兩人在堂屋裡等了好半晌，卻久等王氏不來。再去王氏屋裡一瞧，只見她已經打了好幾個碩大的包袱，眼下正把灶房裡拿來的鍋碗瓢盆裝到一個新鋪開的包袱布裡！

顧茵無奈扶額，他們是要出去避難啊！收拾出這麼多東西，他們兩大一小總共三個人，哪能提得過來？

看她欲言又止的，王氏就道：「妳不當家不知柴米貴！這些東西雖然舊，但都是平常用慣了的。老話說在家千日好，出門半日難。外頭啥不要錢？難道還費銀錢去置辦新的嗎？」

顧茵把武安支開，而後才勸道：「事急從權，咱們是出去避難，哪裡能帶上這麼多？」

王氏也知道帶這些上路不方便，但還是道：「妳也不用操心，用不著妳，我收拾的都我自己扛。」

她也確實有那把力氣，顧茵就沒再繼續勸。

等到天矇矇亮的時候，三人便都收拾妥當。

此時雨下得竟比半夜還大，天地間的一切景物都被蒙上一層霧氣，但因為是逃難，王氏和顧茵也不敢停留。

王氏把顧茵和武安手裡的包袱都接過自己揹，又把家裡唯一的蓑衣給顧茵。

顧茵昨夜嚇出了一身熱汗，到了今晨，身上的病氣已經全消，她正想推辭，卻又被王氏一通罵，最後不由分說讓她給穿上了。

顧茵推辭不過，就在蓑衣之下多揹了個小武安。

小傢伙初時還不樂意呢，絞著手說：「我長大了，可以自己走。嫂嫂的病剛剛好，不好再揹我的。」

顧茵做不來王氏那樣雖是為了人好卻非惡聲惡氣強迫人應下的作派，便對著他眨了眨眼道：「我就是病剛好，身上沒力氣，一會兒上路少不得走得慢，到時候娘肯定要罵我！要是揹上你，到時我不就有理由了？」

小武安這才乖乖趴到她背上，但還是不忘同她道：「嫂嫂要是覺得累了，一定要立刻把我放下。」

顧茵站起身把他顛了顛，只覺得背上的小傢伙還不如個大西瓜重。

一行三人就此出了壩頭村，一直走到天光大亮，風雨大得把王氏手裡的傘都掀翻了，最後沒辦法，王氏便找了附近荒山上的破廟休息。

這時候，王氏帶的那些傢伙事兒就派上用場了。只見她先攏了破廟裡的乾草，而後掏出火摺子點火，再折了樹枝搭成個簡單的架子，最後在上頭架上自家的陶鍋，從水囊裡倒進去乾淨的水，最後掏出小布包裡的薑片，竟就地煮起了薑湯來。

陶鍋裡的水沒多會兒就開了，發出「咕嘟咕嘟」的聲響，伴隨著外間磅礴有力的雨聲，顧茵這才覺得放鬆了下來。

就在這時，天邊突然傳來一聲「轟隆」巨響，就好似悶雷在耳邊炸開一般，嚇得三人俱是一個哆嗦。

「這雷也打得太可怕了……」王氏嘟囔道。

這場暴雨足足下了半月，最後衍生成了一場雨災。

壩頭村上游的河壩年久失修，終於不堪重負，悉數轟塌，一時問洪水肆虐，生靈塗炭。義軍打出「昏君苛政，天理難容」的旗號，聲勢越發浩大，民間都在傳言改朝換代之日近在眼前。

而在顧茵他們離開的一個月後，一隊喬裝改扮的人馬悄悄來到了壩頭村附近。

他們一行十人，皆是一身玄色勁裝，動作整齊劃一，訓練有素。

為首的男子約莫二十出頭，蜂腰猿臂，身形魁梧，容貌硬朗，側臉靠近耳處有一道拇指長的刀疤，卻不減他的俊氣，反而平添了一絲鋒芒。

他們一行人縱馬疾馳，連夜而來，沿途已經見過無數家破人亡的慘況，個個面色肅穆。而為首的男人面色更是徬徨悲愴中帶著一絲灰敗。他跳下馬來，奔進已看不出本來面目的廢墟。他惶惶然地站在滿目瘡痍之地，開始時先用佩劍挖地，後頭索性徒手挖掘。

鮮血順著他的指尖落進污泥，他渾然不覺疼痛一般，但挖了良久卻也是徒勞無功。

隨行之人皆面露不忍之色，一個褐色頭髮、白皮深目的年輕小將開口道：「頭兒，不然我們去找這裡的縣官問問，看看統計的傷亡人數是多少……」其實他們來的時候就打探過消息了，河壩崩潰，壩頭村首當其衝，無一活口倖存。當地的官員早就出逃，這一方百姓的屍首都讓洪水捲走了，根本沒人來統計什麼傷亡。可是他也知道，眼前這小村莊裡有他們頭兒的家人。人在面對這種境況的時候，總是會想做點什麼的，哪怕最後徒勞無功，心裡也會好受一些。但不管怎麼樣，也總比眼下如此瘋魔了一般好。「或者您家人正好出遠門去了，給躲開了呢！」

男人終於冷靜了下來，他緩緩地搖了搖頭，動作滯緩得似扯線木偶。又過良久，男人才聲音暗啞地開口道：「我母親是遠嫁而來，因為長輩不睦，已經許多年沒有來往。且內子性格怯懦，弟弟更是年幼，他們並不會無事就去其他地方……」他說到此處，聲音越發低沈，如朽木摧枯拉朽，又似嗓子裡氤氳著血團一般。

隨行之人都不知道該如何寬慰於他，只得偏過頭去。

「此行我們出來的目的是給義王尋子，因為我的緣故才讓你們隨我多奔波了路程，青意在這裡謝過諸位兄弟。如今既已……」他痛苦地閉了閉眼，才又道：「既已知道結果，便不在此處停留了，別誤了義王的大事。」

這男人便是武家被強徵入伍的大兒子，武青意。

當年武青意從家中離開的時候是冬天，尚未和大部隊匯合就遇到了大雪。大雪封山，他們一行人凍死、病死過半。延誤了時機，是要砍頭的罪過，因此那監軍索性也不管這些新兵，兀自逃命去了。

本以為是沒了活路，沒想到他們幸運地遇到了義王。義王救了他們，也沒有強求他們追隨，只同他們道「王侯將相，寧有種乎？昏君苛政，百姓何其無辜」？

本朝皇帝昏庸，只顧自己享樂，放任宦官當權，苛政猛於虎，民間早就怨恨沸騰。若不是無奈，誰願意為這樣的皇帝賣命？武青意等人那時候已經誤了軍機，按軍法當誅，就算回鄉那也是逃兵，不知道哪日朝廷就會發難，牽連家人，因此便順勢加入了義軍。

但到底幹的是造反的事，武青意並不敢和家裡通信，只想著等局面穩定之後再將家人接到身邊，沒想到這一等就是五、六年。

這些年武青意屢有建樹，還得了義王的賞識，從一個普通士兵升到了將領之位。這時候他就很想把家人接到身邊，恰逢義王身邊也發生了一件大事——義王養在鄉下的孩子丟了！

其實也不是這會兒才丟的，而是已經丟了數年了。

義王和武青意一樣出身微末，發跡前不過是個小小伍長。起義以後他將家人安置到偏遠地方隱姓埋名，每過數年才敢歸家一次，唯恐牽連他們。直到半年前義軍勝劵在握，義王親自回去接家裡人，這才知道兒子丟了。義王克己奉禮，行軍在外不近女色，又鮮少歸家和髮妻團聚，那孩子是他的獨苗，自然重視非凡。

武青意奉命尋找，儘管一行人皆是精銳，但距離事發已經數年，尋的又是個幼童，便只有個大概的範圍，一路尋到了家鄉附近。他本是打定主意這次就把家人接走的，不承想天降暴雨，河岸決堤，又是一樁慘禍。

他心中悲痛萬分，但多年的自制力在這一刻發揮了作用。既然自己的家人沒了，他就更該幫著於他有恩的義王尋回兒子，讓義王免遭自己如今所受的錐心之痛。

得了他的命令後，一行人翻身上馬。

武青意勒轀調轉馬頭，暗沈如水的眼神在故土停留片刻後，終是和下屬一道離開。

此時，數百里之外的寒山鎮上，王氏正跟顧茵說著話，卻猛地一連打了十幾個噴嚏，不禁怒罵道：「也不知道哪個龜兒子唸叨老娘！」隨即她又想到了自家男人和兒子，還有壩頭村那些舊識都沒了，如今除了眼前的顧茵和小武安，哪裡還有人記得她呢？

當日他們從壩頭村出來後，一連好些天都降大雨，他們孤兒寡母也不方便夜間趕路，更大包小包地帶著不少行李，一路上走走停停的，行程剛過半就聽說了壩頭村遭災的事，這下便越發不敢停留，加快了腳程，終於在一日之前到了寒山鎮。

三人風塵僕僕，舟車勞頓，到了鎮上後，王氏領著他們找了間便宜的客棧投宿，歇了一整夜才算緩了過來。

來的路上顧茵就問過王氏往後的打算，王氏一直不願多言，但到了寒山鎮，有些事情就不得不和她說了。王氏心下戚戚然，和顧茵說起從前的事。

原來王氏娘家在鎮上算富戶，別看王氏眼下這般，當年也是個小富之家的小姐。王家二老前頭生了兩個兒子，晚年才得這個女兒，如珠似寶地把她養大，把她看得比眼珠子還重要，一直到王氏十五歲那年，二老都沒捨得把這寶貝女兒嫁出去。

也就在那一年，王氏遇到了來異地謀生的武爹。

武爹當年可是個極為俊俏的後生，爹娘沒了以後，他跟同鄉來寒山鎮做買賣。因為本錢有限，做的也就是一副扁擔、兩個小箱籠的貨郎生意。王氏那時候正是喜歡新鮮小玩意兒的年紀，一來二去的，兩人就認識了。後頭接觸多了，王氏更是主動表明了心跡。

武爹受寵若驚，又自覺配不上她，開始的時候還拒絕了她。但王氏性子執拗，發了狠說武爹要是不要她，她就剃了頭髮做姑子去！武爹本就心悅她，聽到自己心儀的姑娘都這般說了，自然也不再逃避，二人就此定情。

王氏打小性子就厲害，定情之後就和家裡人說了非他不嫁，這可把王家二老氣壞了。倒也不是他們頑固不化，小鎮風氣淳樸，住得近的家裡都知根知底，王氏要是在鎮子上相中個差不多的也就算了，偏她看中的是個外鄉人！再仔細一問武家的情況，知道他是個父母雙亡，還沒有親族的，那更是氣得暴跳如雷。

可王氏鐵了心，家裡人不鬆口她就絕食相要挾。

王家父母也是心疼女兒，最後想出了個折衷的法子，讓武爹入贅王家。他孤家寡人一個，入贅王家豈不是正好？這樣既全了王氏的心願，他們也能長長久久地把女兒留在身邊。

可武爹不願意。

倒也不是他不夠喜歡王氏，而是入贅後就等於放棄了自己的姓氏，成了王家人。他們武家早些年就人丁不興旺，當年朝廷徵重稅，爹娘為了延續自家香火，都把糧食省下來給他吃，可以說爹娘是為了他而活活餓死的，他怎麼做得出放棄姓氏、斷了自家傳承的事情呢？

後頭事情僵持不下，王氏又鬧了一次上吊，那次是真的讓王家父母寒了心，當即就把她趕出了家門，讓她往後再也不要回寒山鎮來。

王氏就那樣嫁進了武家，武家後來的田地還是她當時的首飾換的。

武爹踏實肯吃苦，王氏也學著做活掌家，婚後的日子可謂是和和美美。

但王氏是沒臉再回娘家了，只能每過一段時間就讓人捎帶家書和小禮物回去。如是過了兩年，王家父母的氣消了，恰逢王氏生下了大兒子，就來信說等他們大外孫稍大一些就把他帶回寒山鎮看看。

等到武青意半歲大的時候，王氏帶著丈夫跟兒子興沖沖地回了娘家，卻驚聞二老雙雙離世的噩耗。王氏上頭還有兩個哥哥，當時正為了家產鬧得不可開交，看到這遠嫁的妹妹回來，以為她也是來摻和著分家的，自然是沒個好臉，難聽的話說了一大堆。王氏也傲氣，等父母的喪事料理完了，就帶著丈夫跟兒子走了，再也沒和娘家來往。

王氏和娘家人最近一次通信，大概就是五年前朝廷強徵壯丁那次。一個壯丁值十兩，花費二十兩銀子就能把人留下。王氏也沒指望娘家哥嫂能那麼大方地替自家把二十兩全出了，只想著自己手裡還有個七、八兩，再湊個二兩多銀子，好歹留個男人在家裡。但她託回娘家的口信卻一直沒有得到回應，最後便就此不了了之，這下子王氏是真的惱了。

要不是前兒個出了那樁事，她這輩子可能都不會回到寒山鎮。

當然，這些舊事並不算光彩，甚至有些離經叛道，王氏連自家兩個親兒子都沒多嘴提過一句，更別提告訴顧茵這兒媳婦了。可她轉念一想，往後要和娘家人打交道，與其讓那兩個不省心的嫂嫂編給他們聽，還不如她自己老老實實地說了。

王氏和顧茵說完了舊事，看她久久沒有言語，便問：「怎的，妳不信我的話嗎？」

「不是。」顧茵回答。

他們都回到王氏娘家的地界了，王氏斷然沒有和她撒謊的必要。而且回想起來，在原身的記憶裡，王氏雖然是農婦，但並不像其他莊戶人那般不講究。她幹活麻利，把家裡收拾得纖塵不染不算，還會每天剪指甲、漱口，更換貼身衣物，就算沒有像樣的衣服和首飾，自己也將一頭黑髮抿得一絲不亂，把自己打扮得十分乾淨爽利，並讓整個武家人的衛生習慣都十分良好，這倒也是對得上她說的身世背景的。只是，顧茵沒想到王氏年輕的時候竟有幾分現代女性的風采，敢於自由戀愛，挑戰教條陳規。同時，這事也提醒了顧茵，少時就敢違背父母的王氏，性子是真的執拗，認準的事八匹馬都拉不回來。

顧茵對未來已經有了初步打算，當然還是憑手藝吃飯。只是再小的買賣也需要本錢，原身雖然已是一、二十歲的人了，但是卻一文私房錢都沒有。想要王氏聽從兒媳婦的建議並提供一些本錢，確實是有些難辦的。

就在這時候，王家兩房當家太太來了。

說起來，王氏已經有二十多年沒見過兩個嫂子了。她兩個哥哥最大的已經是古稀之年，最小的也已過了知天命的年紀。兩個嫂子和自家男人年齡相仿，自然也都不年輕了。

大嫂趙氏臉型偏方，身形細瘦，看著有些木訥。

二嫂鄒氏則是矮矮胖胖的體型，圓臉、圓眼睛，見人就先帶著三分笑。

兩人都已經是當祖母的年紀，臉上溝壑叢生，頭上也生出了白髮。

王氏見到她們的第一眼，還沒把兩個人給認出來。

但趙氏和鄒氏見了王氏，便一左一右地拉住她一隻手，激動地用帕子擦起了眼睛。

「昨兒個晚上聽人說在城門口遇到個極像妳的人，我們本還不相信，但思來想去了一宿，還是放心不下，便打聽了消息過來瞧瞧，不承想真是妳！」先說話的是二嫂鄒氏，她說著話，眼睛便已經通紅。

大嫂趙氏嘴笨一些，卻也是激動地道：「回來了好、回來了好啊！」

王氏其實是和這兩個嫂嫂有些隔閡的，畢竟當年分家的事加上後頭借二兩銀子的事，都讓她心裡很不舒服。但多年未見，兩個嫂嫂都老成了這般模樣，見了她也是激動得直掉淚，想著到底也是一家子，王氏心裡也不禁一軟。

不等她開口，鄒氏又主動說起了當年的事。

「小妹多年沒回來不知道，這些年家裡過得可不好。當年爹娘突然走了，治喪就花了好大一筆銀錢，妳兩個哥哥妳也是知道的，並不擅經營，不過幾年就虧空了身家。後頭我們兩家的哥兒都去學堂了，每年光束脩都要花費不少銀錢。再有就是五年前朝廷徵召壯丁……」說著話，鄒氏臉上露出了慚愧的神情。「那會子妳姪子、姪女們都開枝散葉了，誰家也捨不得自己的孩子呀！最後花出去好大一筆銀錢疏通關係，總算是留下了幾個孩子。等收到妳來信的時候，那是真的沒有餘錢了……」

趙氏也連忙跟著附和道：「是呀，當年那會兒我連夜回娘家支取銀錢，想著給妹子家度過難關，可沒想到一來二去的就給耽擱了，眼瞅著已經過了徵兵的日子，從那時起就再也沒臉見妳了。」

這妯娌二人妳一言、我一語地解釋了當年的事。

王氏略一想還真是，當年她出嫁之前，大嫂就已生了兩個孩子，二嫂生了三個，等到徵兵那會兒，姪子跟姪女的下一代也都長大了。她自己不願意丈夫跟兒子入伍，他們自然也不會捨得自家孩子，先緊著自家小輩倒也不算難以諒解。王氏再看她兩個大嫂的穿衣打扮，俱是灰撲撲的一身舊衣，手上、頭上半點兒裝飾都無，神情也淒苦，眼淚更是自從見面就沒斷過。難道說，當年的事真是誤會？

不等王氏細想，鄒氏的眼神落到了顧茵身上，讚嘆道：「好個俊俏的小娘子！這是妳家青意的媳婦兒嗎？」

王氏臉上帶出一點笑，道：「二嫂猜得沒錯，是我家大郎的媳婦兒，也是我半個女兒，自小養在身邊的。」

鄒氏和趙氏對視一眼，兩人便明白過來這是武家養的童養媳，兩人都把顧茵一頓誇。

隨後王氏又把小武安介紹給他們，讓他喊了人，自然又得了一通稱讚。

情緒平復之後，趙氏和鄒氏這才和王氏坐下說話。

妯娌二人問起王氏這趟歸鄉所為何事？

王氏雖然此時心緒起伏，但還是知道什麼該說、什麼不該說，便不提李大牛的事，只稱是家鄉發了大水、遭了災，三人僥倖逃了出來。

趙氏和鄒氏又拿了帕子擦眼睛，直呼心疼。

後頭趙氏又道：「照理說你們逃難過來，我們本該傾情招待才是，但都不是外人，家中困境也不瞞著你們，實在是揭不開鍋了……不過也是妹子運道好，隔壁遠山縣正在我們這處招女工，不止提供住宿和飯食，每個月還發六錢月錢。妹子和妳家青意媳婦都是伶俐人，一定都能選上。」

鄒氏也跟著從懷中掏出一個粗布帕子包著的小銀鐲子，道：「遠山縣離我們這裡到底有五、六日的路程，這個給妹子做盤纏吧。」

鄒氏的父親是個老秀才，考了一輩子都沒中舉，家裡窮得吃了上頓沒下頓，到了鄒氏出嫁時，家裡也只給出了這麼一個細得不能再細的銀鐲子當陪嫁。

王氏對這鐲子有印象，心中越發難受了，哪裡肯收她的陪嫁之物？自是一番推辭。

鄒氏卻執拗地把鐲子套在了王氏的手上，還道：「家中實在沒有像樣的東西了，只有這陪嫁的銀鐲子是我心愛之物，多年都沒捨得拿出去典當。妹子若不收，便還是因為當年的事記恨著我們。」

王氏這才不得不收下。

趙氏和鄒氏還說王氏多年未歸，不熟悉鎮上的事務了，要陪著她一起去招工的地方。

王氏看著她們年邁體弱卻依舊樂意陪著自己奔波的模樣，心裡最後一絲怨懟也被壓了下去。盛情難卻，王氏正要答應，顧茵卻在這個時候突然咳嗽了起來。

顧茵蹙眉捧心，咳得上氣不接下氣，本就發白的臉色越發顯得不好。

小武安連忙給她倒水。

王氏一拍腦門，道：「瞧我這腦子！方才聽嫂子們說的好，竟只想著掙銀錢，忘了我家媳婦兒前頭才大病過呢！如今雖然能下床走動了，但做工怕是還不行的。」

趙氏和鄒氏臉上的笑出現了短暫的停頓，但很快地鄒氏又道：「真是個可憐的孩子！妹子別怪嫂子多嘴，為了這孩子，妳才更要去縣城呢！那裡大夫好、藥材全，不是咱們這小鎮子能比的，別讓孩子拖著拖著就留了病根。」

王氏認真地想了想，點頭道：「二嫂說的確實在理，但我們已經趕了一個月的路，再讓她奔波我也於心不忍，還是先讓她休息幾日吧。」

趙氏還要接著再說什麼，被鄒氏一個眼色止住。

妯娌二人便沒再多留，說讓顧茵好好休息，明日她們再來探望。

王氏送走二人，回來的時候顧茵已經止住了咳。她瞪了顧茵一眼，埋怨道：「來的路上一直說自己好了好了，妳這叫好了？要不是妳這紙紮的身子，我都已經去招工的地方報上名了！包吃包住還發月錢的好差事，想也知道晚一步就沒機會了！」但罵歸罵，王氏還是從貼身的衣服裡掏出了裝著全部銀錢的舊荷包，準備上街去給她請大夫抓藥。

顧茵能怎麼辦呢？只能無奈地看著她。方才要不是她故意咳嗽打斷了她們說話，自家這傻婆婆怕是已經讓人賣了！

顧茵會下這樣的判斷，當然有道理。

首先是趙氏和鄒氏口口聲聲說這些年境況很不好，穿得也樸素，但她們手上卻半點繭子也無，不說比王氏，就是比顧茵的手都還柔嫩！當然，也可能是家裡後輩孝順，自從家道中落到如今都沒讓她們做過活計。

但是王氏邀請她們落坐的時候，趙氏和鄒氏一個趕緊掏出手帕擦了擦本就沒有灰的凳子，另一個則是微微皺眉，嘴角下抿，不怎麼情願地坐下。後來王氏用粗瓷大碗給她們倒了水，兩人也都是一口沒碰。

顧茵他們現在住的是客棧的下等房，只一個大通鋪加一副桌椅，桌椅舊得都看不出本來的顏色了，但王氏是個見不得髒的人，來的當天就把這小屋子裡裡都打掃擦洗過了。

試問過了半輩子窮苦日子的人，會如她們那般講究嗎？

還有就是常人都是先掉眼淚了，再拿帕子擦眼，這對妯娌倒好，是先拿帕子擦眼睛而後再有眼淚。顧茵上前給她們行禮的時候，還嗅到了一絲若有似無的辛辣氣息，那眼淚多半是用薑汁浸過的帕子給逼出來的。

最後再聽她們說的話，她們真要如所說的那般關心王氏，就算家裡再窮，也該先讓她回娘家去一家子團聚了，雙方說說這些年的境況才是，怎麼能不問王氏的境況，只一個勁兒地說自家過得不好？聽著那話裡話外的意思，就是要把剛回到寒山鎮一日的王氏往更遠的地方趕呢！

以上種種分析下來，顧茵就覺得這兩人有詐！

顧茵沈吟半晌後，開口詢問道：「當年外祖離世前，可有給娘留下什麼東西？」

王氏還在數錢袋子裡的銅錢，聞言便答道：「我不是和妳說了嘛，當年我要嫁給妳爹，把他們都氣壞了，我娘那會兒都給我準備了好些陪嫁家具了，卻叫我爹拿斧子都砍壞了。後來他們意外去世，更是一句話都沒留下就去了。」說到這裡，她眼神黯了黯。「那會兒二老一心想著看青意呢，來的信上還說家裡說好分給我的幾間屋子一直讓人打掃著，回去了就小住上半年……」

「家裡的屋子？」顧茵從她話裡提取出一些線索來。

「是啊，從前家中富裕，妳外祖他們買了個二進的院子，但是家裡人口卻不多，好多屋子都空著，那留給我的一間雖然朝北，但是寬敞得很，還帶兩個罩房並一個小天井呢！」是啊，兩個嫂嫂只說這些年過得不好，倒是對王家那闊氣的大宅子隻字未提呢，難道是已經賣了？不過也正常，餬口都成問題了，是沒必要住那樣的好宅子。「好了不說了，我去請大夫，也不知道這點銀錢夠不夠？」王氏摸著鄒氏給自己套上的銀鐲子，想著要是不夠，也只能把這鐲子給典當了，就是不知道能當個幾錢銀子？

「我現在覺得好些了，方才可能是看到外祖家的親人，一時激動。」

王氏搖頭，堅持道：「還是請個大夫看看吧，而且先頭那個老大夫也說妳那場高熱極凶險，拖了那麼些時日，身子多半是要虧空的，就算好了也得吃些補藥溫養半年，才能確保不落下病根。總之，還是穩妥點。」

顧茵勸不動她，便說自己現下起碼是能走動的，不如直接去醫館，也省了把大夫請回來的費用。

王氏便點了頭，乾脆三人一道出了客棧。

第二章

到了街上，王氏又感嘆了一番物是人非，說從前在鎮子裡閉著眼都不會走丟的，如今倒是真的都不認識了。早知道這樣，也不必非趕這麼遠的路回到這兒來了，隨便尋個離壩頭村近一些的地方安家就是。

後來他們問了人，才找到一間醫館。

坐診的大夫接待了他們，給顧茵診過脈，說的和原先的大夫也差不多，說她現下是沒什麼大礙了，但是身子虧空得厲害，還得溫養。

王氏看了顧茵一眼，眼神裡滿是「看吧，妳娘還是妳娘，哪裡會有錯」的意思。

後來到了開藥的時候，王氏才知道藥價貴了一倍。

蓋因為壩頭村那裡發了大水，寒山鎮離得遠雖然沒受到波及，但運輸道路受到了影響。

王氏心疼得不行，但還是付錢先給顧茵抓了三天的藥。

抓完了藥，顧茵就提出找人打聽打聽遠山縣招工的事。

王氏也正為銀錢發愁呢，雖知道那樣的好機會多半是不會等人的，但問一問也沒損失什麼，真要是還在招人，顧茵不能做活，她一個人去做就是，反正一個月六錢銀子也夠養活一家子了。

他們和藥鋪的掌櫃打聽起來，才得知這招人的是遠山縣的一家船行，但工作地點並不是在遠山縣，而是要隨船隻出海的，起碼要兩、三年後才能回來！也正因為要背井離鄉，待遇才那般好。

這個時代的人對故鄉還是執念頗深的，更別說是離開陸地去海上討生活了。加上女子出門好幾年本就不符合教條規矩，重視規矩和名聲的人家自然也不會做這份活計。

但這兵荒馬亂的世道，日子過不下去的大有人在，因此確實是有許多人去報名了。

王氏聽完就皺起了眉。她倒是不在乎什麼名聲的，但是去海上討生活聽著實在是凶險，別的不說，若是在外頭不習慣、生了病，可怎麼辦？就算船上有大夫，可人在海外，藥材會齊全嗎？仔細生一場病人就給沒了。而且武安才不過五歲多，這麼小的孩子，不論是讓他單獨留在這裡，還是隨行出海，都是極為不妥當的。

這多虧是現在慢慢地打聽細了才知道這樣多，要是腦子一熱，聽了兩個嫂嫂的話就把名一報、契約一簽，可就什麼都晚了！

王氏聽得都皺眉，就更別說顧茵了。船行出海招人隨行確實正常，但招女工是什麼意思？女子天生力氣小，搖櫓划槳不頂男人有用，就算去船上照顧船工的衣食起居，也不需要那麼些人啊！除非……

她面色凝重地又向人打聽了一番，在知道那船行是當朝權宦的乾兒子開的，並且手續齊全之後，她便沒再繼續問下去了。這世道，真的是要吃人啊！

出了藥鋪以後，顧茵出聲提議道：「娘，雖說舅母們介紹的活計不可靠，但既然咱們都出來了，也該去舅舅家拜訪一趟才是。」

王氏還在想著兩個嫂子讓她們去當女工的事，聞言就反應道：「他們過得那般不好，咱們貿然去了，少不得還要破費招待我們。而且之前兩個嫂子來的時候，咱們也沒說要上門去，若貿然去了又得麻煩她們馬上準備。」

顧茵要的就是這麼一個「貿然」！若是提前打好招呼，這上門也就沒意思了。她不徐不疾地道：「娘和舅舅、舅母是同輩倒無所謂，可是我和武安是晚輩，不去見禮就是禮數不全了。再說，我也很好奇您的其他親人是什麼樣的，想看看他們是不是和您一樣好？」

王氏被她這話捋順了毛，雖然奇怪自家這兒媳婦怎麼突然講起了禮數，但還是忍痛在街邊買了半斤醜橘、半斤鴨梨。「那咱們就去坐一坐、說會兒話，不在那兒吃飯。」

之後王氏便一邊向路人打聽，一邊照著記憶裡老宅子的位置，帶他們尋了過去。

半個時辰後，顧茵三人終於到了王家老宅。

王氏沒有說謊，王家當年在寒山鎮那可是數得上的人家，那二進的宅子白牆黑瓦、闊門高牆，氣派得很。無奈這些年是真的敗落了，宅子還是那間宅子，但屋頭簷角、牆根處都有些破破爛爛的。

「這宅子多半是賣給他人了，也不知道能不能打聽到他們的新住所？」王氏一邊嘟囔著，一邊敲了門。

過了半晌，一個老管家慢悠悠地應了，看到她的時候驚喜地喊道：「小姐回來了！」

王氏見了也是一喜。「忠叔！」

忠叔樂呵呵地應了，連忙將大門推開，把他們往裡面請。

此時王家內宅裡，大嫂趙氏和二嫂鄒氏正坐在一起說話。

趙氏有些怨懟地看著鄒氏說：「弟妹早些時候怎麼不讓我勸著她去應徵？那契約一簽，咱們也就不用再管她了。」

鄒氏素來看不上這個嘴笨人蠢的大嫂，但眼下她們發愁的是同一件事，便也不說她什麼，只解釋道：「小妹雖然信了咱們，但她兒媳婦病著呢，咱們說的更多，可就要露出馬腳了。」

「能露什麼馬腳？她那麼多年沒回來，當了半輩子農婦，會知道什麼？」

外頭都在說，遠洋船行招女工是份好活計，但是王家消息比一般人家靈通，知道這遠洋船行早幾年就在別的地方招過人，結果那些女工一去不回，生不見人，死不見屍。

後來那些女工的家人鬧了起來，但是遠洋船行只說是在外頭染了瘟疫，所以才連屍首都沒敢帶回來，隨後賠付一筆銀錢，又有當朝權宦背書，並把鬧得凶的幾個都關進了大牢，事情也就不了了之了。

因為這件事，遠洋船行在京城、州府那樣的大地方可謂是臭名昭著，所以他們才不得不到遠山縣、寒山鎮這種小地方來招人。

「嫂子莫急。」鄒氏拿起茶盞，慢悠悠地用茶蓋撥了下浮沫。「晚些時候讓咱們男人一道兒去，只說是聽聞她家兒媳身子不好，特地去看望的。」

趙氏一想也是，當嫂子的說話自然沒有親哥哥頂用。

就在這時候，忠叔激動的聲音從外頭傳來了。

老傢伙是真的高興，一邊小跑著一邊喊著「貴客到」。

「這老瘋子怎麼又出來了？」鄒氏重重地放下茶盞，不悅地皺起了眉。

忠叔是王家老僕，打小就跟著王家老爺子，自從二老去世後，這老僕就得了失心瘋，聽不進人話。兩家人本想把他趕走，但無奈族中長輩都記得他這號人，便也不好明著做出那樣絕情的事，只能把他趕到柴房住著，給些冷飯冷菜，當條看門狗養著。

昨兒個聽聞王氏回來了，鄒氏便交代了門房，說若是有生人來尋，就說主家換了人，卻沒想到這老瘋子竟又跑出來了。

「也不知道誰來了。」

說著話，趙氏和鄒氏出了屋，而家裡其他人聽到響動也都出了來，沒多會兒，一大家子人就都到了大門口。兩家都是三代同堂了，加起來足足有二、三十口人。

王氏初時看到忠叔那高興勁兒，不由得也跟著笑起來，但等看清這二、三十口人的穿著打扮後，她就笑不出了。

只見帶頭的趙氏和鄒氏還是穿著早上灰撲撲的舊衣，而家裡其他年輕些的媳婦，那都是綾羅綢緞，光鮮亮麗，幾乎是人人頭上一套赤金的頭面，手腕上一根拇指粗的金玉鐲子！

這就是她兩個老嫂子說的揭不開鍋、吃不上飯的家裡？王氏氣得後槽牙咬得吱嘎作響。

場面一度很是尷尬。

「還不快把忠叔領下去！」鄒氏橫眉冷目，吩咐下人的時候恍若換了個人，再不復初見時的和顏悅色，像極了個大家族的當家主母。

王氏氣極，憤恨地竹筒倒豆子般嚷嚷開來。「這就是嫂子說的揭不開鍋的家裡嗎？我說怎麼爹娘留下那麼多家業，到了哥哥跟嫂嫂手裡突然就不成了，也不說讓我歸家，敢情是拿我當傻子騙呢！還想誆我去遠山縣應徵女工，我方才都去鎮上問清楚了，那女工是要隨船出海的！那麼凶險的活計被妳們說的天花亂墜，妳們這是要害我的命啊！」

一眾媳婦子都不知道發生了什麼事。

她們當中年紀最大的，進門的時候王氏便已經不在家裡了。況且一大早趙氏和鄒氏特地喬裝去騙王氏的事情極不光彩，因此更是沒和兒媳婦提一個字。

鄒氏沒想到王氏竟這麼快就來了，也沒想到怎麼就這麼巧，王忠那瘋子跑出來把人給放了進來。但是當著一眾兒媳婦的面，她自然不能露怯，當下便反駁道：「妹子這話委實冤枉人！我和大嫂一大早就去尋妳，一片關切之心，天地可表！既然是親人重聚，少不得要敘舊，難道就不許我們這樣的人家有些難言的苦楚？我們把心窩子的話說給妳聽，怎麼就是把妳當傻子騙了？再說，我們怎麼就不讓妳歸家了？當時是妳家青意媳婦身上突然不舒服，我們全是為了讓她靜養罷了。最後，那遠洋船行可是正經商戶，招人也是手續齊全、待遇優厚，我想著妹子是個要強的人，肯定不願做打秋風的事情，這才巴巴地好心推薦妳去，怎麼就成了要害妳性命了？」

王氏氣憤地捏了拳頭。「二嫂嘴皮子索利，我說不過妳。旁的先不說，只說妳們今早是不是口口聲聲說家裡日子過得艱難，什麼做生意虧空、哥兒上學堂費束脩，還拿出這麼個鐲子給我，說是家裡沒有更好的東西了？」她說著話便摘下了手腕上的銀鐲子，摜到了鄒氏面前。

「怪我怪我，是我只想著這是我的陪嫁，是我頂珍貴的東西。」鄒氏假裝抹淚。「原來小妹覺得要值錢的才是好東西。」

鄒氏不愧是秀才家的老閨女，說起話來頗有條理，不徐不疾那麼三言兩語，四兩撥千斤，理虧的就成了王氏，顯得她鑽進了錢眼裡、一心只想打秋風占便宜似的。

見她抹淚，鄒氏的兒媳婦連忙上前相勸。但因王氏是她們的長輩，她們也不好說嘴。

一個說：「您也是遇著親人激動了，所以才訴了一番衷腸，並不是姑母說的什麼裝窮。」

另一個道：「婆母把自己的陪嫁都拿出來了，真真是一片好心，可惜姑母沒理解。」

王氏從前就知道自家這二嫂伶牙俐齒，還唸過幾天書，但那時候她尚未出嫁，父母雙全，鄒氏那張巧嘴都是說些逗趣的話來哄她開心，沒承想時移世易，同樣的一張嘴說出來的話就完全不同了！一番顛倒黑白的話下來，王氏氣得話都快說不索利了。

這要是擱村裡，王氏那是扯著嗓子，各種話都能罵得出來，保管這文謅謅的敵不過自己，只是眼下到底在娘家，那麼些小輩看著呢！

眼看著王氏氣得不成了，顧茵上前攙住了她的一條胳膊，開口道：「娘莫要生氣，這是一場誤會，我看兩位舅母就不是那樣的人。」

王氏沒想到她會開口，更沒想到她一開口就幫對方說話。王氏瞪了顧茵一眼，正要讓她別插嘴大人的事，卻感覺到顧茵在衣袖底下捏了捏自己的手。兩人前不久才配合地制伏了賊人，王氏這才會意過來顧茵是有準備的。可是自家孩子自己知道，自家這媳婦雖然病過一場之後變得沈穩也伶俐了，但她打小就嘴笨、不愛吭聲，八棍子打不出一個屁來，她能說得過秀才家出身的鄒氏？而且鄒氏那兩個兒媳婦眼看也不是好相與的。

鄒氏已經被兒媳婦勸著止住了哭，聽到顧茵的話，嘴角帶出了一點譏誚的笑意。瞧瞧，鄉下人就是鄉下人，這小媳婦被她三言兩語一忽悠，胳膊肘都往外拐了！一對蠢貨！

鄒氏做出和善的笑臉。「我早說妳這孩子一看就是個聰慧通透的，快勸勸妳娘吧。」

顧茵也回以微笑，而後不徐不疾地道：「早些時候兩位舅母說的話我也聽到了，聽著確實是家道艱難，再結合兩位舅母的穿著打扮，也不怪我娘誤會。」

她這話一說，王家其他人才注意到兩個老太太今日穿得確實素淨過了頭。首飾、頭面都摘乾淨了不說，身上的衣服也和家裡的婆子穿得差不多。

趙氏被兒媳婦打量的眼神看得難受，她雖然不如鄒氏會顛倒黑白，但還是知道要順著鄒氏的話說，便道：「我們是去見妹妹，又不是外人，有必要特地捯飭打扮嗎？」

鄒氏則道：「是呀，我和大嫂知道你們境況不好，若是我們還穿金戴銀的，那不成了擺闊綽嗎？」

兩人唱和起來，絲毫不落下風。

顧茵依舊不急，不緊不慢地道：「是呀，兩位舅母說的在理，但是我娘不知道啊！她來此一看，嫂嫂們的穿戴皆是富貴逼人眼，可不就把兩位舅母當成了特地扮窮哭窮的？但我想這肯定不是您們故意哭窮，那是多喪良心的人才會對遭了災而無奈回鄉的親人撒謊呢？肯定是誤會嘛！」

王氏咧嘴想笑又努力忍住了，只點頭裝作恍然大悟。「原來兩個嫂嫂穿成那樣、說那樣的話，竟然是為我著想啊？我還真當她們喪了良心呢！不過妳說也奇怪，她們幾個兒媳婦都穿得那麼富貴、紅光滿面的，瞧著一個比一個活得滋潤，她們這當婆母的怎麼就過得那麼不好呢？」

顧茵沈吟半晌後，刻意壓低了聲音，但也確保在場的人都能聽到。「兩位舅母若說的不是假話，那就是她們這些年過的日子是表面光鮮、內裡辛苦，福都讓兒媳婦們享了，苦由她們自己受了。」說著話，顧茵嘆了口氣，痛心道：「娘，咱們家日子雖然窮，但家裡最好的肯定是都緊著您的，我和武安都孝順您，定不會讓您過那種表面光鮮、內裡爛透了的糟心日子。想不到天下還有這麼不講孝道的人家，我心裡實在難受啊……」

王氏憋笑憋得臉都快抽筋了！

趙氏和鄒氏則齊齊變了臉色，她們怎麼也沒想到這農家小媳婦張嘴就編排出了這些話，左一個喪良心、右一個不講孝道的大帽子扣下來，簡直讓人喘不上氣。尤其他們兩房都有在讀書的孩子，都知道名聲最為要緊，要是讓這話傳出去，別說往後科考，那真是人還要不要做了？

「青意媳婦兒休要胡說！」鄒氏又驚又氣，但是顧茵的話都是順著她先前的話說的，一時間她竟想不到如何反駁。

「表弟妹這是誤會了。」鄒氏其中一個兒媳婦笑著開口道：「娘和大伯娘這是以身作則，給家裡晚輩做榜樣，教著孩子們憶苦思甜呢！我們做小輩的雖沒本事讓公婆過大富大貴的日子，但如何也不會苛待他們呀！」

鄒氏那麼能言善辯，她選出來的兒媳婦和她自然是一個路子。

顧茵也不同她爭辯，只作恍然大悟狀地點了點頭。「原是如此，是我想差了！我就說嘛，王家是我娘的娘家，我娘人這麼好，家裡氛圍肯定更好，斷不會出那麼喪良心的人！」說著她又福了福身，歉然道：「我年輕嘴笨，又長在鄉野，沒見過大世面，只急著幫兩位舅母解釋誤會，一時想岔了，讓舅母和嫂嫂們笑話了。」

她生得秀麗白淨，年紀也不大，致歉的口吻和神情又十分真摯，全然一副為他人著想的模樣，趙氏和鄒氏她們還真不好發作她什麼。

但是一通口舌相爭，趙氏和鄒氏也不想讓小輩看熱鬧了，揮手就讓她們都下去了。

等到人都散了，趙氏和鄒氏便把顧茵三人請到廳堂。

沒了外人在，鄒氏也不兜圈子了，直接冷著臉下了逐客令。「妳哥哥們都不在家，孩子們在外頭唸書的唸書、做活的做活，家裡也沒什麼好東西招待，我們就不多留妹子了。」

「誰要妳招待了？」王氏抄著手冷笑。「我回我自己家怎麼不能多留？」說著她便拿出了當年二老寫給她的家書。

家書的紙張已經泛黃，但是筆跡還是清晰可見，上頭清楚地寫著大宅裡北邊的大屋子是二老留給王氏的，讓她往後隨時可以回來住。

趙氏和鄒氏齊齊變了臉色。

王老爺子雖然是商戶，但是酷愛書法筆墨，一筆好字龍飛鳳舞，很難作假。

趙氏又不知道怎麼應對了，只拿眼睛瞧鄒氏。

鄒氏沈吟半晌才道：「我們婦道人家哪懂這些？還是晚些時候等妳哥哥、姪兒們都回來了，讓他們瞧過才是。」

王氏前頭才在打機鋒上吃過虧，也不跟她們多言語，只道：「那我先回去收拾包袱，回頭就先搬過來住著。等大哥和二哥回來了，再由他們定奪。」說著也不等她們回答，王氏把家書塞回衣服裡，又把帶來的鴨梨和醜橘拿起，喊上顧茵和小武安就出了王家。

出來到了街上，王氏就不顧忌什麼了，罵罵咧咧地道：「這兩個不安好心的老虔婆！哭窮哭得我都相信了，他娘的，差點就著了她們的道！」

顧茵出言勸慰。「娘也是見到親人激動了，一時不察才被她們瞞住了。」雖然是勸慰的話，但也是顧茵真實的想法。

王氏雖然是個土生土長的古代女子，又在鄉下過了大半輩子，但她反應快，並不愚蠢，且還很有些生活的智慧——就像逃難剛開始的時候，顧茵覺得她東西帶的過多，但上了路才知道這些東西都是很有必要的，也多虧王氏的那些東西，他們一路上少花了很多銀錢，荒村野店的時候也能自給自足。

今天這件事，是顧茵穿越過來之後，同時也是原身記憶裡，王氏第一次亦是唯一一次被人騙得團團轉。但也好理解，王氏慣是面冷心熱、重視親情的，哪裡能想到多年未見的親人上來就是一全套虛偽的唱作唸打呢？

「也多虧了妳。」王氏說著話，眼神有些閃躲。虧她當了這麼些年的家，自詡吃的鹽比顧茵吃的米還多，但今天先是差點著了道，後又是險些在娘家小輩面前下不來臺，全是顧茵替她周全著，才不至於鬧得更難看，真是丟人啊！

顧茵不解地歪了歪頭。「娘說什麼呀？這不都是這些年您教我的嗎？」

這麼一說，王氏又想對啊，這丫頭當年買回來的時候啥都不會，任何事都不懂，現在這麼伶俐可不都是自己的功勞？「死丫頭就會拍馬屁！」王氏笑罵了她一句，又忍不住撇過臉嘿嘿笑了兩聲，腳步都輕快了起來。

三人回到客棧，打包行李。

顧茵又問起王氏之後的打算，這話她已經明裡暗裡問過好多次，但之前王氏一直讓她別多問大人的事。

經過今天的事，王氏終於改了口風，轉而和她仔細說了起來。「那屋子是妳外祖留給我的，親筆書信做不得假，她們雖然拖著說要等我那兩個老哥哥回來作決斷，但任憑他請來天王老子，該我的就是我的，咱們就心安理得地住著。住下之後妳好好養病，我就還跟從前一樣去外頭給人漿洗衣服，雖然掙得少，但和從前一樣，咱們不用再另外租賃房子，總是能過下去的。」

王氏的打算並沒有錯，但顧茵想著，王家人怕是沒這麼輕易讓他們住下來，她猶豫半晌後，開口道：「娘，我有些話不知當講不當講……」

王氏翻了個白眼。「咱倆還有啥當講不當講的？有屁快放，別學我那老二嫂似的藏著掖著！」

顧茵便俯身到王氏耳邊細說起來。

這天傍晚，王大富和王大貴兩兄弟各自帶著兒子從外頭趕回來了。

趙氏和鄒氏一早就在候著，下人一個通傳，她們就親自出去相迎。

王大富是去應酬的半路上被截回來的，因此火氣特別大，進了宅子就口氣不善地詢問趙氏。「到底出了什麼不得了的大事，著急忙慌地讓我們趕回來？」

趙氏素來畏懼她這老夫，挨了一頓說，頓時就不敢吱聲了。

正是兩家同心協力的時候，鄒氏便幫著打圓場道：「大伯勿惱，是小妹她今天來家裡了。」

說著話幾人進了廳堂，下人都被屏退了出去。

王大富吹鬍子瞪眼地道：「昨兒晚上得了消息，妳們說有法子把她給打發了，這就是妳們的法子？把人都給招回家了！」

趙氏被他罵得低下了頭。

鄒氏臉上倒是沒顯出什麼，其實心底已經生起了火來。自從二老沒了以後，他們大房和二房其實已經是分了家，但是王家老宅這樣的好宅子在寒山鎮上難找，所以雖然產業都分了，兩家人卻誰都沒捨得這宅子，便還住在一處。都不是一家人了，輪得到他王大富來質問她嗎？不過鄒氏還是個沈得住氣的人，她不緊不慢地把事情的來龍去脈都解釋了一遍。

王大富初時還算鎮定，當聽到王氏手中有二老書信的時候，就霍地站起身，追問道：

「那家書呢？上頭除了那間屋子，還寫了啥？」

鄒氏搖頭。「她只展出了一頁紙，也只給我們看了一眼就收起來了，旁的寫了什麼便是真的無從得知了。」

王大富急得在屋裡直轉圈。

一直沒吱聲的王大貴這才慢悠悠地開口道：「咱妹子的性格大哥會不知道？她差點被咱們瞞了去，正在氣頭上，要是有什麼後手，多半當時就全都嚷嚷開來了。我看那家書上，怕是只寫了屋子的事。」

二房的王大貴和鄒氏兩夫妻是一路人，平時話不多，但開口一般都能切中要害。

聽到他這話，王大富總算是鎮定了一些，但還是焦急地道：「那小妹是什麼意思？要在咱家住下？」

鄒氏點頭。「她當時也沒表態，但轉頭就和她那奸猾的兒媳婦收拾東西去了，看來多半是要住下了。」

「絕對不能讓他們留在寒山鎮，更不能留在咱們家！」王大富拍著桌子。「老二媳婦，妳快想辦法！」

王氏手裡拿著王老爺子的親筆書信，鄒氏還真沒想到事情會發展到現在這一步，一時間倒是沒有辦法。

「大哥莫急，不過是一間屋子。現下他們要在咱們家住著，等夜深人靜的時候派個下人去把那封家書偷出來毀了就好。到時候他們口說無憑，咱們不予理會便是。」說著，王大貴笑了笑。「後頭咱們再把他們趕出府，這外頭兵荒馬亂的，小妹他們又是孤兒寡母，在外頭是被拐子拐了，還是被無賴給欺負了，就不關咱們的事了。」

「這……這不好吧？」王大富猶豫起來。「到底是一母同胞，也不至於做到那般田地。」

王大貴和鄒氏對視一眼，兩人的眼中都流露出對王大富婦人之仁的蔑視。

「那是後話。」王大貴道：「反正先把那書信毀了。小妹若是識趣，咱們到時候打發一點銀錢，讓他們去別處討生活就是。」

幾人正商量著，門房來通報，說是王氏又過來了。

「這妹子真是急死鬼投胎，半點兒都不讓人喘氣！」

鄒氏也有些不耐煩，但還是讓人把客人引了進來。

不多時，一行四、五個耄耋老者拄著柺杖，顫巍巍地進了來。

這下子王大富等人都坐不住了，紛紛起身行禮。

「幾位叔伯怎麼突然來了？也不打個招呼，好讓我們親自相迎啊！」

王氏從為首的老者背後探出一張臉來。「當然是我請來的。」

王大富乾笑兩聲。「我和妳二哥剛從外頭回府，聽說小妹回來了，正想找妳來說說話呢，怎麼冷不丁地妳就去把幾位叔伯都請來了？」

王氏看他那皮笑肉不笑的樣子就犯噁心，也跟著假笑道：「合著大哥跟二哥是方才才知道我回來了啊？我還以為是昨夜和兩個老嫂子一起得的信呢！」

王大富被她這話刺得尷尬。

他們兄弟自然是昨夜也得了消息，只是一來沒有確定，二來也覺得王氏當了許多年的農婦又多年未回，好糊弄得很，便只讓趙氏和鄒氏出面。

王氏對兩個哥哥的品性習慣是打小就了解的，一看他們不自然的臉色，就知道這兩人在說謊！

「幾位叔伯快請上座。」王大貴假笑著請他們落了坐。「小妹從外頭回來雖是大喜事一樁，但也不至於煩勞到幾位叔伯出面。今日幾位叔伯前來是為了……」

為首的老者是王老爺子的堂哥，也是如今族中的族長。

族長也不和他們兜圈子，直接道：「是寶芸說她手裡有你們爹娘去之前的書信，把我們請過來鑒定的。」

寶芸自然就是王氏的名字了。

王家兄嫂的臉色都變得尷尬起來，剛剛他們還計劃著怎麼毀了王氏手裡的書信呢，這下倒好，經過幾位叔伯這麼一鑒定，他們所謂的計劃就全然成了空想！

王大富和王大貴此時心裡不禁同時想到，也難怪自家老妻沒能把小妹給糊弄過去，誰能想到這妹子在鄉下待了那麼些年，竟比從前還精明了數倍不止！

王大富僵硬地笑道：「都是一家人，我們也都認得爹的筆跡。再說，就算沒有那封書信，小妹說的話我們也是相信的。」

族長頷首，隨即便讓王氏把書信拿出來。

眾人一起比對，自然鑒定為真。

「那間屋子該是寶蕓的就是寶蕓的，你們家雖然分家好些年了，但是一間屋子總還是給得出的吧？」

趙氏和鄒氏之前唱作唸打地裝窮，那是欺負王氏多年未歸、不了解內裡，但幾位叔伯都老得快成精了，可不是那麼好糊弄的，幾人當下也不敢再說謊。

「自然是給得出的。」王大富陪笑道：「不過……不過您也知道，家裡兩房如今人口眾多，我們事先也不知道那屋子是爹娘留給小妹的，早分給媳婦住了，小妹想住進來，少不得還得收拾一些日子。」

族長是被王氏請來的，來之前他還覺得王氏有些小題大做了，不過是一間屋子，王家兄弟這麼富庶，哪裡就會昧她這麼點東西呢？但王氏是王家二老在世時最疼愛的孩子，所以族長還是念著舊日的情分跑了這麼一趟，沒想到這兩兄弟居然還真敢在他們一眾叔伯面前整這齣？可想而知私下裡他們對著王氏這妹子是什麼樣的嘴臉！

王氏則不怎麼驚訝，她回想起幾個時辰之前，顧茵同她說的話——

「今日為難娘的雖是兩個舅母，但是舅舅和舅母都不年輕了，老夫老妻了一輩子，她們的意思自然也就是舅舅們的意思。娘雖然有外祖的親筆書信，但難保他們會不會說些藉口拖延，或說家裡人多騰不出屋子，抑或是那屋子已經老舊，需要時間修葺。便是娘請來了叔伯作主，他們只要一直拖著，叔伯們年紀都大了，管得了一時，管得了一世嗎？不若索性折成現銀，錢貨兩訖吧？咱們得了銀錢就置辦自己的小院子，離他們遠遠的，各自都清靜。」

請族中長輩出面也是顧茵的主意，又說了那麼一番話，王氏看她做事說話越發有條理，之前也是多虧了她周全，便聽從了她的建議，沒想到還真讓自家兒媳婦給算準了！

所以王氏並不意外，只道：「大哥說的在理，所以我也沒想要住進來，不若將那屋子折成銀子給我便罷。」

族長面色微沈，跟著點頭道：「是了，既然騰不出屋子，折成銀子交與寶蕓也是一樣，也省得你們府裡小輩搬來搬去。」

大嫂趙氏不由得嘟囔道：「那屋子都多少年了，一間舊屋子怎麼折算銀錢啊？」

「男人說正經事，沒問到妳，妳開什麼口？」族長不悅地看向趙氏。

趙氏被看得縮了脖子，連帶一旁想幫腔的鄒氏也選擇閉上了嘴。

王氏看著兩個嫂子，連連冷笑。「我也不敢要多，只按著咱們這市價折算給我就成。但是咱們醜話說在前頭，爹娘當年留給我的屋子可是新的，現在破敗了縱然有日子久了的緣故，但更多的肯定還是人為，這人為的折舊費可不能算到我頭上！」

最後族長出面，說了個折衷的價格——二十兩現銀。

十兩銀子放普通人家就夠一年的嚼用了，二十兩並不是一筆小數目，但王家整個老宅子價值數百兩，北邊的大屋子連帶兩個罩房並一個小天井，若是在院子裡再建一個小灶房，隔成一個麻雀雖小、五臟俱全的小院子，在這繁華地段，賣上個大幾十兩是很平常。當然，這是理想的狀態。現實是，王家二老書信上只說屋子，沒說地，那天井的歸屬權也有待商榷，且王家兄弟也不會讓王氏再隔牆的，王氏更是沒銀錢去隔牆建灶房，所以族長才說出二十兩這個數目。

王家兩房人自然都是不情願的，但族長發了話，價格給的也確實公道，便也只能苦著臉、陪著笑，交出了銀錢。

族長也是公道人，之後寫了契約讓王氏按手印，表明了那屋子已經賣給兩個兄長。忙完這通正事，王家兩房夫妻臉上的神情都古古怪怪的，但叔伯俱在，他們也不好發作出來，王大富還得陪著笑邀請一眾叔伯留下來吃飯。

後頭席間族長少不得關心王氏幾句，問她這些年的境況，也問她如何幸運地在那場洪水中毫髮無損地活了下來？

這前頭的問題好回答，王氏直接就把這些年的苦楚訴說給叔伯們聽了。後頭的問題鄒氏也問過，當時王氏隨口糊弄了一句湊巧，但對著族長自然不是隨便一句話就能打發的。

王氏就亦真亦假地哭道：「月前聽說孩兒他爹和我家大郎都沒了，我成宿成宿地作噩夢，結果有一天晚上夢到了孩子他爹，他在夢裡一個勁兒地讓我帶著孩子們走，我醒來後覺得心裡不安生，就帶著孩子們離開了，這才躲開了那場大災。」

親人報夢，古來有之，這事雖有些離奇，但叔伯們也並未起疑心，還寬慰她。

「前些年妳雖過得不好，但躲過了那樣一場大災，可見是個有後福的。」族長邊說著話，邊意有所指地看了王大富和王大貴兄弟一眼，那意思再明顯不過了——你們親妹妹都過得這樣慘了，好不容易撿回了一條命，你們當兄長的不說接濟幫忙，卻還想著把父母留給她的屋子昧下，真真是黑了心肝！

最後，還是作為長兄的王大富開口打圓場。「小妹往後肯定能否極泰來，不知道日後做什麼打算？」二十兩銀子已經給出去，王大富生怕還甩不掉王氏這拖家帶口的一家累贅。他清楚地知道族長為人公正，眼下雖然是幫著王氏出頭，但王氏到底是外嫁的婦人，若是還想長久地來打秋風，族長也不會偏幫她。

王氏本來也沒存著占他們便宜的心思，便道：「也沒什麼打算，承蒙幾位叔伯作主，分得了爹娘留下的二十兩銀子，我打算先租個小院子住下，讓青意媳婦好好養身子，後頭我做些漿洗縫補的活計養家餬口。大哥放心，我便是討飯也不會討到你家的。」

「妹子這說的哪裡話……」王大富乾笑了兩聲。

事情處理完，飯也用過，天擦黑的時候，族長和幾位叔伯沒多留，王氏也跟著一道出了府，親自雇了牛車送他們回家。

等到叔伯們一走，王氏也不端著了，捂著胸口的錢袋子就往客棧跑。

客棧裡，顧茵正帶著小武安用夕食，因為沒有銀錢，吃的當然也很一般，就是乾燒餅兌熱水。抬頭看到王氏樂顛顛地進門，顧茵臉上便也不自覺地帶上了笑。

「娘，事情順利嗎？」

王氏一屁股在他們身邊坐下，先灌下一大口熱水，而後才開口道：「順利得很！如妳所料，我那兩個哥哥也都不是好東西，當著族長的面就敢說渾話，拖著不想把那屋子給我呢！後頭我照著妳教的說了，又有族長看著，他們就只能把屋子折算成銀錢給我。」說到這兒，王氏笑得眼睛都彎了，起身把窗戶和門全關了，掏出兩個大銀錠子，獻寶似地放到顧茵面前。「看看，二十兩銀子啊！」

顧茵也看得眼睛發亮，做買賣的本錢有了！

王氏看得好笑，伸手彈了她一個腦瓜崩兒。「瞧妳這小財迷的樣！」

顧茵摸著腦門笑了笑。「娘，我覺得往後咱們在鎮子上衣食住行都要用錢，光靠您給人縫補漿洗那肯定是不夠的。別的不說，武安大了，也到了該開蒙的年紀了。」

王氏聞言也止住了笑，又發起愁來。「妳說的我哪不知道？但是唸學堂多貴啊，當年青意上學堂的時候，一年就要五、六兩銀子的束脩，就那還是咱們村上的老秀才看在兩家有點交情上少收的了。到了這處，那一年不得交個十兩束脩？就是拿這二十兩全交了束脩，也只夠武安唸上兩年而已，能唸出什麼名堂？」

「是呀！」顧茵點頭表示贊同。「所以咱們要用錢生錢、利滾利才成，咱們可以做點小買賣嘛！」

王氏立刻搖頭。「買賣哪是這麼好做的？且咱家人都沒有一技之長，能做什麼買賣？」

「我覺得咱們可以做些吃食賣。」

王氏聞言，頭就搖得更像個撥浪鼓了。「我廚藝一般，妳打小跟我學的，更是不頂事兒，十來歲做個飯還差點把灶房給燒了！咱倆做的吃食能賣出錢？」

顧茵早就料到她這反應，畢竟性情的改變還算好解釋，但手藝總不能憑空變出來吧？不過幸好她早就醞釀好說辭。「其實，來寒山鎮之前，我有天晚上作了個夢。」

王氏心想，真不愧是自己帶大的兒媳婦，說起瞎話來和她一個路子！

顧茵很鬱卒，因為還不等她後頭的話說出來，王氏就把今天編瞎話糊弄娘家人的事告訴了她。這也難怪王氏不相信她，換作她也不信啊！

她本來就不擅長說謊，這套說辭還是模仿小說裡的，別的說法小說裡也沒教啊！

第二天一大早，王氏就開始找牙人看起了屋子。

雖說一下子得了二十兩，對他們來說算是窮人乍富，但到底家底薄，也不能一下子就把銀錢散盡，所以像王家老宅那樣的好地段就只能放棄了。

寒山鎮分南北，南邊靠近碼頭，苦力和小攤販眾多，貧苦人家大多在這一處安家。但是這塊地方也有隱患，就是人來人往的，治安比不得鎮上其他地方。

王氏想著孤兒寡母的，又有李大牛的事情在先，逛了一天也沒拿定主意，便只好回去和顧茵商量。

顧茵就道：「娘想要儉省是對的，但是安全確實是最基本的需要。不若明兒個我跟您一道去，幫忙參考參考？」

王氏現在已經聽得進顧茵的話了，看她在客棧待了兩日，面色也好了一些，便答應第二天把她帶上。

因著王氏給的中錢並不豐厚，看了一天也沒拿個主意，之前招呼她的牙人便不耐煩了，今天換了個新入行的小徒弟帶著她們轉悠。

那小徒弟看著也不過十二、三歲，臉曬得黑黑的，眼睛大大的，逢人先笑，生得倒頗為機靈。

但王氏看到牙行打發個半大孩子來招呼自己，心裡就不是很樂意了。

不過小徒弟會看眼色，見了她便笑道：「夫人安好，小子昨兒個遠遠地瞧著您就覺得您是個有福相的，看著比畫像上的觀音娘娘還慈眉善目呢！沒想到竟有機會招呼您，真是小子的福氣！」

伸手不打笑臉人，王氏被他哄得也笑起來，不過還是問道：「你師父呢？怎麼今兒個只讓你這孩子來了？」

小徒弟也不好直接說他師父瞧不上王氏這樣的主顧，便解釋說：「師父今天恰好家裡有些事，便讓我先帶您再看看。您別看我年紀小，我打小在街上晃蕩著長大的，不說寒山鎮，就是咱們整個青山縣，也沒有我不知道的地方呢！」

見王氏還是不樂意，顧茵就勸道：「娘，反正咱們來都來了，不若跟著這小哥走一遭，總好過白跑一場。」

「來都來了」這個理由還算挺充分的。客棧裡住著每天都要往外花銀錢，租房子這事能早一日是一日，因此王氏也就點了頭。

小徒弟見顧茵是個好說話的，便轉而同她道：「謝謝姊姊幫我說話，不敢擔姊姊一聲小哥，姊姊喚我小二黑就成。」

寒暄過後，小二黑便接著道：「昨兒個夫人看的是靠近碼頭的地方，那裡地段便宜，但確實三教九流什麼人都有。今天我帶妳們去另一個地方，那裡雖沒有那麼便利，價格也貴一些，但是會更安全一點。」說著話，小二黑便引路把她們帶到了鎮南地段的緇衣巷。

這處並不寬敞，初入巷時道路逼仄狹窄，只容兩個成年人通過，約莫走了一刻多鐘，才見一片密集林立的低矮房屋。

王氏看著就不是很滿意。「這地方又小又擠，屋子也都破破爛爛的，還不如我昨天看的呢！就這還比別的地方價格貴，你這孩子不會是糊弄我們吧？」

小二黑這日是第一次自己辦事，正是想要表現的時候，聞言便立刻解釋道：「夫人有所不知，這處雖然破舊，但確實是有它好的道理。」小二黑把他們帶到其中一個小院子前頭，壓低了聲音道：「這院子左邊這戶人家，可有一個秀才呢！這右邊的鄰居，那更不得了，是咱們鎮子上鼎鼎有名的關捕頭！」看見王氏和顧茵不為所動，他接著推銷道：「關捕頭是從別的地方調過來的，雖然來咱們鎮子上才幾年，但經他手底下的大小案子就沒有破不了的。而且他為人也好，鐵面無私，從不擺譜，縣太爺見了也得給他幾分面子。有他在隔壁住著，保管沒人敢起賊膽！」

這話倒是說到了王氏和顧茵的心坎上，他們孤兒寡母的，最需要的就是一個絕對安全的舒適環境。

顧茵和王氏又進去仔細看了看，這小院子一共就品字形三間大屋，正中央一間堂屋後頭連著灶房，左右兩邊各是睡覺的屋子，幾間屋子中間是個小小的天井並茅房。

王氏之前說此處又小又擠，但那是跟前一天她去看的、魚龍混雜之地的屋子做對比，若是和王家二老留給她的北屋比，則已經是大了幾倍不止。總體來說這院子還算寬敞，朝向也不錯，但看著已經有些年頭，牆皮都往下掉了，居住條件和原先的壩頭村武家差不多。

王氏又仔細問了價格。

小二黑方才還說得頭頭是道的，此時便有些吞吞吐吐地道：「這、這一個屋子只按年租，一年要……四兩銀子。」

王氏登時就挑眉罵道：「你這孩子，我前頭看你老實，怎麼把我們當傻子騙啊？這屋子破爛成這樣了，你要我們一年四兩?!昨兒個我看的比這大、比這新的，一年也只要二、三兩銀子！別說旁邊住的只是秀才和捕頭，便是縣太爺住著，也不好這麼坐地起價的！」

小二黑被王氏嚷得有些懵。

顧茵連忙拉了王氏一把。「娘，這價錢在牙行都能查到的，又不是他自己憑空叫價，咱們別為難他。」她又對被嚇傻了的小二黑笑了笑。「我娘就是嗓門大，其實人很好的，也不是罵你。」

小二黑緩過神來，不好意思地撓了撓頭，說：「我也知道價錢有些貴，但主家就是要這個價錢。夫人和姊姊若都是喜歡這裡，我再去幫忙講講價？」

王氏抄著雙手看向顧茵，問她怎麼看。

顧茵就壓低聲音道：「安全第一。這房子破也就破了，但是四兩確實貴了，不若讓小二黑去商量一下，要是和娘昨天看的那些同個價格，咱們就租下來？」二、三兩的價格也不低，但兩邊鄰居是秀才和捕頭，為了自家的安全，這銀錢多掏也不冤枉。

王氏沒吱聲，算是默許了她的說法。

顧茵便開口道：「那麻煩你跑一趟了，四兩確實貴了。我娘的意思是約莫二、三兩，你看……」

「不麻煩、不麻煩！」小二黑說著，又囁嚅起來，因顧茵看著和善，他才又硬著頭皮往下說道：「這個價格我去談，但是主家還要求得見見租客，所以夫人和姊姊都得隨我一起去才成。」

「這主家怎地這般多事！」王氏又是一通抱怨，最後是被顧茵勸著才沒繼續唸叨。

小二黑對顧茵討好地笑了笑，而後便立刻去敲隔壁的門。

「誰啊？」沒多會兒，那門吱呀一聲開了，出來個矮矮胖胖、頭戴布巾的圓臉中年婦人。

小二黑連忙拱手作了個揖，賠笑道：「許嬸兒，是我！我帶人來看屋子了！」

許氏見到是他，聲音也柔和了一些。「是你小子啊！怎麼你師父沒來？」

「師父今天事忙，想著我也大了，就給我一次歷練機會。」

「你小子歷練一次也不容易，但我和你師父說過的，我兒子可是秀才，要靜心讀書，可不是什麼三教九流的人都租的。」

「嬸子說的我都記著哩！這次看屋子的是一個慈眉善目的夫人帶著個年輕漂亮的姊姊，家裡還有一個孩子，人口簡單，肯定不會吵到青川哥讀書！」說著話，小二黑往旁邊讓了讓，讓許氏看看他帶來的顧茵和王氏。

許氏一直懶懶散散、慢慢悠悠的，聞言便緩緩地掀了掀眼皮去看，這一看之下，許氏瞪大了眼睛，聲音也拔高了許多。「王寶甏！」

王氏還在和顧茵商量著屋子的事，聽到有人喊她便循聲望去，一望之下也嚷了起來。

「許金釵！」

兩人竟是舊相識！小二黑見到這情景，認為事情成了一半，忍不住笑起來。「原來許嬸兒和武夫人認識啊！」

許氏插著腰呸了一聲。「誰跟這潑皮貨認識！」

王氏也不甘示弱地呸回去。「誰認識妳這潑皮貨！」

兩人互瞪一眼，王氏掉頭就走，許氏也砰一聲地把門關上。

顧茵和小二黑夾在中間，一頭霧水，兩人一陣無言地對視一眼，而後一邊一個去詢問情況了。

王氏步履生風，顧茵一直追到客棧才把人追上。

「真晦氣！」王氏進了屋後，氣呼呼地一屁股坐下，逕自給自己倒了碗水喝了，才接著道：「早知道那屋子是那潑皮貨家的，就不該去看！」

顧茵追在她後面進屋，抄起水碗也灌了兩口水，才算是緩過氣來。

王氏看她跑得小臉都發白了，也是一陣心疼，忙伸手為她撫著後背說：「妳這孩子也是死心眼，我又沒地方去，肯定是回客棧，妳慢慢地走回來不就成了，追我幹啥？」

顧茵重重地呼吸了幾下。「我看娘就走在我前頭幾步的距離，還以為能追上呢，誰知道娘越走越快，我就不自覺跑起來了。娘，您和那位許嬸子是有過節嗎？」

王氏又重重地呸了一聲。「我就不認識她！」

「……」見問不出個所以然來，顧茵便暫且打住，結果轉頭看到小武安正坐在床上眼巴巴地看著她們，就去給小傢伙穿衣服。顧茵和王氏是一大早出的門，所以就沒把他喊起來。看到自家娘親鐵青著臉，小武安也不敢大聲說話，只輕聲問顧茵。「嫂嫂，誰又惹娘不高興了？」

顧茵搖搖頭，而後一邊偷看王氏，一邊說：「我也不知道，娘不肯和我說呢，好像是有什麼秘密。」

「這有啥秘密？」王氏接過話茬，咬牙切齒地道：「那個許金釵，就是個蠢貨！」

與此同時，緇衣巷裡，許青川聽到自家大門被砰一聲關上後，也從書房出來詢問他娘發生了什麼事。

許氏撫著胸口，狠狠地罵道：「那個王寶藝，就是個蠢貨！」

其實王氏和許氏並沒什麼過節，相反地，二十多年前，兩人還是無話不說的閨中密友。兩家家世相仿，王家二老寶貝王氏這個老來女，許家父母更是把許氏這獨女看成命根子。如珠似寶養大的兩個女孩兒偶然相識後，因趣味相投，一見如故。兩人好到什麼程度呢？因為那時候她們最喜歡青色，便約定好以後第一個孩子的名字裡都要帶一個「青」字。

後來王氏離經叛道地自由戀愛了，許氏也芳心暗許了一個窮秀才。只是兩人看對方的意中人那是怎麼看都不滿意，說是嗤之以鼻也不為過。許氏說武爹太窮，一個無家無業的小貨郎敢打商戶家小姐的主意，還不肯入贅，根本癩蛤蟆想吃天鵝肉；王氏則嫌許氏喜歡的那個秀才既清高又病弱，一心撲在功名上，俗務一概不懂，肯定要讓許氏受苦！

兩人大吵一架後各自嫁人，王氏跟著武爹去了壩頭村；許氏則招了書生入贅，和爹娘搬去了別處。兩人自此斷了聯繫，再未通信，沒想到時移世易，二十多年後，居然前後腳回到了寒山鎮。

「她要得意死了！方才小二黑是不是說她兒子是秀才？得了個秀才兒子，她那眼睛不就長到天上去？」王氏越說越氣，乾脆躺回床上，面朝裡，生悶氣去了。

顧茵哭笑不得地看著她。

她還當自家婆婆是遇到了什麼仇家呢，敢情是昔日的閨密啊！

沒多久，小二黑後腳也到了。他唯恐因為自己攪黃了一樁生意，所以先回去知會了他師父，讓師父出面去許氏那裡周全，而後又馬不停蹄地過來致歉。「我真不知道夫人和許嬸子有過節，夫人念在我年紀小不懂事，還請原諒我一回！」

王氏正在氣頭上，根本不想說話，只朝外同他擺擺手，表示這件事和他無關。

小二黑急得都快哭了，又轉頭看向顧茵解釋。「我只聽師父說夫人想要便宜寬敞又安全的屋子，這才領著你們去了許嬸子那裡。一來是那邊有關捕頭，二來許嬸子家也是寡母帶著個兒子，和您幾位的境況有些像，這才——」

王氏霍地坐起了身。「什麼？她也守寡了?!」

許家的事在鎮子上也不算秘密，所以小二黑就道：「許嬸子從前是鎮上富戶的獨女，後來招婿入贅，一起搬到州府去了。但是好像沒過幾年，許家就生意失敗了，許嬸子的夫君也染病去世，因此她就帶著青川哥回到咱們鎮子上了。」

王氏又急道：「她家生意失敗了，男人又死了，她還有個要讀書的兒子，她怎麼活？」

小二黑被她不覺拔高的聲音嚇到了，退後兩步才又道：「瘦死的駱駝比馬大，緇衣巷那三個連在一起的院子都是許嬸子的。一間他們母子住著，一間租給了關捕頭，另一間就是今天我帶您去看的那間。」

王氏直接從床上下來了，鞋也顧不上穿，罵道：「我讓她不要嫁不要嫁，她就是不聽我的！守寡的日子這麼好過的嗎？她那個人又懶又饞，只幾間屋子的租子夠她花銷嗎？」王氏圍著屋裡轉了好幾個圈，而後猛地轉頭看向顧茵。「妳跟小二黑去牙行簽契，就說是妳特別喜歡那裡，那屋子一年四兩，咱們租了！」

緇衣巷裡，小二黑的師父也上了許家的門致歉。

許氏剛和兒子罵完了一通王氏，看到小二黑的師父，又拉下了臉。

這買賣雖然是小二黑的師父不耐煩推給徒弟的，但買賣事小，壞了名聲可就事大了，所以小二黑的師父非常客氣地先幫徒弟道歉，又解釋道：「我那小徒弟不懂事，只想著武夫人他們和您家境況相似，也符合您的要求，就貿然把人帶來了，您且饒他一回吧。」

許氏還在氣惱，聽到他這話不禁愣了愣，問他。「什麼叫和我家境況相似？」

王家的事雖然發生在前兩日，但寒山鎮攏共就這麼大，做牙行的自然消息靈通，便把王氏請了族長出面才從兄嫂手中分到了一筆銀錢的事說了個明白。

許氏聽完就沈默了，好半晌後她直接起身往外走，走到門口又覺得不對，轉頭看向許青川道：「兒啊，你去一趟牙行，就說……我也不知道怎麼說，你隨便編個由頭吧，反正那屋子我只收他們二兩銀子一年！」

這天快中午時分，顧茵帶著小二黑，許青川帶著小二黑的師父，四個人在牙行碰了頭。

小二黑見了師父後先縮了縮脖子，而後便立刻討好地笑道：「師父，武夫人改口了，要租那院子呢！」許氏租金要價高，還對租客挑挑揀揀的，成了牙行裡一個老大難的差事；而王氏出錢低，對居住環境要求卻頗高，也是一件苦差事。如今一下子解決了兩個老大難，小二黑覺得自己這次算是立下了功。

小二黑的師父敲了他一個毛栗子，哼聲道：「也是你小子運道好，許家也改變主意了！要是你小子砸了我的招牌，哼哼……」

小二黑連忙說不敢，心想自己果然還是太嫩，竟然沒事先做好背景調查，險些惹出大亂。

而另一邊，顧茵和許青川也見著了，兩人知道了雙方長輩的舊事，因此第一件事便是代替自家母親致歉。

顧茵白皙秀美，許青川清俊挺拔，年紀相仿的兩人光是站在一處，便是一道好風景。

小二黑看得兀自傻笑，又偷偷同他師父耳語道：「師父，這武家的姊姊和青川哥看著好登對啊！你說他們要是……咱們是不是還能再收一封媒人紅包？」

小二黑的師父立刻沈下臉，重重地瞪了他一眼，罵道：「你這孩子真是沒一點眼力！她梳著婦人髮髻，一看就是那武夫人的兒媳婦！你再這般不著調，滿口胡唚，往後便不要認我這個師父了！」

小二黑這才知道自己說錯了話，重重地打了自己兩個耳刮子，一張小黑臉被打得泛了紅，他師父才沒有接著責難。

而顧茵和許青川那邊，雖王氏說的是一年四兩，許氏說的是一年二兩，但兩人都不是鑽牛角尖的人，很快便商量下來折衷成了三兩的價格。

隨後便是小二黑的師父遞上書契，租賃房屋的事也就告一段落了。

第三章

辦妥了手續後，顧茵便回到了客棧。

王氏正伸著脖子在外頭張望，見了她就焦急問道：「書契簽好了嗎？許金釵沒有為難妳吧？」

顧茵搖頭道：「沒有見到許嬸子，是她家兒子來的。許嬸子的意思是一年只收咱們二兩租子，但娘的話在前頭，我也不敢擅自答應，所以和許公子商量著折衷成了三兩，這價格公道，咱們雙方都不吃虧。」

「妳做得好！」王氏依舊氣哼哼的。「誰要占她便宜！」

正午是客棧清算房錢的時間，顧茵既去簽好了書契，王氏便喊著他們收拾東西，一家三口提著包袱就去了緇衣巷。

到了自家新租的小院子門口，王氏又故作不經意地瞧了好幾眼，不過許家大門緊閉，她什麼也看不見就是了。

一直到顧茵他們把包袱拆開來安置，裡外都簡單灑掃了一遍，隔壁的大門才終於開了。

許青川抱著一本舊書，從外頭回家了。

許氏早就聽到隔壁的響動了，已經扒著牆縫聽了許久。看到兒子回來，許氏立刻把他拉進屋裡，壓低了聲音問他。「你怎麼回來得這樣慢？王寶藝他們是不是搬進來了？」

許青川清俊的臉上泛起了笑，挨了他娘一個白眼才憋住笑。他先做了和顧茵差不離的一通解釋，而後道：「我去了一趟書局。若是早知道娘掛心等著聽我的回信，我就該先回來和娘報信的。」

「誰掛心了？」許氏嘖了一聲。「算她王寶藝還有幾分骨氣，沒占咱們孤兒寡母的便宜！」被兒子那洞悉的目光打量得心虛，許氏移開眼神道：「兒忙了半天肯定餓了吧？午飯已經做好了。」說完她一頭栽進灶房，但沒多會兒她就端著個大海碗出來了。

大海碗裡頭是三塊炸得金黃、成人巴掌大的米糕，瞧著就是外酥裡糯的可口模樣。

許家只靠兩個小院子收租，還因為許氏挑剔租客，有一間時常空置，所以過得也不算特別寬裕。許青川已經許久沒看到自家母親這樣鮮活的模樣了，明知故問道：「好好的娘怎麼炸起米糕來了？不是說這東西費油得很嗎？」

「我這不是看你讀書辛苦，做點好東西犒勞你嘛！」許氏的眼神四處亂飄。「隔壁應當還沒燒起熱灶，你端到隔壁去，就說……就說是咱們當主家的一點心意，省得人家說咱們小氣。」

許青川搖頭笑了笑，端起海碗就往門口走去，然而剛走到門邊，他又被許氏給叫住了。

許氏不知道從哪裡變出一雙筷子，挾走了海碗裡的一塊米糕，而後才笑咪咪地道：「好了好了，你去吧！」

許青川無奈地說：「娘，武家有三口人，咱們只送兩塊米糕，說不過去吧？」

許氏嘿嘿笑道：「就是不給她工寶蕓吃！」而後又催促許青川快去，直到看著他進了隔壁大門，許氏才樂顛顛地回了屋。

許青川端著一碗米糕，叩開了隔壁的大門。

王氏看許氏不順眼，對著小輩卻並不擺臉，且許青川一表人才，雖只穿著一身洗得發白的書生袍，卻並不顯寒酸，反而顯得越發文質挺拔，很難不讓人心生好感。王氏唯恐自己嗓門大嚇著他，還特地放柔了語氣道：「怎麼這樣客氣，還送東西來？」

許青川抿唇笑道：「是我娘現炸的米糕，想著您家初初搬來，應該還沒熱灶，先隨便用一些。」

「算她許金釵還有幾分良心……」王氏嘀咕著接過海碗，等看清碗裡米糕的數量後，她臉上的笑容滯了滯。

「家裡米糕數量不夠，嬸子見諒。」許青川客客氣氣地作揖。

王氏側身避過他的禮，哼聲道：「好孩子，不用替你娘描補，她那人打小就促狹，肯定是故意的！」

許青川不好意思地摸了摸鼻子。送了東西後他也沒多留，告辭一聲便回了自己家。

堂屋裡，顧茵正和小武安一起打掃環境。

見王氏端著海碗進來，小武安就嗅著小鼻子說：「好香啊娘！」

王氏把海碗往桌上一放。「香的可不是你娘，是炸米糕。」

從前還在壩頭村的時候，王氏每過一個月都會給兩個孩子整點油水，但自從顧茵病倒後，家裡的伙食就很不好了。加上後頭又是逃難、又是住客棧，幾乎頓頓都是乾糧配熱水，別說小武安，顧茵聞著味兒都不自覺地分泌了口水。

「自己去灶房拿筷子啊，還指望老娘服侍你們？」王氏看到這一大一小的饞貓樣，臉上也帶出一點笑。

小武安像一陣小旋風似地颳了出去，眨眼的功夫就拿來了三雙竹筷。

「娘您先吃。」小武安第一個把筷子遞給王氏。

提到這個，王氏的氣性又上來了。「我吃啥吃？三個人她給送兩塊米糕來，膈誰呢？你倆吃，別管我！」

小武安怯生生地看了顧茵一眼。

顧茵接過筷子，把米糕挾成一小塊、一小塊，露出裡頭晶瑩飽滿的米粒。「這不就好了？咱們一起吃。您要是不吃，我們倆哪裡吃得下呢？」

被顧茵哄著，王氏才勉為其難地拿起筷子，挾起一塊嚐了，而後嫌棄道：「哼，這許金釵打小手就比我還笨，白瞎了這油，炸老了！」但是嫌棄歸嫌棄，吃著吃著，王氏還是笑了起來。

顧茵和小武安這才跟著動筷子。

兩塊大米糕分著下肚，三人都吃飽了。

王氏也不得閒，讓顧茵和小武安接著在家整理，她則出去添置東西。他們從壩頭村帶出來的吃食都已經在這段時間吃完了，油鹽醬醋、糧米柴火等也都需要另外購買。還有，新租的屋子裡雖然有一些簡單的家具，但是零碎的小東西和床褥那些卻是沒有的。

臨走到許家門口，王氏特地放慢了腳步，摸著肚子嚷嚷著。「哎喲，我家孩子就是孝順，我都說不吃了，還非要先緊著我吃！不像有些人，三口人故意送兩塊糕來，不知道打的什麼主意啊！」

許氏在屋裡聽到就不幹了，放下碗就從屋裡出了來。「怎的這般話多？吃還堵不上妳的嘴！」

「哎喲哎喲，怎麼我家孩子孝順，我心裡高興還不讓人說啦？」

隔著門板，兩人又不約而同地各自呸了一聲，這才接著去忙自己的事。

顧茵這邊，看著小武安吃完碗裡最後一塊米糕，顧茵便去灶房先把許家的碗洗了，讓小武安送還回去，而後接著收拾灶房。

沒多會兒，小武安從隔壁回來，手裡還攥著一塊飴糖。

他獻寶似地遞到顧茵面前，歡快地道：「嫂嫂快看，許嬸子給我的糖！給妳吃！」

自從離開壩頭村後，顧茵就沒有看到他這麼高興過了。騰不開手摸他的小腦袋，顧茵就用手肘擋住他遞糖的手，笑說：「你自己吃，嫂嫂不愛吃甜的。」

小武安又從懷裡拿出手帕，把飴糖給包住。「那我等娘回來，留給娘吃！」

顧茵看他把一塊飴糖寶貝得跟什麼似的，心裡有些不是滋味。

其實武家的日子一開始真的很不錯，原身到武家那幾年還是隔三差五就能吃到野味，這才從那個瘦弱的樣子長成了亭亭玉立的少女模樣。

只苦了小武安，生下來的時候爹爹和哥哥都不在了，家裡娘親和嫂嫂沒有一技之長，只能做些最簡單的活計。後頭原身病了一場，為了給她治病，家裡更是連田地都賣了。

再到如今，雖然王氏從娘家分來了該得的二十兩，但進項少、出項多，這家裡至多再過兩年又會回到從前貧苦的模樣。

顧茵下定決心，今天一定要再想出別的說法，說服王氏讓自己做吃食買賣，就算王氏不信，她也盡可以先斬後奏地做出一些東西來征服王氏的味蕾，最多挨王氏一頓罵。

拿定主意後，顧茵清掃灶房越發盡心，不僅灶臺的邊邊角角都擦得一塵不染，連灶房角落都在先掃過之後，用抹布再擦個一乾二淨。

顧茵一通收拾到傍晚，王氏也從外頭回來了。

王氏買了很多東西，大包小包地揹滿了身。然而回了家她卻不急著卸貨，而是到處找顧茵。聽小武安說顧茵在灶房，她先衝進灶房，等看清裡頭纖塵不染的模樣，她就把跨進去的腳又縮了回來。

「這還是咱家嗎？怎麼小半天不見就換模樣了？」

「娘回來得正好，我有事要和您說。」

「我也有話要和妳說。」王氏招手讓她上前，而後一把將她拉了出來。「兒啊，上回妳說的作夢是怎麼回事？妳具體和我說說。」

顧茵心中微動，她還當王氏已經忘了那事，畢竟當時那情景，她說的那話確實可信度很低。沒想到王氏尋到新房子、安定下來之後，竟主動問起來了。「您果然還是相信我的！」

顧茵覺得自己看人太片面了，王氏不僅嘴硬心軟，還是個粗中有細、心思細緻的！「我一定不辜負您的期望……」

王氏看她紅著眼睛的激動模樣，拍著大腿急道：「妳快別扯這些有的沒的了！是我已經把牛皮吹到天上了！」

幾個時辰前，王氏去鎮上採買東西。

她先買了一些家裡的日用品，隨後想到顧茵的補藥也快吃完了，便又去了藥鋪。

本以為距離上次買藥又過了三日，附近運輸的道路也該修好一部分，藥價該降下去了，沒承想藥價竟又貴了一倍！

王氏驚訝之餘詢問緣由，這才從掌櫃的嘴中知道藥價現在和道路沒關係了，而是起義軍和朝廷軍隊的戰事越來越吃緊了，當今皇帝大手一揮，下了一道聖旨，從全國藥商手裡刮走了絕大部分藥材，但凡有用的都送上了前線。這還不算，這皇帝一味只知道享樂，國庫早就讓蠹蟲掏空了猶不自知，哪裡來的銀錢收購藥材呢？就只說先欠著，等回頭稅收交上去了再補。一眾商戶有苦難言，可哪裡敢跟皇帝計較？只能捏著鼻子吃下這悶虧。但藥材少了，供不應求，傷了元氣的藥商還得想法子把虧掉的本錢賺回去，藥價這才又翻了倍。

像王氏問的這家壽安堂還算有良心的了，還有那等想錢想瘋了的乾脆把店門關了，等著其他同行把藥材都賣空，他們再囤積居奇，炒個十倍。

掌櫃上次看王氏穿得破舊還捨得費銀錢給兒媳婦買補藥，對她印象不錯，還壓低聲音同她道：「夫人要買就趁早，我們東家雖然下了命令不讓人多買，唯恐奸商從我們這兒囤貨，但保不準哪天就賣完了，往後再想買藥，就得去那等貴上十幾倍的奸商處買了。」

王氏摸著錢袋子，心疼得直抽氣。

她從壩頭村帶出來的銀錢這些日子都差不多花乾淨了，後來一共得了二十兩，租賃屋子花了三兩，置辦家裡的東西花了五兩。顧茵那補藥怎麼也得再吃一個月，這就又去了五兩。算下來，身上竟只能剩下七兩銀子了。

王氏心裡一陣後悔，她應該先來問過藥價再去買其他東西的，畢竟藥不能省，其他的倒是還能再省一省。

就像她本想著只從家裡帶出了一床鋪蓋，在客棧睡大通鋪的時候大家蓋一床，往後家裡幾個都得分開睡呢，怎麼也得再買兩床，現在想想，哪裡就非得花那個銀錢呢？只要再買一床新的給大病初癒的顧茵睡，舊的給兒子睡，她自己或者和他們擠一擠，或者囫圇蓋幾件衣服不就得了？

還有，她還花了十文錢買了一壺米酒，想著重新安定下來了該慶祝一番。其實兒媳婦不喜歡喝酒，小兒子更是還沒到能碰酒的年紀，說來說去還是她自個兒嘴饞想喝！王氏重重地打了自己的嘴一下。半截身子入土的人了還這麼饞，該打！

就在她悔不當初的時刻，旁邊突然傳來一聲響亮的嗤笑。

王氏轉頭一看，只見兩個穿著富貴的年輕婦人正捂嘴笑看她，瞧著還有幾分面熟。她一時沒把人認出來，但對方和她對視之後，卻是先開了口。

「沒想到會在藥鋪遇到姑母。」

王氏仔細一回憶，這才認出眼前這兩人是二嫂鄒氏的兩個兒媳婦。「是妳們啊。」王氏面色淡淡地點了點頭，就算是打過了招呼。

沒想到對方卻沒有讓開，反而上前一步，和王氏攀談起來。

個高一些的那個媳婦子笑著道：「姑母是來給表弟妹買藥的嗎？」

王氏雖然心情差、不耐煩，但到底是娘家的晚輩，她還是應道：「是啊，我家兒媳婦剛生過大病，大夫交代要吃補藥的。」她自問沒說錯什麼，但不知道為何，兩個媳婦子聽著卻一同吃吃地笑起來。

一個道：「姑母真是菩薩心腸，這貴了數倍的藥說給兒媳婦買就買，不知道的還當姑母家多富裕呢！」

另一個說：「嫂嫂別忘了，姑母之前才從咱們那兒分了二十兩銀子出去呢，如今可不是財大氣粗？只那二十兩可是一錘子買賣，別回頭吃藥花光了銀錢又尋到咱們家來。」

王氏這才明白過來，這兩人不是來和自己打招呼，而是來尋釁的！

鄒氏為人精明，挑的兩個兒媳婦一個賽一個的嘴皮子索利，且前頭王家二老留給王氏的那屋子後頭由她們兩家人住著，折成二十兩銀子後，王大富就把那銀錢大頭算在了二房頭上，讓他們二房出十五兩。

因為這件事，兩房人吵了半天，鄒氏心裡不痛快，就讓兩個兒媳婦出銀子。

她們倆雖然嫁進王家許多年了，但鄒氏為人精明又摳門，她們根本沒多少私房，只能從嫁妝裡頭拿出銀錢貼補。因為這樣，她們才把王氏和顧茵給記恨上了，偶然遇到了落單的王氏，這才使勁地排揎。

王氏在鄒氏手底下吃過這種文謅謅的虧，想著顧茵不在，沒人幫她找補，自己多半辯不過，本不欲理會她們，但那兩個媳婦子還在接著說笑。

「不會吧？姑母不是說她能漿洗縫補衣裳賺銀錢嘛，便是討飯也討不到咱家來呢！」

「漿洗縫補能掙幾個銀錢？我看還不夠表弟妹吃藥的零頭呢！要我說，這人啊，就得認命！俗話還說有多大頭，戴多大帽子呢，這表弟妹配得上這般貴價的藥嗎？」

王氏自認縫補漿洗的活兒雖然掙得少，但靠自己雙手吃飯並不是什麼丟臉的事。所以她一開始自顧自走了，一直到這兩個媳婦子開始議論起顧茵來，她就站住了腳，一邊擼袖子一邊罵道：「老虎不發威，妳們當老娘是病貓是吧？我兒媳婦怎麼不配吃補藥了？」

那兩個媳婦子沒想到這姑母上來就要打架，一面拉扯著後退，一面道：「表弟妹不事生產，反而讓姑母這樣的長輩為她操勞，可不就是不配？」

王氏冷笑著呸了一聲。「誰會不生病？誰生病了還得做活兒養家？我兒媳婦本事大著呢！」說到這兒，王氏有點頓住，自家兒媳婦有啥本事來著？隨即想到那天顧茵說到的那個夢，正在氣頭上的王氏便張口就道：「我兒媳婦一手廚藝出神入化，這要是等她養好身子，做起買賣來，包管不過幾年之後連我那兩個哥哥都比不上！」

兩個媳婦子又想嘲笑，又忌憚王氏的拳頭。「那我們就等著看姑母和表弟妹發家了！」說著便腳下生風，逃也似的跑了。

等嚇退了她們，王氏才得意地哼了一聲，提著包袱往家走。但走著走著她冷靜下來後，就發現事情不對了！她那老二嫂是個人精，今天這話從自己嘴裡說出去的，回頭要是辦不成，那不就讓她二嫂傳出去嘲弄一輩子？於是，王氏著急忙慌地趕回家找顧茵問起那個夢！

聽完來龍去脈的顧茵無言。也行吧，雖然過程和她想的不同，起碼結果是她想要的。

「那個夢其實很簡單，就是在夢裡有個老人教我煮粥、煲湯，我醒來就覺得腦子裡好像多了些東西。」顧茵說著，就幫王氏卸下包袱，一邊翻看她買的各色東西，一邊問：「娘想吃什麼？我給您露一手！」顧茵最擅長的是熬粥、煲湯，其他白案點心做的也很不錯。

王氏看她鎮定自若的神態，懸著的心就往回落了一半。

她看著手裡的東西，一咬牙、一閉眼、一狠心，囫圇地往顧茵手裡一塞。「妳隨便做些什麼，這些妳都儘管用！」

看到王氏那視死如歸的模樣，顧茵笑著頷首應下，轉身進了灶房。

王氏買了不少吃食，最多的是麵粉，有一大袋，而後是一小袋米、巴掌大的一小塊豬肉、兩條小魚、一小籃子雞蛋和蔥薑那些，顧茵便決定做魚肉餛飩。

她拿出大盆和麵、揉麵，揉成一個光滑的麵團後將大盆放到一邊蓋上乾布醒麵；之後先把魚刺比較少的大塊魚肉整塊片下來、切碎，再剁成魚肉醬，加上同樣剁成肉餡的五花肉、雞蛋、蔥花、薑末、少許米酒和其他調料，順著一個方向攪拌上一陣，餡料便準備妥當；剩下的魚骨、魚頭用小火煎一會兒後加水煲湯。

這時麵也醒得差不多了，顧茵揉出一張大麵皮，像折紙似地對折幾次，用菜刀切出方方正正的餛飩皮形狀，再把調好的餡料往餛飩皮裡一抹，隨手一捏便是一個小小「元寶」。

王氏這邊，說是去收拾，其實她把包袱往堂屋一放，便又放心不下地折回來，扒著窗戶縫偷看；而小武安看到他娘的怪異舉動，也跟著她蹲在一起往裡瞧。

一大一小兩個人頭碰頭，看到顧茵動作如行雲流水一般熟練又麻利，王氏總算是定下心來；小武安則嗅著魚湯的味道，一面流口水，一面眼睛發光地看著顧茵。

「娘，嫂嫂好厲害，好好看啊！」小武安吸溜著口水，小聲道。

王氏聽得發笑。「你這小子才幾歲，知道啥好看、啥不好看？」

小武安自然不是以男人欣賞女人的眼神去看待顧茵，他靦腆地笑道：「就是覺得嫂嫂下廚的時候好認真，好像會發光！」

顧茵的神情專注而認真，通身散發出一種成竹在胸的自信氣度，確實彷彿變了個人。

「你這小子還沒吃到就誇上了！」王氏壓低聲音笑罵。

顧茵當然知道王氏在看自己，也不點破，只一邊微微偷笑，一邊自顧自地做手裡的活兒。包好的餛飩放入煮沸的魚湯內一汆，沒多久就打著轉齊齊浮上來。

「娘快來嚐嚐！」顧茵用笊籬把餛飩連湯帶水地舀進大碗，撒上一小撮碧綠的蔥花，頓時就香氣四溢。

王氏連忙拉著小武安後退，做出離灶房還遠的模樣，大聲喊道：「這就來！」

熱騰騰的餛飩端到手上，薄如蟬翼的餛飩皮呈半透明狀，透出若隱若現的餡料，就著發白的魚湯和碧綠的蔥花，光是看著就讓人食慾大增。

觀看了整個過程的王氏明知故問地道：「這是做啥？」

「是魚肉餛飩。」顧茵也很配合地回答。

「魚肉做不好可腥得很呢！」王氏這倒不是故意挑刺，而是時下一般人對魚的處理還不到位，所以大家都更喜歡豬肉。王氏也是為了省錢，這才在買了豬肉後又買了兩尾不怎麼值錢的小魚。

她們說著話，小武安已經先吃上了，一個餛飩入口還沒怎麼嚐出味道就張嘴呼著熱氣，直呼好吃！

「小兔崽子，一副沒見過世面的樣子，慢點兒吃！」王氏好笑地看了他一眼，而後也吃起來。王氏少時是吃過許多好東西的，但一個餛飩入口，她也驚訝地瞪大了眼睛。真不是小兒子沒見識，是這餛飩真的好吃！薄如蟬翼的餛飩皮入口即化，裡頭的餡料鹹香軟嫩，魚肉並不見腥，反而給豬肉增添了鮮美。那魚湯就更不用說了，鮮得讓人恨不得吞下自己的舌頭！簡直比小時候爹娘帶她吃過的大酒樓的白案師父做出來的還好吃！

一大一小顧不上燙嘴，埋頭苦吃，兩碗餛飩不消一刻鐘就被消滅，連碗裡的魚湯都被喝了個乾淨。

顧茵看著他們一大一小風卷殘雲的模樣，突然想起了上輩子爺爺臨去之前和她說的話——

「丫頭，妳是咱們家幾代人裡天分最高的，食譜到妳手裡不用人教，妳照著就能做出差不離的東西來。妳爸雖然是打小被我拘在廚房裡學的，但他的天分遠不如妳，一直到他過世，還不如妳學這麼幾年。只是爺爺得說一句，妳做菜過於匠氣了。希望妳有一天能真正做出讓人覺得幸福的食物來。」

顧茵在廚藝之家耳濡目染長大，真正開始學廚是父母離世之後。因為知道往後爺爺的衣缽要自己繼承，所以她像完成任務一般，每年的寒暑兩假都泡在廚房裡，畢業之後更是不分日夜地在廚房裡練了好幾年。下廚這種事在她看來並不困難，只要背熟食譜，記下每種食材的特性、所需的烹飪時間和調料的分量，照本宣科地跟著做，效果便不會差很多。

至於爺爺說的「讓人幸福的食物」，她一直以為只存在小說和電視劇裡。但此時看到王氏和小武安吃得眉眼彎彎的模樣，顧茵只覺得心頭一片柔軟，突然好像明白了一些。

風卷殘雲過後，王氏饜足地摸著肚皮，激動道：「兒啊，妳真沒騙人，這手藝不做買賣真的是暴……暴啥來著？反正就是可惜了！唉，妳夢裡那個老仙人就沒有和妳說點旁的？比如哪裡埋著什麼寶藏之類的？」

顧茵一陣無奈。「真沒有，仙人只傳授了我手藝。娘，授人以魚不如授人以漁，大筆的財富也會坐吃山空，靠手藝吃飯才能天長日久嘛！」

王氏一想也是，要是先人真直接給了大筆銀錢，這外頭兵荒馬亂的，自家孤兒寡母的也守不住！「是我一時想岔了，能有這手藝就很好了！」

「其實我最擅長的還是熬粥，娘要不要也嚐嚐？」

王氏已經沒有不相信她了，但想了想還是道：「貪多嚼不爛，咱們先做餛飩試賣，賣得好咱們再做別的。」

王氏這番話恰好和後世新店試營業的思路相契合，而且確實每多一個種類，相對應的成本就要增加，顧茵也就沒再多說。反正只要餛飩賣得好，往後自己就可以完全放開手腳了。

說定之後，王氏又風風火火地出去置辦東西了。

小武安還在舔碗底，顧茵看得心疼，就問他要不要再來一碗？

他正是長身體的時候，一碗餛飩已經夠飽，但還是能吃得下的。可他方才聽著他娘和嫂嫂的意思，那餛飩是準備賣銀錢的，所以他立刻搖頭說不吃了。

顧茵看他既饞又乖的模樣，心疼壞了，又舀出一碗魚湯讓他喝。

小武安抱著湯碗，小口小口，十分珍惜地喝完。

半個時辰後，王氏從外頭回來了。她先買了需要的食材放回家裡，而後便敲開隔壁的大門，喊著許氏的名字。

許氏早先就聞到了隔壁傳來的香味，站在院子裡大口大口聞了好久。聽到王氏的大嗓門，她還當是王氏禮尚往來給自己送吃的來了，結果她樂呵呵地開門一瞧，王氏兩手空空！

「找我幹啥？」許氏蹙眉插腰，語氣不善地問她。

王氏這次倒沒同她吵，好聲好氣地問她。「我家想做點小吃的小生意，只是我好些年沒回來了，空有手藝，不知道現在的行情，只好同妳打聽了。」

「妳那手藝還能做買賣？」許氏嗤笑，但看著王氏伏低做小的模樣，她心情大好，又接著道：「我只知道碼頭那裡人多，好些小攤販都在那處。」

王氏聽得連連點頭，又問她。「那麼，那些擺攤用的器具是去買現成的還是訂做的？」

許氏道：「妳真當我啥都知道啊？自己不會去鎮上問嗎？」

見她真不知道，王氏也收了好臉，插腰道：「不知道妳橫個啥！」

「妳這潑皮，我好心做了炸米糕給妳，妳家做好吃的不說送來一點，上趕著找罵是不是？」

「就不給妳吃，饞死妳！」王氏得意地昂了昂下巴，到鎮上去打聽了。

到了這天傍晚的時候，王氏從外頭挑回來一套擺攤用的器具。

因為是現成的，價格自然比自己尋木料做的貴，尤其東西裡還帶一個簇新大鐵鍋，下面可以直接添柴加炭，在攤子上直接開火的，更是造價不菲。另還有矮桌、板凳、鍋碗瓢盆，林林總總，足足花了她二兩銀子。

當然也有其他家東西便宜一些的，但是一來其他家的東西沒這麼齊全板正；二來是這家算是鎮上的老字號了，店主聲明只要是他家的東西，回頭不用了是能折價賣回去的，這樣算下來就比其他家公道了。

顧茵看她一整天在外頭奔忙，挑著擔子忙得滿頭是汗的，趕緊給她倒水，又給她絞了汗巾子擦臉。「娘該讓我一起去的，總不好一直讓您一個人忙。」

王氏咕咚咕咚地灌下一大口熱水。「大夫說靜養妳不知道嗎？且老實在家待著。再說，這買賣要是做起來了，往後有的是妳忙的時候，也就這麼一天半天的得閒了。」

顧茵也就沒再多勸，進灶房去做準備工作了。

第二天一大早，顧茵的餛飩攤擺到了寒山鎮的碼頭上。

顧茵天沒亮就起了身。

王氏比她還早，顧茵起床的時候她已經把灶膛燒起來了。

顧茵見她眼底一片青影，忍不住勸道：「天還早，您再瞇一會兒吧，我一個人忙得過來。要是實在不放心，等出攤的時候我再喊您一道去。」

「妳別管我，咱們一手一腳把活兒幹完，等收攤回來我自然睡得踏實。」王氏一邊打呵欠，一邊搖頭。她哪睡得著呢？愣是一晚上都沒敢合眼呢！昨兒個整副家當只剩七兩的時候，她就心疼得不得了。後頭又買食材、買攤擺器具，共花了三兩半，這又去了一半。

那會子是被娘家姪媳婦話趕話逼出了一股衝勁，冷靜下來卻是後怕。這次買賣要是做不成，家裡後頭的日子是真不知道怎麼過了！

婆媳二人齊齊上手，天邊泛起魚肚白的時候便挑著東西出了緇衣巷。

此時碼頭上還未有船隻停靠，但小攤販們都陸陸續續地過來了。

王氏前一天已經來打聽過，在這一處做買賣沒有什麼規矩，只月底的時候衙門會來人收攤位費。

當然攤位也不是隨時能換的，先到先得，來得早的人可以租用越靠近碼頭的好位置，就算後頭不做了，還能轉給其他人，收取一筆轉讓費。

像顧茵婆媳二人這樣沒根基又出不起轉讓費的，自然只能選在一個不怎麼起眼的位置。鍋碗瓢盆、矮桌板凳都支稜開，小小的餛飩攤便開始了營業。

天光大亮的時候，碼頭上人頭攢動起來，附近的吆喝聲一聲蓋過一聲，顧茵便加了柴火開始熱鍋。

旁邊的攤位上是賣油條的，油條下鍋刺啦啦的一聲聲脆響，油煙味道蓋過了顧茵的魚湯味道。

倒也有不少人見顧茵面生又長得好，前來問價，但是顧茵的餛飩並不算特別便宜，一碗餛飩四文錢，而其他的餛飩攤子不過賣三文。碼頭上大多是苦力，一文錢於他們來說也很要緊，因此小半個時辰過去，一共來了五個人問，聽說這餛飩是魚肉做的，價錢還比旁人的貴上一文錢，便都有些猶豫，只有兩個人掏銀錢買了一碗。

顧茵昨兒個還拜託王氏多買了一罐子醋和幾頭大蒜。大蒜被顧茵剁成蒜末，裝在小木碗裡，和醋一樣，可以根據客人的口味自行添加。

兩個客人一個放蒜末，一個放了幾勺醋後，都很快就吃完了一碗，離開之前還對顧茵的魚肉餛飩大加讚賞，顧茵心中微定。

其實小吃這東西是講究口味的，各花入各眼，就像南邊甜口的菜式入不了愛吃辣的川省人的口，因此她也並不確定自己的手藝會不會被王氏和小武安以外的人認可。但方才兩個客人的口味明顯不一致的情況下，還都稱讚她的餛飩好吃，她就知道自己的擔心是多餘了。

她不急，但旁邊的王氏可急壞了。半早上過去只賣出兩碗，這一天下來才能賺幾文錢？「娘先坐下歇歇。」顧茵看王氏吆喝得喉嚨都要冒煙了，便倒一碗熱水遞給她。「咱們初來乍到本就急不得，慢慢地會越來越好的。」

就像她上輩子剛接手家裡粥鋪時，老顧客們見她年輕面嫩，都懷疑她的手藝，當時店裡的生意也是減少了將近一半。

但隨著時間過去，嚐過她手藝的人都成了回頭客，最後不僅老客都回來了，慢慢地還增加了許多新客人，生意反而越來越好了。

「我不急、我不急……」王氏自顧自嘀咕，也不知道是在安慰顧茵，還是在安慰自己。喝過一口水，王氏還不肯歇下，一面接著吆喝，一面眼巴巴地看著路口等人經過。

顧茵看她這樣，就知道她是急得不成了。昨兒個王氏就一晚上沒合眼，今兒個要是生意再不好，怕是晚上又要睡不著。縱然王氏身子好，這麼提心吊膽地熬著能熬幾天？怕是先要把她給急病倒了。顧茵沈吟半晌後，思索道：「其實我有個法子，但就是要委屈了娘。」

「唉，妳這孩子有辦法怎不早說？」王氏擱下水碗，扒著她道：「只要能早點打開路子，我是沒有什麼委屈的！」

賣油條的老劉頭已經在碼頭上做了兩年生意。

他家本是在隔壁遠山縣，祖上就一直做這個，傳到他這一輩已經是第三代。三代人靠著手藝發家致富，在鎮上買了房子、討了老婆，眼瞅著日子越來越好了。

但天有不測風雲，他家女兒被鎮上的老員外相中，非要抬他閨女做第八房小妾！於是老劉頭帶著老婆跟孩子連夜落跑，跑到這寒山鎮上重新安家。

本以為日子還是一樣的過，但老劉頭沒想到從頭開始竟這樣難——碼頭的檔口位置差，客人少，多年累積的舊客又沒有了，生意可謂是一落千丈。

一直到如今都過去兩年了，老劉頭的生意都沒能回到從前。

但老劉頭很滿足了，碼頭上的攤販一茬茬地換，就只有連同他在內的幾戶手藝確實好的人家，天長日久地把生意做了下來。他就等著攢夠轉讓費，再把自己的攤子往前挪一挪了。

今天也是稀罕，老劉頭發現旁邊新支了一個餛飩攤，攤主還是一對婆媳。也是可憐見兒的，這婆媳倆半早上只賣出去兩碗餛飩。老劉頭正想著要不要送上兩句勸告，就突然聽見旁邊一聲嚷嚷——

「妳跟我回去！」

那婆婆本就長著一副有些潑辣的凶相，插腰罵人的時候就越發凶神惡煞的。旁邊年輕瘦弱的小媳婦撲通一聲就跪下了，帶著哭腔的清脆聲音傳了開來——

「娘，您就再給我一次機會吧！」

這是怎麼了？老劉頭一邊炸油條，一邊往旁邊瞧。附近的人就更別說了，只要手裡沒活計的就往那兒瞧，路過的客人更是紛紛駐足。

「機會？我沒給妳機會嗎？家裡窮得揭不開鍋了，妳非說做小買賣可以餬口，可妳看看，這半早上只賣出去兩碗餛飩！靠妳餬口，咱們全家都得餓死！」

聽到這兒，老劉頭就皺眉了。自己做了半輩子吃食的人，換個地方都花了半年時間才站穩腳跟，這小媳婦的餛飩攤還擺不到半天，沒做到生意那不是很平常的事嗎？這婆婆未免太凶惡了一些！

「娘，您再容我兩天吧？我的手藝您也嚐過，您昨兒個也誇我來著呀！」

「我呸！我管妳什麼手藝不手藝，我就只認銀錢！家裡揭不開鍋了，妳要是賺不到銀錢，看老娘怎麼收拾妳！」王氏插著腰冷哼。「我把妳買回來養到這麼大，妳就該知恩圖報！我兒子已經沒了，還養妳這麼個小寡婦在家已經是天大的恩德了，不若把妳嫁給老員外做填房……」

「我……我不想做妾。」

「還輪得到妳來作主嗎？」王氏蒲扇大的巴掌就要往顧茵的臉上搧去。

這小媳婦細皮嫩肉的，哪能挨得住這一巴掌啊？大夥兒看得揪心不已。

女兒差點被逼做小妾的老劉頭更是看不下去了，當即出聲道：「妳這婦人怎麼回事？妳兒子沒了又不是妳兒媳婦的過錯，她年紀輕輕還想著補貼家用，有這份心已經很不錯了。且我剛才聽到妳攤子上的客人對妳兒媳婦的手藝都讚不絕口的，可見她是個真有本事的，妳怎麼能說那種讓她去給旁人做妾的話？」老劉頭越說越氣，聲音也越來越大。但奇怪的是，他面前的婦人並沒有因為他的插話而不悅，唇邊反倒泛起一絲若有似無的笑意，怎麼看著還怪高興的？老劉頭來不及細想，就聽她罵道——

「好吃有啥用？這攤子擺著一天掙不到銀錢就虧一天的錢，我們家又不富裕，能支撐多少日？嫁人做妾又怎樣？我家馬上就能得一筆銀錢改換門庭呢！」

「妳這人、妳這人……」老劉頭被她的強辭奪理氣到了，支吾了半天都不知道怎麼說了，最後又見到小媳婦暗自垂淚的可憐模樣，他心一軟，就摸出幾文錢來。「我正好沒吃朝食呢，小媳婦給我做一碗！」

王氏撇過臉嘟囔道：「一碗半碗的夠幹啥啊？哼！」

顧茵收了銀錢，紅著眼睛向老劉頭道了謝，而後便手腳麻利地包餛飩、下餛飩。

那餛飩皮在她手裡像活過來似的，不過眨眼的功夫就包好了十來個，而魚湯在再次加熱之後，更是散發出一陣濃郁的香味。

「小媳婦別哭，給我也來一碗！」

「就是，聞著味道這麼香，就知道肯定好吃！妳別聽妳婆婆的，咱們靠手藝吃飯不丟人！」

路人和附近其他攤販都用行動支持來替顧茵鳴不平，顧茵又一個個地道謝，幾碗餛飩不消片刻就做了出來。

此時附近看熱鬧的人越來越多，空氣不那麼流通，那香味像勾子似地直往人鼻孔裡鑽，且因為他們這邊聚集的人多，其他人遠遠地看到這邊排了隊，不自覺地就往這處靠攏。

方才還無人問津的小小餛飩攤，一時間竟人頭滿滿。

大夥兒一邊吃著香噴噴的餛飩，一邊用眼神譴責王氏——多手巧能幹的小媳婦啊，還任打任罵不還嘴，偏托生到這惡婆婆手裡了，命苦啊！

王氏惱羞成怒地嚷嚷著。「我看妳能賣出什麼名堂？哼！」而後便撥開人群走了。

等她一走，顧茵便對著眾人福身，歉然道：「讓諸位看笑話了，大家快去忙自己的吧，耽擱大家的時間了，實在抱歉。」

鍋邊霧氣蒸騰，顧茵俏生生地往那兒一站，眼睛還小兔子似的泛著紅，臉上也升起了羞赧的紅暈，讓人見了更不忍心苛責。

眾人紛紛在心裡又為她道了一聲可惜，接著是越來越多人一聲高過一聲的誇讚，越來越多的人也紛紛跟著掏了錢。

因為是試營業，所以顧茵只準備了五十碗左右的餛飩量，還不到中午，她的餛飩就銷售一空了。

這時候她攤子前的人已經換過了好幾批，眾人的關注點不再是鬧劇似的婆媳矛盾，而是食物本身了。

還有沒買到的人直呼可惜，問清了顧茵開攤的實際時間，他們明天還來！

顧茵一一應下，而後便收拾好東西，挑著擔離開了碼頭。

大概走了一刻鐘，再也看不到碼頭的時候，王氏從角落裡跳了出來，一邊接顧茵手裡的東西，一邊得意地邀功道：「怎樣？我演得好不好？」

顧茵抿嘴直笑。「娘怎麼自己加臺詞啊？」

「啥臺詞？妳不是讓我演個惡婆婆為難妳嗎？」王氏把擔子往肩上一挑，發現擔子輕了許多，知道是東西都賣完了，臉上的笑容又燦爛了幾分。「老天爺啊，這是全賣完了？」

「本也沒準備多少，人一多，很快就銷完了。」顧茵提著輕巧些的傢伙什物快步跟上。

「可是我沒提什麼去給人做妾的話呀！」

「我這不是看戲文裡頭的惡婆婆學的嗎？兒子死了，就逼著兒媳婦改嫁。」

「那怎麼還動手了？您還想打我？」

「那肯定是沒有的！」王氏搖著手保證，說著又有點心虛。「這不是那會兒話趕話的，情緒到了嘛……」也多虧隔壁的攤主把她攔下來了，不然王氏還真不知道該怎麼收場！

顧茵無奈道：「往後咱們還要在碼頭上天長日久地擺攤呢，這下子附近的人都知道您想逼兒媳婦改嫁了，他們往後該怎麼看您啊？」

「我管他們怎麼看！」王氏腳步輕快，擔子兩頭空空的箱籠食桶被她挑得直晃晃。「我又不和他們過日子，愛怎麼看怎麼看，嘿嘿！」

說話的功夫，兩人回到了緇衣巷。

進了家門，王氏把東西一放，就開始數銀錢。

其實根本不用數，顧茵心裡都有數。

她的餛飩雖然用了魚肉，魚肉比豬肉單價便宜，但因為只用魚腹無刺的肉，魚頭魚尾並不能再賣錢，成本便比旁人的餛飩高出一些，合計一碗餛飩的成本在三文錢左右。

一碗賺一文錢，五十碗便是賺了五十文。

但是王氏數錢數得高興，銅錢鋪滿了一張桌，她數得眉飛色舞，顧茵便由她去了。

數完銅錢後，王氏開始掰著手指頭算。「一天賺五十文，一個月就是一千五百文，一年那是多少錢？」

「一年就是十八兩。每個月衙門會收攤位費，我和隔壁的劉大叔打聽了一下，咱們那裡位置差，一個月是五百文，一年就是六兩銀子的攤位費，咱們能淨賺十二兩。」顧茵飛快地給出了答案。

一年十二兩?!十兩夠一家子一年的嚼用了，那還是城裡人比較滋潤的過法，像王氏他們從前在壩頭村，一年到頭花銷也不過五、六兩！王氏自從出嫁後就沒見過這麼多銀錢，感覺人都要暈了。

顧茵又接著道：「不過今天的招數下回不能再用，明天生意可能會回落一點。而且今天是試營業，東西準備得少，明天則可以多準備一些，我有信心主顧會越來越多，一年賺的只會比這多，不會比這少。」
王氏笑得嘴都快咧到耳根子後頭了，但沒多久她就止住了笑，搖頭道：「妳這身子剛好，那餛飩都是現包的，包上半天還好說，包一整天不得把妳的手累斷了？」
這擔心也不無道理。碼頭上風大，若是包好了再賣，餛飩被風吹乾了會影響口感，所以只能現包、現賣、現煮。
顧茵從前在廚房裡一泡就是一整天，也沒覺得怎麼累。
但現下卻是不成了，原身的身體底子太差了，一早上忙下來她便累得抬不起手了。
「我們再熬一些粥賣吧，熬粥講究的是火候，熬好以後便不用管了。而且我今天觀察了一下，碼頭上雖然來往的商戶和過客多，但賣力氣的苦力更多，咱們若是做些包子去賣，走薄利多銷的路子，生意應當會更好。」
王氏雖還沒嚐過顧茵熬的粥和包子，但此時已經對顧茵的手藝很信服，何況她自覺這兩天都沒幫上什麼忙。她早上看顧茵包得輕鬆，也想上手幫忙，可那餛飩皮到她手裡就渾不似在顧茵手裡聽話，她包的不僅慢還難看，和顧茵包出來的完美元寶並排放在一起，那賣相真是一個天上、一個地上。吃食都講究個色香味，到底是要賣銀錢的，有了顧茵包的珠玉在前，王氏也不好意思把自己包的賣給人吃。
賣粥和包子的主意就很不錯，熬好之後放在粥桶裡，包子則可以提前包好，放在蒸籠裡蒸著，她來負責賣粥、賣包子，也能出自己的一分力。

王氏當即又要出去買食材。

顧茵趕緊一把將她拉住，勸道：「娘還是先睡會兒吧，咱們用過午飯再一起去買也來得及。」

王氏緊張了一早上還不覺得睏，如今一放鬆，眼皮子就直往下墜。

瞌睡上來了，她也有些撐不住，便一邊回屋一邊道：「那妳也去歇著，吃午飯的時候喊我。傢伙什物那些也別動，等我起來了我來刷。」

把王氏哄回屋，顧茵略坐了一刻鐘，覺得緩過來了，便把擺攤的器具洗刷了一番。

此時外頭已經豔陽高照，到了準備午飯的時辰。

家裡的大鍋還剩下一些魚湯，顧茵去巷子口買了兩塊豆腐，燉起了魚頭豆腐湯。

都忙完了，顧茵才想起來半天沒見到小武安。進屋去一瞧，原來小傢伙不在家。

他素來乖巧，從前在村子裡的時候也不會和同齡的孩子上樹、爬山的，顧茵就猜想他是去了隔壁。正好這會兒湯頭也滾了，顧茵便舀出一大碗，端到了隔壁。

許氏自這天起身就一直聞到隔壁傳來若有似無的香味，想到昨兒個王氏兩手空空還理直氣壯的模樣，她更是氣不打一處來，天亮後沒多久就去拍隔壁的門。

門被拍開，開門的不是王氏，卻是小武安。

小武安揉著眼睛，奶聲奶氣地問許氏。「嬸子是來找我娘的嗎？她和我嫂嫂出去碼頭做買賣了。」

「這急性鬼，一把年紀了還改不了那急性子，昨兒個來問了一嘴，今天就去做了！這買賣哪是那麼好做的？別回頭折了本錢來怪我！」許氏嘟囔了王氏幾句，看到小武安趿著鞋子，衣服都沒穿好就來給自己開門，她心頭一軟，柔聲問道：「好孩子，嬸子把你吵醒了？別生嬸子的氣哈！」

小武安靦腆地笑了笑。「沒事的嬸子，平時這會兒我都起了。只是今天娘和嫂嫂都不在家，家裡太安靜了，所以才睡到這麼晚。」說著話，小小的人兒把兩扇門板給開到最大，而後從門邊拿出一把比他人還高的掃帚，熟練地開始清掃院子。

許氏一臉慈愛地看著他，眼前的小小身影不知道怎麼就和記憶裡兒子的身影重合了。許青川如今是個和煦知禮的性子，但像小武安這麼大的時候，卻是個十成十的皮孩子。許氏的爹娘把這個孫子看得比命根子還重，要星星不給月亮，他那時候說想玩彈弓，二老就拿家裡庫房的傳家寶玉給他打磨成玉彈弓，琉璃、瑪瑙珠子給他當彈丸打，縱得他無法無天。

可就在許青川五歲那年，許家在生意場上得罪了權貴。其實說是權貴也不算，對方不過是當今權宦眾多乾兒子中的一個。但即便是這樣的身分，也不是他們這樣的普通人得罪得起的。許氏的爹娘被抓進大牢，散盡家財才撿回了一條性命。那大牢也不是常人能進的，遑論上了年紀的許家二老，因此回家沒多久，兩位老人便相繼去世。

許氏的夫君也在那個時候因為家中的變故而變得抑鬱，他本就體弱，又因為科考多年都未能中舉而被掏空了精氣神，一病下去，不過半年便藥石罔效地去了。

許氏是天之嬌女，一輩子順風順水，沒經歷過什麼風浪，一下子失去了家業、父母和夫君，她也是心如死灰，恨不能隨他們一道去了。那時候兒子卻像在一夜之間長大了似的，他不再頑皮鬧騰，不用人管他就規規矩矩、板板正正地坐到書桌前開始讀書。

「娘，您放心。等我長大，考取功名，一定把咱家失去的都給您拿回來！」六歲的小青川認真而倔強地同她保證。

「嬸嬸怎麼哭了？」小武安放下掃帚上前，從懷裡拿出一條粗布手絹遞給她。

許氏搖搖頭，不再想過去的苦楚，只笑著問他。「是不是還沒吃過朝食？來我家吃吧，嬸子給你下麵條。」

小武安搖頭拒絕，昨兒個許氏給了他一塊糖他已經很高興了，不好意思再去蹭吃蹭喝。不過最後還是沒擰過許氏，小武安被她牽到了隔壁院子。

這會兒許青川已經讀了半早上的書，於是三人湊在一起，各吃了一碗素麵。

飯桌上，許青川也是書不離手，小武安覺得新鮮，不由得便多看了兩眼。

許青川對懂事安靜的小武安也挺有好感，便問他讀過幾天書了？

小武安把頭垂得更低了，聲如蚊蚋地道：「沒……沒讀過書。」

飯後的半個時辰是許青川的休息時間，他便把小武安帶進了自己的書房，翻出一本《千字文》，照著讀了一遍給小武安聽。

小武安安靜靜地聽完，許青川便把書給了他，讓他自己去旁邊認，還給了他一支小炭筆、一張裁好的紙。

「學會這個我就能變得和青川哥一樣厲害了嗎？」小武安還不知道讀書是怎麼一回事，但是王氏這兩天私底下經常會酸上兩句，說許氏不知道走的什麼狗屎運，得了個二十出頭的秀才兒子，因此他知道會讀書的許青川是很厲害的。

許青川已經拿起了自己的書，聞言先是不禁彎唇笑了笑，但也沒有因為他年紀小就糊弄他，而是解釋道：「等你把這《千字文》會看會寫、倒背如流了，便能學其他的，然後就會越來越厲害。」

小武安重重地點了點頭，隨即不再去打擾他。

許青川讀書素來認真，看著看著就忘了身外事，等到反應過來的時候，就聽見院子裡傳來了他娘帶著笑意的聲音——

「妳家武安在我家呢！不費事的，他不吵不鬧，好帶得很！」

顧茵的聲音清脆婉轉。「還是多謝嬸子了。這是我剛做的魚湯，還希望嬸子不要嫌棄。」

許氏又是一陣笑，說：「鄰里鄰居的住著，互相幫襯一把本是應該，怎這麼客氣還送東西來？」

許青川這才想起來書房裡還有一個人！抬眼一看，小武安正埋頭趴在矮几上塗塗畫畫的，那本《千字文》則已經被合起來，放在一邊。他心中自責，應該給這孩子畫本子的，怎麼打發了本《千字文》給個不認字的孩子後就忘了這事呢？估計是把這小傢伙給悶壞了！

一旁的小武安聽到顧茵的聲音後便站起了身，先客客氣氣地同許青川說了再見，而後才邁著小短腿，吧嗒吧嗒地跑出書房。

不多時，許氏又探身進來，招呼道：「兒啊，快來吃魚湯，冷了可就不好吃了！」奶白色的魚湯上點綴著白嫩的豆腐和碧綠的蔥花，香味濃郁，並不見腥，許青川聞著味道方覺得肚中饑餓。

「王寶藝也不知道走了哪門子的狗屎運，自己做飯做得那麼難吃，竟得了這麼個廚藝非凡的兒媳婦！」許氏邊吃邊酸。

許青川無奈地笑著搖頭。

午飯後，許青川再次回到書房，先把那本《千字文》放回書櫃，又去收拾之前給小武安的紙筆。半晌後，許青川不敢置信地瞪大眼睛，只見那宣紙兩面竟被寫得滿滿的，雖然字跡歪歪扭扭的，字形有大有小，但確實是一整篇的《千字文》！

第四章

顧茵牽著小武安的手往回走。

小傢伙心情明顯很不錯，蹦蹦跳跳的，嘴裡還嘀嘀咕咕唸著。「也乎哉焉，者助語謂，謂等蒙愚，聞寡陋孤……」

顧茵聽了，笑著問他。「我怎麼好像只聽過『孤陋寡聞』，這『聞寡陋孤』是什麼？」

小武安羞澀地鬆開她的手，小跑著進了家門。

因為王氏還沒起，兩人進門之後輕手輕腳地盛了碗魚湯，就著家裡的乾餅子吃完了午飯。他們吃完沒多久，許氏過來還碗了。

顧茵笑著迎出去。「嬸子怎麼還特地送過來了？晚些時候我讓武安去拿就是。」說著話，這才發現許青川居然跟著一道兒來了，她連忙站住了腳。

許青川也被她盛放的笑靨晃了一下眼，趕緊挪開眼。

許氏沒察覺到這些，只問顧茵。「妳娘在不在家？我有事和她說。」

「娘昨兒個沒睡好，正在屋裡補覺。嬸子先請堂屋裡坐，我去喚她。」

「找我幹啥？」她們正說著話，王氏就笑咪咪地從自己屋裡出來了。

她方才作了個美夢。夢裡，她們小攤子的生意越來越好，一年完全掙足了她預想的那十二兩。不過幾年，家裡的日子越發好了，置辦了田地和房屋。後來武安也大了，家境好了自然簡單地娶了個懂事貌美的小媳婦，開枝散葉，冷冷清清的家裡終於重新變得熱鬧起來。醒來後，王氏嘴角還掛著笑，連帶著看許氏的目光都變得柔和起來。

許氏見她態度不錯，也不藏著掖著了，直接道：「我是來給妳賀喜的！」

「哎哎，」王氏邊笑邊忙不迭地擺手。「妳也知道我們家要發家了？還沒影兒的事呢，先不忙著道喜！」

許氏奇怪地看著她。「什麼發家？」

王氏一想也是，發家是她夢裡的事，兒媳婦也是個嘴緊牢靠的，也不會早上才掙了一筆銀錢就宣傳出去。「那妳道哪門子喜？」王氏又恢復了慣常的口吻。

許氏也不回她，哼一聲便轉過身去。「青川你和她說。」

許青川便把小武安寫過的那一頁紙展現給眾人看，又道：「我不過領著武安唸過一遍《千字文》，後頭讓他自己看，他竟然就會寫了，且我後頭看到他並沒再翻書，而是自己默寫出來的。」

王氏聽得愣了。

顧茵則一臉驚喜地看向小武安。「你剛才嘀嘀咕咕的，原來是在背《千字文》？」

大家的目光都集中到小武安身上，他害羞地縮在顧茵身後不肯露頭。

「怕啥？又沒外人！是不是會背了？給個準話！」王氏一把將他拉到人前。

小武安垂著頭，雙手絞著衣襬，聲音低低的，卻吐字很清晰。「也乎哉焉，者助語謂，誚等蒙愚，聞寡陋孤……」

王氏聽著就皺眉道：「他這背的是個啥？不對吧？」孩童啟蒙都從「三百千」開始，當年武青意上學堂的時候，王氏沒少陪著大兒子做功課，《千字文》她也知道幾句，不是這樣的。

在場最權威的自然是秀才之身的許青川，幾人便又看向他。

許青川有些尷尬地輕咳一聲，摸了摸鼻子解釋道：「他這是倒著背的。也怪我，之前和他說要把《千字文》倒背如流才能學其他的。」倒背如流自然是個誇張的說法，但小武安沒理解，還以為真要倒著背才算會了。

「好孩子，快正著背一次！」許氏素來喜歡文人，不然當初也不會招個窮書生入贅，此時她看著小武安的眼神滿是愛憐。

小武安壯著膽子，又把《千字文》從頭到尾正著背了一遍。

「這是天縱之才啊！」許氏驚喜得聲音都拔高了，看著王氏的時候又忍不住酸道：「真不知道老天怎麼想的，讓妳得了個廚藝非凡、貌美如花的兒媳婦還不夠，竟還給妳這麼個好孩子！」

王氏被她說得嘴角直往上翹。「這聰明勁兒肯定是隨了我！」

許氏嗤笑道：「妳小時候看書就犯睏，妳家當時還有個女先生呢，教了妳那麼多年不也就把妳教得堪堪認字？」

老底被無情揭開，王氏面上浮現尷尬之色。「他爹大字不識，他哥上了好幾年學也沒學出什麼名堂，這不是隨我是隨了誰啊？」

許氏懶得同她掰扯，翻了個白眼後接著說：「我不同妳爭這個，但是妳家孩子天賦這麼好，再不開蒙可就晚了，平白糟蹋了這上好的資質！」

這確實是誠心誠意的好話，王氏聽進了心裡。「青意媳婦兒之前也說要送他去讀書來著，但是我們初來乍到，地方都沒認全呢，還不知道上哪裡去找夫子。」

「我覺得我家青川的先生就很好，是個舉人呢！」

王氏看向許青川。

許青川接口道：「我先生姓溫，確實是正經舉人。」

這時代舉人就可以謀個小官了，這身價自然也不是一般秀才能比的。王氏抿著嘴，不敢問下去了。

顧茵便開口詢問道：「不知道溫先生的束脩……」

「先生學生不多，每一個弟子入門前都要經過他親自考核，考核通過之後方能入門。一年收取十五兩束脩，但先生人很和善，若是家中困難也可以先賒欠著，年底再補上。不過先生只在每年春休之後才招學生，武安若要進學，還得等上數月。」

顧茵連連點頭，舉人教學，還是精英小班教育，束脩收得比旁人貴一些很正常。

可王氏就不鎮定了，她咋咋呼呼地驚叫道：「多少？十五兩?!」她剛才還因為將來一年能掙十二兩而開心不已，白日就作起了發家美夢，怎麼一覺起來，十二兩還沒影兒，就要倒欠人家三兩？

「妳嚷嚷啥？十五兩是不便宜，可那叫物超所值懂不懂？」許氏又壓低聲音道：「看是妳我才跟妳提一嘴，青川他們同窗裡有一個資質很差的，考到三十了連個童生試都沒過，聽聞溫先生的大名後過來讀了一年，一年之後就考過了！不過他學得晚，資質差，一直沒中秀才。妳家武安資質這麼好，若跟著溫先生好好唸幾年，那怎麼也比他強啊！」

童生在秀才、舉人面前雖然算不得什麼，但在鄉下也很吃香的。

像從前壩頭村就有個老童生辦的私塾，一個學生一年只收一兩束脩，但是架不住人多，足足收了幾十個學生，一年就是幾十兩進帳啊！王氏就是眼紅那老童生的日子，所以才咬牙把大兒子送到秀才那裡唸書，無奈武青意的天賦並不在此，唸了幾年也沒唸出啥名堂，王氏這才歇了心思，讓兒子回來和他爹一樣做種田、打獵的活計。

見王氏那肉痛的模樣，許氏實在不忍心看到小武安這好苗子被埋沒，用手肘拐了拐許青川。

許青川便接著道：「我娘說的不錯，童生試主要考的是書上的內容，武安毫無基礎只聽我唸過一遍、看過一遍書，就能默寫、會背誦，有這天賦，只要用心學兩年，考上童生總是不難的。」

許氏母子倆該說的都說了，便也沒在武家多留。

顧茵送許氏出去後，自然又是一番感謝。其實武安有沒有天賦和他們根本沒有任何利益關係，但他們還特地過來知會了，完全是出自一番好心。

臨走到門口，許氏轉頭張望了一下，見王氏沒跟過來，才又對顧茵道：「讀書要從娃娃抓起，妳也是個伶俐的好孩子，多勸勸妳娘，這可不是該吝惜銀錢的時候。」

顧茵點頭說曉得的，把他們送出門口才又折回去。

沒了旁人在，王氏臉上的笑完全垮了下去，不等顧茵說話，她就擺手道：「咱們先去買食材，其餘的等回來再說。」

顧茵便沒再多說，叮囑小武安在家裡好好待著，便隨著王氏一道出了門。

王氏已經置辦過一次東西，這次更是熟門熟路，不過平時都是她拿主意，這次倒是悶悶的不吭聲，顧茵說買什麼便去買什麼。一個多時辰後，兩人就大包小包地回了緇衣巷。

小武安聽到響動就迎了出來，但是看到他娘臉色不好，小傢伙也不敢吱聲，默默地幫著卸貨。

東西都放到灶房後，王氏就沈著臉進了屋。

王氏慣是熱鬧話多的，冷不防的不吱聲了，反倒讓人不習慣。

顧茵有心想和王氏仔細說說，卻看到小武安幫著幹完活後並沒自己去玩，而是捏著衣角亦步亦趨地跟在她身後，便蹲下身和他齊平，溫聲笑道：「你怎麼也低著頭一副不開心的模樣？是不是餓了？嫂嫂給你一文錢，你去買飴糖吃？」

武安的腦袋搖成撥浪鼓，怯怯地道：「嫂嫂，我錯了，下回不敢了。」

「好好的怎麼哭了？」顧茵聽到他聲音裡的哭腔才止住了笑，一隻手抬起他尖尖的下巴，一隻手從懷裡拿出帕子給他擦臉。

小武安仰著臉，乖乖讓她擦了眼淚，而後才甕聲甕氣地接著說：「我……我讓娘不高興了……娘不喜歡我學認字，我以後不認了。」

其實他哪裡知道什麼錯不錯的呢？不過是感受到了他娘的情緒，所以才著急忙慌地先認錯。這樣既敏感又乖巧的孩子最是讓人心疼，顧茵連忙摟著他拍了拍。「好孩子，你沒錯，娘也沒有不高興，她只是擔心別的事。你表現得很好，娘和嫂嫂都替你高興呢！」

「真的嗎？」

「我騙你做甚？我去和娘說會兒話，保管一會兒她就樂呵呵的。」哄好了小武安，顧茵便進屋去找王氏。

王氏正坐在桌前愣愣地發呆，聽到動靜才思緒回籠。「我就猜著妳要過來。」王氏看了顧茵一眼。「妳想來勸我送武安去溫先生那裡讀書？」

顧茵挨著她坐下。「一年十五兩確實不是小數目，但是娘也看到咱們今天早上試賣的情形了，十五兩並不是掙不到的。況且入學是翻年的事，咱們還有幾個月可以準備。」見王氏還是不吱聲，顧茵頓了頓後接著道：「我也不瞞著您，我的志願並不是這麼一個小攤子，而是要開店，甚至開酒樓的。十五兩現在聽著多，往後必不會讓娘再因為這麼點銀錢煩心。」

「乖乖！妳這丫頭人不大，口氣倒不小！」王氏先忍不住笑起來，隨後便又蹙起了眉。「怎麼，您不信我？」

王氏搖搖頭，而後嘆息道：「武安要是從妳肚子裡出來的，妳既有心，我無有不應的，但武安不是啊！他是我生的，妳只是他嫂子。老話雖有『長嫂如母』的說法，但是讓妳辛辛苦苦供養小叔子唸書這種事，我做不出。」

顧茵起先以為王氏只是為了十五兩束脩而煩憂，沒想到她想的這麼多。「咱們是一家人，您怎麼這樣想？」她是真的把王氏和武安都當成了家人。

初初穿越過來的時候，她拖著副重病的身子，心境惶惶，差點沒熬過來。是王氏一面痛心花出去的銀錢，一面按時按頓地強逼著她喝藥，也是小武安衣不解帶地守在床頭，半夜裡還起身給她餵水、換巾帕敷額頭。後頭遭逢大難，背井離鄉、跋山涉水，王氏也不曾想過把大病初癒、身子羸弱的她扔下。這條命，本就是王氏母子給她的。

王氏搖頭。「現在是一家人。但是青意已經沒了，妳才十九，難不成要為他守寡一輩子？妳終究要嫁人的。要是旁人知道妳供著這麼個小叔子，誰敢要妳？」

顧茵聽到這話，又是一陣驚訝。雖說眼下這個朝代民風比較開放，女子不用裹小腳，和離、改嫁之事也很普遍，但像王氏這樣直接說讓兒媳婦改嫁的婆婆，可謂是開明到已經有些超前了！她愣了半晌，而後才道：「我根本沒想過改嫁的事。」是真沒想過。

上輩子大學開始她就忙著繼承爺爺衣缽的事，二十好幾都沒談過戀愛；這輩子更別說了，只想著怎麼吃飽穿暖了，哪有心思想別的？

「妳別說這種孩子氣的話。妳和青意只是有名無實的夫妻……」

顧茵驚訝道：「您連這個都知道?!」

當年蹲牆根偷聽半宿的王氏不禁老臉一紅。「不說那些，青意走的時候還同我說了，讓妳不必等他。我也是存了私心，耽擱了妳這麼些年，一直到聽見他們……但我還沒黑心到想耽擱妳一輩子！」

「那也是以後的事。」顧茵垂下眼睛想了想，擬好了措辭。「娘不妨這樣想，咱們的生意雖是靠著我的手藝，但許多事都是娘替我辦的。就像今早，若不是您捨下面子扮了回惡人，我那餛飩也不會賣得這樣快。生意是咱們倆一起做的，武安讀書花的銀錢當然也不算是只我一人出的。」見王氏又要說話，顧茵忙打斷她，接著道：「且您也知道，現在這世道，商戶人家看著光鮮，其實地位並不高，若是背後沒個撐腰的，說是危如累卵也不為過。」

這一點王氏沒法反駁，這兩天她已經知道了許家出的事，正是因為生意做得太好了，惹人眼紅，這才招來大難。從前看著那麼花團錦簇的人家，說倒也就倒了。許家還是世代經商的人家，算是頗有人脈的，自家孤兒寡母的，境況就更沒得比了。

「不若這樣，以今年過年為期限，若我能掙夠這筆銀錢，開年就把武安送去進學，就當是我提前投資了。」顧茵拉著王氏的手臂輕輕晃了晃。「您就同意吧？」

好半晌之後，王氏終於抬起了眼，揚聲喚了小武安進來。

「給你嫂嫂磕頭。」王氏認真地看著小兒子。「你要記住，往後嫂嫂和娘是一樣的。若你將來發達出頭了，敢不孝順你嫂嫂，娘就一根褲腰帶吊死在你家門口！」

這話委實太過嚴重，顧茵連忙要制止，但王氏的態度卻很強硬。

小武安雖然不是很明白，卻還是乖乖地照做。

拉著顧茵受了小武安三個頭後，王氏總算是整個人都鬆散了下來，肚子也咕咕叫了兩聲。她恢復了平時的模樣，身子往旁邊一歪，嚷嚷道：「午飯還沒吃，餓死老娘了！快先做兩個包子給我嚐嚐味道！」

王氏和小武安像兩條小尾巴似地跟著顧茵進了灶房。

和麵的時候小武安幫著倒水，調餡的時候王氏幫著剁餡、攪拌。

有了這麼兩個熱情的「幫廚」，顧茵做起活來越發的事半功倍。

包子的餡料顧茵準備了兩種，一種是只有青菜的素餡，另一種是菜肉餡。她先割下一點肥肉熬成豬油，再把那豬肉拌進青菜裡，還沒開始包，香味就直往人的鼻子裡鑽了。

等到餡料都準備妥當，摻了老麵頭的麵也發好了。

沒吃午飯的王氏肚子叫得越發厲害，小武安也不由得跟著嚥口水。

顧茵十指翻飛，那包子皮到她手裡一轉一捏，眨眼的功夫就成了個白白胖胖的大包子。

素的和菜肉的各包了三個，每個都像是量過尺寸般圓潤白胖，十八個褶子像朵花，逐個放進蒸籠，光看就讓人期待起來。王氏和小武安已經各拿好碗筷，等在灶臺邊上。

顧茵問要不要再熬點粥，王氏搖頭道：「夠了夠了，別再忙了，快歇著。」

在灶臺邊上守了一、兩刻鐘，胖了一圈的大白包子便出鍋了。

王氏挾了兩個包子到碗裡，卻沒有先吃，而是欲言又止地看著顧茵。

顧茵會意，開口道：「既然是試味，只咱們自家人吃怕是不行，不如送到隔壁去讓許嬸子他們也嚐嚐？」

王氏頓時笑起來。「還是妳想得周到！哼，便宜許金釵了！」說完，王氏樂顛顛地端著海碗去了隔壁。

顧茵蒸包子的時候，許氏已經又聞到味道了，她正嘀咕著自家這幾間屋啥都好，就是挨得太近了，這天長日久地聞著勾人的香味，哪還吃得下自家的飯食呢？沒想到她這頭還沒嘀咕完，王氏就過來串門了！「算妳有心！」許氏努力板著臉，嘴角卻忍不住彎了起來。

王氏昂著下巴。「誰說是特地給妳吃的？是我兒媳婦說嚐味道只自家吃不作數，讓妳……讓妳家青川幫忙嚐嚐！」說著話，王氏就去敲書房的門。

死鴨子嘴硬！許氏去灶房拿了筷子，跟在後頭，白眼翻到了天上。

兩個包子被送到了許青川跟前，王氏指著其中一個道：「青川快趁熱嚐嚐這個！」

許青川先道了謝，而後才動了筷子。包子皮鬆鬆軟軟，筷子一碰就輕輕地陷了進去。入口之後，甘甜的麵皮在舌尖化開，露出裡頭熱氣蒸騰的餡料。那餡料半肉半素，既不油膩更不寡淡，一口咬下去，肉汁在舌尖炸裂開來，讓人吃得忍不住瞇起眼睛。許青川不怎麼喜歡油膩葷腥，平時這樣的一個大包子他至多只能吃下一半，這次卻是一口一口地吃完了整個。

「怎樣？好吃不？」王氏慈愛地看著他。

許青川毫不誇張地稱讚道：「十分美味！」海碗裡還有一個，許青川又道：「我吃一個便已經飽了，這個可否給我娘吃？」

「都送你家來了，愛誰吃誰吃！」

許氏這才動了筷子。一口下去，她臉上立刻流露出驚喜的神情。「妳媳婦兒是跟誰學的手藝，怎麼能做出這麼好吃的食物來？不比州府大酒樓的白案師傅差！」

王氏驕傲地把下巴抬得更高了，心裡還道：說出來嚇死妳！我兒媳婦夢裡跟著仙人學的！但這到底是怪力亂神的事情，因此便是對著許氏，王氏也沒多說，只道：「自然是跟我學的，不過還是她人聰明伶俐，廚藝上頭一教就會，一點就透。」

許氏對眼前這昔日閨密的本事很清楚，便把這一切歸到顧茵的天資聰穎上。

之前她還覺得兩家雖然同樣是孤兒寡母的，但是自己兒子長成了，還是個少年秀才，過兩年便能給她考個舉人回來，自家還是更強一些的。如今卻是不敢這麼想了，王氏的小兒子那麼聰明，大兒媳婦還有著不輸酒樓大師傅的手藝，怕是不等自家兒子中舉，武家的日子就要好得翻天覆地了。許氏既替她高興，又有些捻酸，斜了王氏一眼，接著吃第二口。

吃著吃著，許氏覺得不對了。「我這包子怎麼是純素的？」

王氏理直氣壯道：「本就是做了兩種口味，都拿出來試吃難道不對嗎？」

道理是這麼個道理，但是方才王氏故意指著其中一個讓許青川先吃，說她不是故意的沒人信！許氏氣呼呼地哼了一聲。

素餡包子自然沒有肉汁，但並不會顯得寡淡，油潤鮮美的素餡同樣可口宜人。許氏吃完了一整個，又嘀咕了句。「也不知道哪路神仙不開眼，讓妳這潑皮貨得了那麼好的孩子！」

她越酸，王氏越高興，恨不能抖到天上去。

嚐過了包子，許氏也沒忘了正經事，追著王氏出門的腳步問：「妳家武安讀書的事兒怎麼說？」

問到這個，王氏立刻站住腳，笑得合不攏嘴。「我本來是不肯的，要是他爹他哥在，家裡砸鍋賣鐵地供他也就供了，可如今家裡嚼用都指著他嫂子，我要是敢那麼做，我虧不虧心哪？可他嫂子和我想的不同，先說那生意我也是出了力的，銀錢自然不算她一人掙的，又說武安要是出息了，咱們都有好處。反正那小嘴可巧了，我也是沒辦法，根本說不過她！」

許氏聽著也替她高興。「還是妳教養得好，才能得個這麼可心的兒媳婦。」

王氏想了想，卻覺得不是這樣的。顧茵確實是她養到這麼大的，但從前這孩子見了她就像老鼠見了貓。入夏前她大病之後，就脫胎換骨變了個人，這才相處得越來越好。若不是她一天都沒離開過自己眼前，王氏都覺得兒媳婦像被人掉包了。

想來多半是跟她夢裡的老神仙有關吧？但這話不好細說，所以王氏只含糊道：「妳沒有兒媳婦，妳不懂。」

本是隨便的一句話，沒承想許氏像被刺到一樣，突然拉高了嗓門。「我怎麼就不懂？王寶蕓，妳不要太過分！」

王氏不落下風地喊回去。「妳嚷嚷個啥？我怎就過分了？」

兩人在家門口說著話，顧茵從武家出了來，笑道：「娘，再不回來，包子可涼了！不若先吃過了再和嬸子慢慢說話？」

「誰跟她有話慢慢說？我這就來！」王氏背著雙手，搖頭晃腦地往家走。

顧茵上前攙了她一條胳膊，輕聲細語地道：「嬸子剛剛才特地告知咱們武安有天分這件事，娘也是禮尚往來送包子去。本都是好事，怎麼我方才聽著好像妳倆又要爭上了？」

王氏連忙解釋說沒有。「我沒有和她爭，是她酸我，還嚷嚷起來了。」

顧茵無奈，只得轉身朝著許氏微微福身致歉。

許氏微微笑了笑，算是接受了她勸和的好意。

等到許氏回了屋，許青川也出聲勸道：「娘和武家嬸子本是舊友，有話好好說，別傷了兩家情分。」

「誰和她有情分？」許氏仍然氣哼哼的。其實她也知道王氏那句「沒有兒媳婦」只是順嘴說出，不是故意刺她的，但這件事卻是她的一大心病。

早些年許家還沒倒的時候，不少人家都上趕著來給年幼的許青川說媒。許家二老參詳了很久，給許青川訂下了一門娃娃親，對方家境普通，但是書香門第，家風清正。兩家自此成了通家之好，對方靠著許家的幫襯，日子越來越好。這門親事很對許氏的胃口，把那女孩當成親女兒來疼。但後來許家出了事，二老被抓進大牢，許氏的夫君又病倒了，許氏惶然無助之下求助到親家那兒，希望對方能幫自己寫一紙訴狀遞上去，可對方不僅對她避而不見，甚至還讓僕從扔出了當年的訂親信物，說什麼「當年不過是兩家長輩說的玩笑話，作不得數，許太太還是別說什麼親家這樣的話來惹人發笑了」，讓許氏心寒到如今。

一直到後來許青川十三歲成了少年案首，風頭無兩，這才又有媒人上門來張羅說親，但是那會子說親的人家，家世就低了，畢竟許家家境一落千丈，許青川雖是少年才俊，未來到底如何也沒人敢打包票。許氏心裡憋著一股子氣，想著非要給兒子尋一門不輸當年的親事，就把那些人都拒了。一晃眼，許青川都這個年紀了，許氏還是沒能選到合心意的兒媳婦。

「兒啊，是娘對不起你！」想到舊事，許氏一時淚眼婆娑。「旁人在你這個年歲，孩子都該有了，為娘卻……」

許青川連忙給她拭淚。「娘這又是說哪裡話？我一心讀書，本也不想成家。您要是真讓我隨便娶個不適合的媳婦，才是對我不好呢！」

許氏一想也對，自家兒子是有大前程的，真要娶了媳婦，回頭下場的時候分了心，可是得不償失。她的情緒來得快，去得也快，被哄好了就破涕為笑，催著許青川回屋看書去。

顧茵和王氏這天早早就歇下了，半夜更深露重的時候又一同起了身。

顧茵開始熬菜粥，她先用適量豬油把切好的青菜炒過一遍，等炒出香味再加水開始熬。

等粥上了鍋，她便開始包包子。

素餡的包了一百個，菜肉的包了五十個，時不時還要去調整灶膛裡的火。

王氏看她在小小的灶房裡忙得團團轉，心疼道：「妳只管包，我給妳看著火。」

顧茵不是不相信她，只是熬粥說簡單也簡單，大火燒開然後文火溫著即可。但是她家家傳的功夫粥則不同，什麼食材得什麼時候、用什麼火都有講究，一、兩句也說不清。

好在等她包子包完，粥也熬好了，顧茵最後在鍋裡撒上一把乾蝦米磨成的粉末提鮮，便就出鍋。

一通忙活到晨光熹微，兩人到了碼頭上。

老劉頭比婆媳二人到的還早一些，看到顧茵的時候先是對她笑了下，又壓低聲音同她道：「我還擔心妳今天不來了。昨天怎麼樣？妳婆婆沒有為難妳吧？」

昨天顧茵和王氏雖是做戲，但老劉頭仗義相助的情分卻不是假的，所以顧茵回以微笑，一面擺放桌椅、板凳，一面回答。「謝謝大叔的關心。我娘其實很好的，昨兒個是一時心急，所以才對我發了火。回去後她也沒有為難我，還同我道歉了呢！」顧茵盡力給王氏挽回形象。

老劉頭聽了卻是不信。昨兒個那婆婆若只是責罵她，倒還算情有可原，可那婆婆張口就說出讓兒媳婦改嫁給老員外那種逼死人的話，怎麼可能像小媳婦口中說的那麼好？老劉頭長嘆一聲，搖頭道：「怪不得妳婆婆敢那麼欺侮妳，妳這性子啊……」

說話的工夫，碼頭上來的人陸續多了，兩人便沒再接著聊下去了。

人多以後，先來的是前一天沒吃到餛飩的客人。

他們也是和老劉頭一樣的想法，來了先問顧茵昨天有沒有被婆婆為難？

顧茵一面包餛飩，一面回答了同樣的話。

客人們心照不宣，想法和老劉頭如出一轍。

後來還有幾個記得昨天熱鬧的客人也過來轉了一圈，聞著餛飩的香味，眾人都紛紛嚥口水，但也只是嚥口水。四文錢一碗的餛飩，對大多數人來說，偶爾一頓半頓地嚐嚐鮮還行，天天吃還是吃不起的。

這時候，王氏掀開蒸籠和粥桶的蓋子，大聲吆喝起來。「剛熬好的菜粥，一文錢一大碗！新出籠的大包子欸，半肉的兩文，素的一文欸！吃包子送粥湯！」她前天熬了一整夜，昨天嗓子啞了，現下休息過來，這嗓子不可謂不清亮。

碼頭上其他人的素餡包子一般兩文錢三個，純肉包子兩文錢，顧茵的定價還是比其他人貴了一些，但昨兒個不少人都知道她手藝高超，所以倒也沒有見怪。且她家菜粥的價格和其他人家的差不多，便是覺得包子貴的，也願意選擇嚐一嚐她家的菜粥。

客人漸漸多起來，王氏手腳麻利，用木筷子挾包子一挾一個準，放到油紙上遞給旁人，再附送小半碗冒著熱氣的濃稠粥湯，整個過程都沒沾到手。

碼頭上風大，不論是客商還是苦力、小攤販們都風塵僕僕的，但是誰希望看到自己的食物從指甲裡沾著灰泥的手裡遞出來呢？不過是沒條件講究罷了。可王氏不僅自己打理得妥貼乾淨，賣吃食的全程更是不沾手，便很難不讓人心存好感。知道昨天事情的客人不禁腹誹道：這婆婆性子凶惡，但是做起買賣來卻不骯髒呢！

不過等他們嚐過食物之後，便沒工夫想那麼多了。

包子美味自不必說，那送的小半碗粥湯熬得稠稠濃濃的，鹹鮮可口，香氣撲鼻，一碗下去，整個人都發出一身熱汗，好不舒坦！要是吃完包子還沒覺得飽的人，嚐到了這粥湯的味道，便會忍不住再掏一文錢買碗粥吃。

客人們吃完後摸著肚子，饜足地直嘆氣，忍不住轉頭誇讚顧茵。「小娘子這包子真不錯，粥湯也熬得好喝！」

「是啊，這包子用料也紮實！我胃口大，往常四、五個包子才能吃飽，小娘子這包子個兒大，配著這粥湯，不僅吃得舒服，還沒比平時多花銀錢呢！」

因著這些誇讚，顧茵的餛飩和包子又熱銷了一陣。

不過到底攤子位置偏，客流量小，今天來的大多還是前一天看過熱鬧的人。

葛大龍是寒山鎮上一個混不吝的，吃喝嫖賭那是樣樣精通，卻又時時沒錢。不過好在，他老實巴交的叔叔跟嬸嬸支著攤子在碼頭上賣吃食，因為他叔叔、嬸嬸擺攤擺的年分久，早早地租下了一個位置很不錯的攤位，生意一直很好，他們又沒兒沒女，對著年輕力壯又混不吝的姪子沒有半點辦法。他每天過去不僅能混口吃食，還能「幫著」收客人的一些銀錢，靠著這個，他的日子過得也很不錯。

今天他如往常一樣到了碼頭，卻發現叔嬸的攤子上人比往常少了一些，他翻開蒸籠拿了個饅頭，又大剌剌地往桌邊一坐，嚷道：「今天人怎麼這樣少？叔給我下碗麵。」

葛嬸子早就看不慣他這白吃白拿的模樣了，恨恨地把手裡的東西一摔，回道：「我們生意都要做不成了，你還鎮日裡來打秋風！」

葛大叔拉了她一把，手腳麻利地盛出一碗麵湯，端到葛大龍面前道：「你先喝碗湯，麵一會兒就好。」

葛大龍沒臉沒皮的，並不見怪他嬸子的態度。「這世道買賣本就難做，叔叔、嬸嬸年紀也大了，不若把這攤位轉了，收幾十兩銀子頤養天年。」

葛大嬸瞪他一眼，不吱聲了。

他們夫婦確實年紀大了，做不得太久、太精細的活兒，生意好的時候，攤子上的油餅和饅頭經常不夠賣，雖也曾請人來幫忙，但他們這年紀了，也沒精力手把手地帶徒弟，因此只能請已經會些手藝的。可那會手藝的，要的工錢高不說，且哪會甘心一輩子幫人做活？常常做不了多久便自立門戶去了。

而且，他們夫婦的攤子不能轉讓！蓋因為他們有過一個女兒，但五、六歲的時候卻叫拐子給拐走了。女兒那時候已經能記住一些事了，知道爹娘在碼頭上最好的位置擺攤，若是他們搬走了，女兒萬一回來了怎麼辦？且有葛大龍這麼個潑皮無賴在，若是把攤位轉讓了，那轉讓費都不知道會落到誰的口袋裡！

他們夫妻只會做些吃食，手藝雖好也沒好到上哪裡都能掙飯吃的地步，若沒了這攤子，往後怎麼樣還真不好說。

葛大龍呼嚕嚕地喝下一口麵湯，接著問道：「叔叔和嬸嬸在此處都擺了幾十年的攤了，怎麼就做不成了？」

「還不是因為新來了一對婆媳，昨天是賣餛飩，今天還賣粥和包子，吃過的都讚不絕口的。彼長此消，咱們的生意自然受影響。」葛大嬸故意說得誇張一些。那對婆媳的生意固然算好，但那是對後頭位置不便利的攤子來說，並沒有太過影響她家。

其實生意慘淡主要還是因為今天碼頭上的活兒多，苦力跟商客們趕時間，便大多都是買方便拿、方便吃的東西，坐下來慢慢吃麵的少，所以別看他們攤子上人少，其實油餅、饅頭這些早就差不多賣完了。她就是想哭窮罷了，最好能讓葛大龍這瘟神別再來打秋風！

葛大龍一聽就不幹了，是真的急！他已經把叔嬸的攤子當成了自己的，他們的進項少，不就等於自己掙得少了？「哪裡來的婆媳敢搶叔叔、嬸嬸的生意？我這就會會她們去！」

葛大叔連忙把他拉住，勸道：「這地方的規矩你不清楚嗎？你去惹事是要進衙門的！」

葛大龍滿不在乎地扒開他的手。「叔叔說的我都知道，但是衙門來人怎麼也得一、兩刻鐘，這麼會功夫不夠我收拾她們嗎？」他在鎮上慣是混不吝的，進牢房比回家還熟稔。

不過他惹的事也不大，每次挨十板子、關上兩、三天，也就出來了，所以對蹲大牢這種事他並不怎麼害怕，說完就大搖大擺地走了。

葛大叔愁得直跺腳，轉頭看到老妻臉上也掛上了愁苦的神色，不禁埋怨道：「現在妳知道急了？我們老葛家就他一個男孫，要是出點啥事，我都沒臉見咱爹娘！」

葛大嬸確實也後悔，但她想的和丈夫截然不同——這混不吝的又不是她肚子裡出來的，鎮日巴在他們身上吸血，惹出大事蹲大牢才好呢！只是那對婆媳無辜啊！尤其那個被惡婆婆為難的小媳婦，哪禁得住葛大龍這混帳欺負？平白牽連無辜的人，這讓她如何心安？

攤位上又陸陸續續來了人，葛大嬸招呼過一陣後，心頭還是掛著這件事，便把圍裙一摘，往葛大叔手裡一塞，連忙追了出去。

半個早上過去，顧茵準備的三十碗餛飩賣了近二十碗，兩種口味的包子剩下一小半，粥倒是快見底了——畢竟一文錢的包子一個男子吃不飽，湯湯水水一大碗稠粥卻可以管飽。

顧茵在心裡算了個帳，今日賺的銀錢已經不比前一日少，心便也越發定了。

可王氏還是心急，且不管掙不掙錢，農家人哪能見到食物被浪費呢？時下雖已入秋，但秋老虎還是威得很，上午做的吃食，下午就會走了味。

「娘，莫急。」顧茵拉了拉她的衣袖。「這些咱們可以當午飯。」

「這麼些東西，咱家三口人怎麼也吃不完啊！不如等到下午咱們賤賣出去？」

顧茵立刻搖頭。「下午食物不新鮮了，咱們自己吃沒事，要是把人吃出個好歹，咱們得不償失。還有，這東西咱們本就沒多少賺頭，賺的只是個辛苦錢，要是賤賣了，旁人會覺得咱們本就比旁人貴上一些的價格定得黑心。再者，都知道咱們下午要賤賣，消息一傳十、十傳百，都等著下午來買就好了，上午的生意如何做？」

「妳說的在理。唉，要是能再唱一齣大戲就好了。」王氏蔫蔫地道。「妳說我要是去搶隔壁老劉頭一根油條，他會不會和我鬧起來？」

「娘！」顧茵無奈地喊她。

「哎哎，我知道，我就是說說！」

顧茵安撫地捋了捋她的後背。她才來兩天就聽人說了，這碼頭的攤子都是衙門看顧著的，衙門離這兒也近得很，但凡有人尋釁滋事，被人檢舉到衙門，不出兩刻鐘就會被逮走。誠如之前給她們介紹屋子的小二黑說的，這衙門裡的關捕頭是個鐵面無私的，縣太爺都敬他三分，落他手裡就別想能通融。

昨兒個也只因她們是家庭內部矛盾，且沒鬧得太過火，只是三言兩語地動嘴沒動手，這才沒有鬧大。換其他人試試，早讓捕快鎖走了，傻子才來同他們唱大戲呢！

冷不丁地，有人坐到了她們攤子上的矮桌旁，把桌板拍得砰砰作響。

葛大龍沒怎麼花費工夫就找到了婆媳倆的小攤子。她們攤子上冷冷清清的，但是葛大龍打聽了一番，凡是在她們家吃過的，就沒有不豎大拇指的，所以他也沒多想，一屁股在矮桌前坐下，拍著桌板，惡聲惡氣地吼道：「人呢？都死了嘛！還不給小爺上碗餛飩！」

顧茵愕然。

王氏則是雙眼一亮，整個身子都微微發抖——給激動的！她趕緊輕推了顧茵一把。自己長得凶，萬一把人直接嚇走了可怎辦？兒媳婦白嫩嫩、軟綿綿的，看著才好欺負呢！

顧茵無奈地看她一眼，一面應聲道：「這就來。」一面去了鍋邊包餛飩。

葛大龍先看到她嫩如春蔥的白皙手指翻飛，接著再去看她的臉，這一看之下，他都忍不住讚嘆一聲好個標緻的小娘子！但好看也不能當飯吃，還是叔嬸那兒實打實的銀錢重要！

一碗餛飩很快端到了桌上，葛大龍已經打好了腹稿，但是剛吃下一個，那美味在舌尖炸開，他囫圇嚥下，一時竟忘了言語。他狼吞虎嚥、風卷殘雲，每吃一口，臉上的表情還會回味變化，吃著還挺香的。

甚至還有人因為他這埋頭苦吃的模樣而駐足停留了一下，接著便照顧了顧茵的生意。

一碗餛飩下肚，葛大龍這才想起自己正事還沒辦呢！他戀戀不捨地放下了碗，拍著桌子罵道：「呸！真難吃！這麼難吃還敢出來賣銀錢，傻子才吃妳們家東西呢！」

顧茵無語，真的無語。這種尋釁的話不應該在嚐第一口的時候就說嗎？而且你要罵就罵，眼睛還離不開那剩下的小半碗餛飩湯底是什麼意思？

見顧茵站著沒動，王氏以為她是怕了，便從她身後躥出來，插腰罵回去。「怎麼就難吃了？這碼頭上吃過我家餛飩的，哪個不是讚不絕口？就你和別人不同！」

王氏這大嗓門把葛大龍喊回了魂，他站起身回罵。「難吃還不讓人說了？什麼旁人都讚不絕口的，怕是妳們花錢找來演的客人吧！」

兩人誰也不讓誰的對罵起來，那氣勢眼瞅著就要打起來，攤位前的人很快又多了起來。甚至還有知道昨天事情的在那裡起鬨道：「這惡婆婆昨兒個欺負自家媳婦的時候可是威風得很呢，今天就不知道會不會惡人更有惡人磨了？」

「難吃你還把一碗餛飩吃光了？」王氏指著矮桌上的大碗罵。「怕不是再晚一點，連這點湯水都要讓你舔乾淨了！」

葛大龍面上一臊。「我那是空了一早上肚子，餓狠了，所以吃急了，反正就是難吃！」

「我看你就是故意來找打是不是？」

葛大龍一拍桌子，先摔了桌上的碗，又一拳重重砸在桌板上。

小桌板本就是王氏圖便宜淘換來的，並不很穩固，他一拳下去，整張桌子都歪了下去。

「我就是故意的又怎麼樣？我可勸妳一句，這碼頭上的攤位都是我看顧的，做事可不要太冒頭！妳們要是只管自己風光，絕了旁人的路子，這桌子就是妳們的下場！」

王氏抄著手冷笑，而後一把將他推開，朝著桌板的另一頭一拳下去，直接把那一寸有餘的桌板打了個對穿。「你有種再說一遍！」王氏氣勢洶洶地看著他。

葛大龍目瞪口呆，怎麼也沒料到看起來乾瘦的王氏竟然還有這把力氣！

他呆愣的工夫，人群中突然爆發出一陣熱烈的叫好喝彩之聲。

尤其是一些個苦力，他們這行當誰力氣大誰就厲害，因此叫好還不夠，更是鼓起掌來。

王氏驕傲地昂了昂下巴，又對葛大龍道：「你再橫一個我看看！」

「我、我……」葛大龍不自覺地退後兩步，轉頭看到不少人都在看熱鬧。這要是臨陣逃脫，叫個中年婦人比下去，那不是再沒臉來這碼頭了？他羞惱無比，臉脹成豬肝色，沙包大的拳頭捏得吱嘎作響。

正在這時，人群從兩邊退開，一對捕快從中穿插而來。

為首的捕快一來便喝道：「葛大龍！怎麼又是你？」

葛大龍見了他，頓時像耗子見了貓，偃旗息鼓，搓著手賠笑道：「李捕頭，怎麼是您親自來了？」

別看這李捕頭生得白淨面嫩，年紀還不到二十，都知道他是關捕頭從小養大的徒弟，雷霆手段那叫一模一樣，鎮上的混混見了這對師徒都得夾起尾巴做人！

李捕頭皺眉道：「你管來的是不是我？今天又是怎麼回事？」

「沒事沒事，我啥都沒幹！」葛大龍拚命搖頭。「我就是吃著這家的餛飩覺得難吃，嚷嚷兩句而已。」

李捕頭的眼神落到了那張被打出個大窟窿的桌板，狐疑道：「你這叫『啥都沒幹』？」

葛大龍立刻解釋道：「我就拍了下桌子而已，是這婦人自己打穿的！」

李捕頭的視線又落到王氏身上。

別看王氏方才和葛大龍叫陣時絲毫不露怯，但她看到官差也犯怵，所以此時跟鵪鶉似的，一個字都不敢多說。

顧茵便站了出來，解釋道：「差爺聽我道來。這位大哥方才到我們攤子上，先是惡聲惡氣地嚷著快上餛飩，我陪著小心立刻上了一碗，結果這位大哥一直到把餛飩都吃光了，才嚷著難吃。我們是新出的攤子，本就經營困難，哪裡禁得住他這樣講？沒得買賣還沒做起來就先砸了招牌啊！那桌子確實是我娘自己打的，但卻是這位大哥動手在先，把桌腳給打歪了，還說我們是絕了旁人的路，這桌子便是我們的下場。我娘也是怕我們孤兒寡母的讓人欺負了，這才跟著他拍了桌子。」三言兩語、不徐不疾，便把來龍去脈都說清了。

李捕頭轉過頭瞪了葛大龍一眼。「你叔叔、嬸嬸也在碼頭上擺攤，你莫不是欺負人家女流之輩，初來乍到吧？」

「沒有……」葛大龍的聲音低了下去。「是真的難吃嘛！難吃還不讓人說了？」

李捕頭氣笑了。「難吃你還吃完一整碗才罵？」

這時候，旁邊看熱鬧的人也跟著出聲了——

「小媳婦家的餛飩我吃過，好吃得很！」

「就是！人家的餛飩昨兒個半上午就賣完了，今天又來了好些客人，難不成大家的舌頭都壞了？」

「這葛大龍是咱們鎮上出了名的混不吝，就是看人好欺負呢！」

李捕頭轉頭對著衙役使了個眼色，衙役立刻呈上鐐銬。

「我自己來、自己來！」葛大龍從善如流地伸手把自己銬住。

李捕頭好笑地撇撇嘴，轉臉對著顧茵微微頷首示意，隨即便帶著人離開了碼頭。

「唉！還沒給錢啊！餛飩四文錢，矮桌一百文啊！」反應過來的王氏拔腿要去追。

顧茵一把拉住她。「娘，快讓我看看您的手！」

王氏的手背上紅了一大片，眼看著就要腫起來。對上顧茵關懷中略帶責怪的眼神，王氏心虛道：「沒事沒事，回去用冷水敷一敷就好了！」

顧茵給她細細揉過，確保她沒有傷到筋骨，這才鬆了一口氣。

「我真沒事。青意十幾歲就能徒手裂石就是隨了我，我雖不如他，打這麼張半空心的小桌板還是沒問題的！就是那龜兒子沒賠錢啊！」說完這個，王氏便掙開顧茵的手，接著吆喝包子、餛飩。

看熱鬧的人群漸漸散了，但不少人臨走時還是買了些東西。因為這樣，顧茵又賣出去十來碗餛飩，包子更是只剩下二、三十個。

人群散開之後，王氏數著銅錢，心裡美滋滋的，後頭又想到折了張小桌子，忍不住肉痛——這桌子也忒不禁打了！當時只想弄出更大的動靜來，怎麼就給打穿了呢？

正在這個時候，葛大嬸侷促地過了來。「那桌子的錢和餛飩的錢，我來付吧。」

「妳是那個潑皮無賴的家人？」王氏沈下臉看著她。「前頭那捕頭說他家裡人在碼頭上擺攤，莫不就是妳吧？」

「就是我家。」葛大嬸越發不好意思，解釋道：「但我只是提了一句而已，沒想到他真的過來找妳們麻煩了。」

「妳這人……」王氏立即又要罵起來。

顧茵趕緊把王氏拉住。「娘，方才就是這位嬸子去請來官差！」當時大家都聚攏過來看熱鬧，這高瘦的婦人也在其中，但人都是往前擠著，她卻是沒看兩眼，轉頭就逆流而出，著急忙慌地離開了。沒多會兒李捕頭他們便到了，而這婦人也跟著一道回了來。

「原來是這樣。」王氏的面色和善了一些。「但是這件事本就是妳惹出來的，可別指望我們感謝妳！」

「不用不用！」葛大嬸連連擺手。她老實了一輩子沒害過人，今遭實在是被葛大龍逼急了，當時才說了那番話。

旁邊的老劉頭聽了一耳朵，就也幫著道：「那葛大龍實在不是東西，吃著他叔叔、嬸嬸的，還出來惹是生非。你們夫妻倆也是，人善被人欺的道理難道不懂？怎麼好任由他占便宜？」

這道理葛大嬸哪裡不明白呢？雖然他們家已經和大伯家分了家，但她自從女兒走丟後就再無所出，老夫妻兩個將來還指著葛大龍這姪子摔盆送終，她就是再不願意，最多也只能像今天這樣發發牢騷罷了。看到那斷了腿又破了個大窟窿的矮桌，葛大嬸越發後悔心虛，得虧這惡婆婆是個厲害的，不然真要鬧出個好歹來，她可會後悔一輩子！

葛大嬸試探著問道：「我家的包子都賣得差不多了，妳家應該還剩一些吧？不若放到我們攤子上，我幫妳們賣。」

「哼，算妳還有些好心！」王氏順勢下坡，把還剩著包子的蒸屜抽出來給了她。

葛大嬸捧著蒸屜回了自己攤位，和葛大叔說明了情況，兩人為了彌補過錯，都把這包子當成自家的賣。

他們攤位客人極多，不一會兒就一售而空。且因為顧茵的包子美味，就著包子還多賣出去數碗麵條。

「乖乖，這小媳婦的包子真是不得了！」葛大叔嚐了最後一個，從自家的錢箱子裡數出幾枚銅錢，放入要給顧茵的那堆銅板裡。「大夥兒誇得真沒錯，得虧咱們攤子位置好，也不賣粥和包子，不然咱們這生意還真做不過她家！」

葛大嬸想的卻是旁的，自家攤子位置好，東西卻不夠賣；顧茵她們家東西好，攤子的位置卻差。這若是讓那小媳婦把包子寄放到她家來賣，她家能多賣一些，自家從中分一部分利潤，豈不是雙贏局面？

葛大嬸想好之後便去了顧茵那處還蒸屜，還把賣出去的銀錢一併給了過去。

王氏點過銅錢，心裡算了算，知道對方十分老實，沒有昧下銀錢，臉上這才有了笑影兒，話也多了起來。「妳看著人挺不錯的，怎麼就得了那麼個姪子？不過我醜話說在前頭，若他下回再來，我還是不會饒過他的！」

「不會再有下次了！」葛大嬸連忙保證，然後便猶豫著怎麼和眼前的婆媳倆開口？畢竟她雖想的是雙贏，可葛大龍尋釁在先，她若是這會兒提出合作，就怕她們懷疑自家一開始就別有居心。

王氏和顧茵已經開始收攤了，等她們拾掇完都要準備走人了，葛大嬸卻還是站著沒動。顧茵便詢問她，是不是還有其他事？

葛大嬸閉了閉眼，下定了決心，把自己欲合作的想法同她們說了。

顧茵沈吟不語。

王氏轉頭看顧茵不吭聲，便也把嘴給閉上了。

「不如您隨我們回家去，咱們坐下來仔細商量？」顧茵開口詢問。

葛大嬸自然應好，還幫著接過顧茵手裡的傢伙什物，三人一起回了緇衣巷。

第五章

小武安聽到他娘的聲音就迎了出來，手裡還拿著一塊抹布。見到有生人在，他趕緊躲到顧茵旁邊，拉上她的裙角，不吱聲了。

葛大嬸早年丟了孩子，就和現在的小武安差不多大，她最是喜歡孩子不過的，連忙笑道：「好孩子別怕，我不是壞人哩！」

王氏和顧茵去灶房裡放好東西，請葛大嬸去堂屋說話。

小武安低頭不敢瞧她，蹲到角落開始擦地。

葛大嬸的眼神離不開他，羨慕道：「妳家這孩子太伶俐了，這麼小就會幫忙家事。」

沒有家長不愛聽旁人誇自家孩子的，王氏也跟著笑道：「他打小就勤快細心，就是性子靦腆了些。」

寒暄過後，葛大嬸便說起正事，隨後看向王氏，徵詢她的意思，畢竟在她的認知裡，王氏這婆婆如此凶惡，家裡的大小事務肯定是她作主。

聽說她家想幫自家賣包子、打開銷路，王氏先是面上一喜，隨後又想到了什麼。「買賣上的事我說的不算，妳還是跟我兒媳婦商量吧！」說著話，她看到小武安擦得費力，也找了塊布跟著他一起幹起活來。

顧茵給葛大嬸倒了碗水，笑道：「我娘真的很好，那天是急了才同我吵嘴。買賣上的事她確實都聽我的，嬸子不妨直接和我說。」

葛大嬸接了水後也不兜圈子，開門見山道：「既是合作，我也不瞞妳們，我和我家老頭子年紀都大了，搗鼓饅頭、油餅的，至多也只能做百來個，一般早市過半，我家的東西便都銷空了，若遇上今天這樣碼頭上趕工的時候，客人們沒那個時間去尋其他攤子，我們的東西只能賣上一個多時辰。」葛大嬸抿了一口水後，接著道：「我們也試過請人，但都不過幾個月便另立門戶去了。我們那攤子位置好，租子也就貴，加上葛大龍那混不吝的吃喝拿要……不怕妳們笑話，我們夫妻現在每個月淨賺的可能還沒妳家多。」

王氏在旁邊聽了一耳朵，便問道：「我聽老劉頭說，碼頭上的好攤位不知道有多少人等著轉讓呢，你們夫妻要是做不動了，怎麼不把攤子轉讓掉？」

葛大嬸的眼神黯了黯，便把自家早年丟了女兒的事說了一遍。儘管事情過去了很多年，說到傷心處她還是不禁紅了眼。「只要我不死，我活一天就要保這攤子一天。我就盼著萬一哪天我家囡囡回來了……」

王氏心腸軟，最聽不得這些，也跟著紅了眼睛。葛家夫婦好歹還有個盼頭，但是她男人和大兒子卻是屍骨無存了，連那個「萬一」都沒有……她悶著頭出了堂屋。

顧茵輕嘆一聲，遞了帕子給葛大嬸。「您莫傷懷，小心身子。」

葛大嬸接過帕子擦了擦眼，又正色道：「不提那些了，我說這些都是為了和小娘子表明，我家是真的誠心合作。」
顧茵點了頭，她也正需要這樣一個機會，畢竟還有幾個月就要準備小武安的束脩了。

「嬸子是敞亮人，我也和妳開門見山。咱們做的這些吃食利潤薄，兩個包子才能賺一文錢，嬸子看，你們分幾成適合？」

葛大嬸做了大半輩子吃食了，什麼東西能賺多少銀錢，顧茵不說她心裡也清楚。但因為顧茵這份開誠布公，她不由得高看了顧茵一眼。「妳家婆婆既然能讓妳當家，顯然妳也是個有主意的，妳看幾成適合？」

「嬸子覺得四成如何？」

按顧茵的想法，葛家夫婦有那麼便利的位置，不一定非要和她家合作，便是五五分帳，也有人願意。但自家的利潤確實薄，花錢的大頭又近在眼前，實在讓不出那麼多。

葛大嬸的心裡是預估三成的，雖然自家幫其他人賣東西簡單——之前就有兩家來問過了，但第一家做出來的東西味道差；第二家更讓人惱火，偷工減料不說，用的食材還不新鮮。但碼頭上攤子多、競爭大，換成前頭兩家那樣的，掙不到銀錢先不說，沒得還砸了自家攤位的招牌！也就顧茵這手藝，讓葛大嬸有底氣、有信心，覺得能弄出個雙贏的結果。

自家對不住人家在先，因此葛大嬸想了想就道：「還是三成吧。」

顧茵也並不想占人便宜，最後還是定了讓出四成的利潤，又約定好包子的數量，說好第二天定契，這才把葛大嬸送出家門。

這時候王氏也調整好自己的情緒。「都商量好了？」

顧茵點頭。「說定讓利四成，明天先多做一百個送到他們那兒。」

王氏先是笑，後頭又發起愁來。「咱們平常做百十來個，明天再多做一百個，加起來要二百來個，那妳晚上還睡不睡了？」

顧茵說不礙事。「早起一個時辰就行，再說咱們只做早市，下午我盡可以補覺。每天多做一百個，扣掉給葛大嬸家的分利，咱家每天能多得三十文錢哩！」

「怪我沒本事，不然也不用妳這麼累。」王氏看著自己的一雙手，同樣是十根手指，前頭包餛飩就不頂事，到了包包子這裡，包出來的和顧茵的一比那更是天壤之別！想了半晌，王氏問：「是不是因為武安的束脩，所以妳才這麼拚？」

顧茵笑了笑，沒接話，轉身去提出了錢箱子。「娘要不要來數銅錢？」

王氏聽到銅錢響就眼睛發亮，美滋滋地開始數起銅錢。一通數下來，這天竟然掙了一百文！昨兒個知道掙了五十文錢的時候她就樂得白日發夢，今天數完雖然高興，卻沒有那個熱乎勁兒了。「不然，武安進學的事還是算了吧？反正他那麼聰明，咱們找個秀才先生，教他也總是盡夠的。」王氏打起了退堂鼓。

「娘……」顧茵無奈地看她。「咱們已經說好的，這還沒到年前呢！」

王氏掰著手指頭算啊算，今兒個也是因為鬧出動靜所以賣得多，明日是再沒什麼大戲可唱了，但和葛家夫婦開始合作，應該掙得和今天差不多。這樣一個月扣掉租子，能賺二兩半。眼下已經九月，臘月的時候天寒地凍，運河要結冰，船隻不通行，碼頭上沒人自然也就沒生意了。滿打滿算也就剩兩個多月時間，十五兩還是遠在天邊啊！不過看著兒媳婦信心滿滿的模樣，王氏也不好多說什麼，只暗暗在心裡道，無論事成與不成，這情分她都記下了！

顧茵這邊數好銀錢，心裡也在做著計劃。

包子今天做的有些多，若是沒有葛大龍鬧事，一百五十個絕對賣不完，所以明日一共做上兩百個應該盡夠。粥倒是要多準備一些，尤其馬上天冷了，熱騰騰的粥湯應該更不愁賣。前兩天都算是試營業，麵粉買的最多，其他材料將將夠，這兩天也算是摸清一些門道，糧油之類不容易放壞的材料便可以多準備一些，免得日日都要出去折騰。她和王氏一說，王氏沒有不應的。

王氏先把銅錢歸攏到錢箱子裡，又折回屋去拿回了一開始剩下的碎銀子，通通歸到一處，交給顧茵。「往後銀錢都歸妳管，妳腦子也比我活絡，隨支隨用。」

顧茵點頭道：「那我每日把帳冊給您看。」

王氏連連擺手。「別別別，我看到字就頭昏。咱們一家子，難不成我還怕妳不實誠？」

顧茵狡黠地眨眨眼。「娘可別把話說這麼死，我每天偷上十文錢，保管您不知道！」

「家都讓妳當了，還只偷十文錢，沒出息的樣！」王氏好笑地輕拍了她一下。

之後婆媳兩人便相攜出去買東西。

因為這次要準備多日的食材，兩人分頭行動，顧茵去買肉和菜，王氏負責去買重一些的米、麵。半個時辰後，兩人在約定好的地方碰面。

分開時王氏還好好的，此時卻是一臉忿忿，顧茵便問她怎麼了。

「我先去買了麵，後頭又去買米，那米鋪亂糟糟的不知道發生了什麼事，不聽我說話就把我打發走了，讓我明天再去，或是去其他家買！這不是欺負人嗎？」王氏去的是離緇衣巷旁不遠的大興米鋪，是一家老字號店鋪，做生意素來公道，不會新米、陳米摻著賣，更不會缺斤短兩、偷奸耍滑。

鎮上也有其他米鋪，但因為大興米鋪生意好，附近同類店鋪爭不過，都開得遠遠的，一來一回得半個時辰，就算王氏力氣大，顧茵也捨不得她揹著米走那麼遠。

「我陪娘過去看看，若這家真不賣了，咱們就去找一輛推車，到遠一些的地方看看。」

婆媳二人先回家放了東西才又出了來。

誠如王氏所說，此時大興米鋪裡亂糟糟的，幾十袋米堆在門口，夥計們個個跟鬥敗的公雞似的，耷拉著腦袋站成兩排，一個掌櫃模樣的年輕人正指著人在罵。

「都當我新來的好欺負是不是？你們在這行當做多久了，現在來和我說新米、舊米分不出來？你們這是把我當傻子騙啊！」

領頭的夥計趕緊求饒道：「少掌櫃莫生氣，真不是小的故意糊弄您，實在是小的們日常就做搬運和招待的工作，其餘事都是前頭的掌櫃負責的，今兒個前掌櫃一走，小的們也不知道為什麼兩種米被混在一起放了。不過您既然能接掌櫃的職，不若您來分？」

新米和陳米價格差了一倍，若是分辨不仔細、調換了來賣，那不僅是虧本的事，更是砸了經營多年的招牌。少掌櫃沈著臉，氣得後槽牙都咬得吱嘎作響。

周圍早就有不少人紛紛在指指點點地看熱鬧，等著看這少掌櫃的洋相。

「這夥計怎麼敢這麼對掌櫃說話？飯碗不要了？」

「你不知道，這大興米鋪原是文家二房的產業，新來的這少掌櫃卻是大房的人，這明顯是兩房人打擂臺呢！」

此時顧茵聽了一耳朵也明白了，難怪夥計上來就敢趕客，敢情是忙著內鬥呢！顧茵並不想牽扯進旁人的糾紛，正準備喊上王氏走人，卻見前頭那嗆聲掌櫃的夥計突然轉頭喝道——

「都看什麼看？今天不營業！」

說著話，那夥計對著其他幾人一使眼色，幾個人高馬大的男子就紛紛上前，伸手去推搡看熱鬧的行人。

眾人如鳥獸狀一散而開，顧茵瘦弱，不知怎麼就被擠到人前。

眼看著夥計朝顧茵伸了手，王氏立刻一把箍住，罵道：「說話就說話，你動手是什麼意思？」

那夥計倒是認出了她，當即罵道：「又是妳這婦人！我都說今兒個不賣了，妳還過來做什麼？幾輩子沒吃過米嗎？」

顧茵聽見這話，也生出了幾分火氣。「來米鋪自然是買米，你既不會分，我自己分就是！」

那夥計抄手冷笑道：「妳這小娘子莫要口出狂言，這新米、陳米都長得差不多，非是老行尊分不出，您還是哪兒涼快哪兒待著去！」

顧茵依舊不卑不亢。「那我只買我自己分好的，便是陳米，我也給新米的價格！」

那少掌櫃如蒙大赦，揮開夥計親自迎了出來，但看到顧茵年輕面嫩的，又有些猶豫。不是他平白把人看低，而是大興米鋪的陳米並不是那種放了多年、發霉發爛、很容易區分的陳米，只是多放了一、兩年而已，如他這樣的外行人委實看不出門道。

王氏哪裡看得旁人小看自家兒媳婦？見他這一猶豫，當即便道：「我在鄉下種了半輩子的地，如今做些吃食買賣，也是和米、麵打交道，這位掌櫃可別小看人！」

那少掌櫃見王氏如此有自信（主要是嗓門大，看著格外有氣勢），立刻點頭道：「那就麻煩這位夫人和小娘子了。」

顧茵走到那堆積如山的米袋子旁邊蹲下身，打開一袋，抓出一把道：「新米顏色較白，像我手裡的顏色微黃，雖沒有霉味，這顯然便是陳米。其次還可以看米頭部位是否有白點，這白點就是大米的胚芽；而陳米經過二次翻新後，幾乎沒有白點。然後還可以看米是否有裂紋、缺口，新米是沒有裂紋或缺口的；而陳米在經過二次加工後，表面則有可能會出現破裂或裂紋。新米的硬度較大，陳米硬度小，放入口中用齒咬過也能分辨。」說著話，顧茵又打開第二袋米。「還可以把手插入米中，手上會黏附有少許白色粉麵，用嘴輕吹之後粉末即被吹掉的是新米；若是不容易被吹掉，並且在搓手之後有油泥現象，便是陳米。兩者的黏性也不同，新米黏性很強，如果使勁用手捏揉，甚至可以攥成一團；而陳米比較生硬，黏性很差，並不能攥成團。最後可以經由聞味來判斷，新米如果用鼻子仔細聞，可以聞到一股大米的清香，這袋陳米卻沒有。」她一邊講解一邊分辨，每分好一袋，王氏便幫著她把米袋子搬開。

如是開了五袋米以後，顧茵便分出了自己要買的兩袋新米。

那少掌櫃聽得連連點頭，按她說的辦法辨識，幾十袋米過沒多久便也已經分好。

前頭發難的夥計面色古怪、皮笑肉不笑地道：「小的有眼不識泰山，不想小娘子竟是箇中行家。」

那少掌櫃同樣面露驚訝之色，連忙拱手致歉。「是我眼拙，多謝小娘子替我周全。」

顧茵也不看那夥計，只同那少掌櫃輕笑道：「舉手之勞，不用言謝。」

她並不居功，雖然上輩子打小就耳濡目染，知道怎麼分辨食材，但更多的還是得歸功於後世網路的便捷——這些在這個時代秘而不宣的行業知識，在現代那是一查一大把！而且她看那夥計神色古怪，便猜到他們多半也是會這些，只是故意給這新來的掌櫃難堪而已。

顧茵如她之前所說的那樣，買了兩大袋自己分好的新米。付帳的時候，那少掌櫃堅持便宜了兩成的價格，還說往後只要她來，就按今日的價格算。

兩成差不多就是賣米的利潤了。

顧茵要推辭，又聽對方壓低聲音道——

「今天的事想來小娘子心裡也有數，分米的事小，我上任第一日便讓米鋪做不了生意、失了顏面事大。我雖不是東家，但這點主還是能做的。讓這一點利既算是給小娘子的辛苦錢，也是讓這些夥計知道我這人賞罰分明，是以小娘子莫要不安心，收著便是。」

顧茵便也不再多言，道謝之後便和王氏一道離開。

少掌櫃親自相送，轉頭回店裡的時候卻被一個身著錦藍色圓領綢衫的年輕公子攔住。

少掌櫃連忙拱手行禮。「大少爺怎麼親自過來了？」

來人正是文家大房的長子嫡孫——文琅。

文琅伸手拉住他，手裡一把摺扇搖得嘩嘩作響。「什麼時候了沛豐還跟我多禮？我收到你的口信就趕緊去請了其他米鋪的老行尊來了。先讓老先生把米分出來，回頭咱們再收拾那幾個敢為難你的狗東西！」說著話，文琅便進了店，但店內情景和他想的不同，雖確實是堆著幾十袋米，卻是已分成了兩批，顯然是已經分好的模樣。

文沛豐跟著他進了店，解釋道：「您來之前有個小娘子仗義相助，已經幫我分好了。」

「什麼小娘子？外行人還知道這些？」

為了確保萬無一失，文琅還是讓請來的老先生又檢查了一遍，得出的結果竟真的一袋不錯！結果出來後，文琅和文沛豐兩人對視一眼，面上反而帶了笑。

從前文家大房跟著文老太爺在京城做官，二房則在原籍經營祖產。

往常文老太爺在京中的時候也不曾查二兒子的帳，還私下裡同大兒子說「老二沒有讀書的腦子，但好歹靠著我的官聲能做些小生意餬口，那雖是咱家祖上的產業，照理說也該你一份，但你們是一母同胞的親兄弟，就不要和他計較那些身外物了」。文家大老爺那也是正經的兩榜進士，在翰林院裡清貴了一輩子，自然也不會和兄弟計較這些。

但是月前文老太爺和當今在朝堂上大吵一架後負氣辭官，當今竟也沒挽留，直接放了文老太爺的官不算，還把文家大老爺的官一道給免了！文老太爺帶著大兒子回了這寒山鎮，自然也得給大房一家子找點營生，便讓二房分出一些產業來。

文二老爺這就不願意了。往常他們靠著父親和兄長的餘蔭才順風順水了這麼多年，未曾遇到任何磨難，如今家裡大樹倒了，還得罪了當今，自家這生意往後還不知道會如何呢！

但不願意歸不願意，文家當家的還是文老太爺，所以二老爺挑挑揀揀，最後選出利頭最薄的幾間米麵鋪子讓了出來。

文家大房沒有計較什麼利頭不利頭的，很快就讓自己的心腹過來接管了。

沒想到接管大興米鋪的第一天，下頭的人就敢這樣故意使絆子！

店裡這些人文琅本就不想留，但若是沒個正經理由，傳出去要讓人說他容不下叔叔調教出來的人。如今倒是正好，一個外行小娘子都能分清新米跟陳米，你們這些幹了許多年的米行夥計卻做不到？那還是趁早轉行，做些旁的去吧！

文沛豐點頭表示自己已經會意，文琅也沒多留，文沛豐把他送出去。

到了門口，文琅呼出一口長氣。「祖父本也是怕我爹心中鬱結難舒，所以才想著早些給我們找點事幹，沒想到二叔這麼不願意。回頭還是得和祖父說一聲，沒得讓你白受委屈。」

文沛豐和文琅雖然名義上是主僕，但他父親是文大老爺的書僮出身，文大老爺把他看成半個兒子，所以他還是知道其中利害的，便出聲勸道：「老太爺如今正是氣不順的時候，一點小事罷了，不用驚動他老人家。」

說到這個，文琅也跟著嘆氣。

文老太爺當了一輩子的官，還當過先帝的老師，被先帝託孤，輔佐當今坐穩了皇位。沒想到當今羽翼一豐就開始耽於享樂，放權給宦官，全然就不把他放在眼裡。

幫著皇家操勞了一輩子，臨老卻弄成這樣的下場，可想而知他心中有多憤懣。

老爺子心情差卻也沒糟踐身邊人，就只糟踐自己——自從回了寒山鎮後就沒好好吃過一頓飯，說是不對胃口。

雖都知道，這所謂的「沒胃口」還是出在老太爺的心病，但做兒孫的為了這事還是遍請名廚，把本鎮、本縣甚至隔壁縣有名的師傅都請過來了，愣是沒讓老太爺多吃一口。

「這幾日祖父又清瘦了一圈，我爹娘在家心急如焚卻又無計可施。眼看著幾個月後就要過年，我是再不知道能去哪裡請大師傅了……」文琅嘆息著走了。

不知怎的，文沛豐突然想到方才那小娘子的娘似乎說了她們如今在賣吃食。那小娘子年紀輕輕已有這種分米的能耐，那廚藝多半也差不了吧？想到這兒，文沛豐又搖了搖頭。

老太爺不肯吃飯雖說是心病，但那舌頭也是真的刁，畢竟以前是在宮裡吃慣御膳房的人，真要挑剔起來，天下確實沒幾人的手藝能入他的口。那小娘子一副窮家打扮，年紀又委實不大，怎麼也不似有那等本事的人。他又是一嘆，接著進店處理其他事務了。

顧茵回到家後吃了頓簡單的午飯，就被王氏趕蒼蠅似地趕回屋裡睡覺。

她忙活了一上午，洗漱之後躺下沒多久就睡著了。

一覺睡到二半夜，外頭天黑得伸手不見五指，她趕緊起身去灶房。

灶房裡，王氏和小武安正坐在灶膛前說話。

王氏一邊燒火，一邊繪聲繪色地講著這兩日碼頭上的事，先說顧茵做的吃食如何受到大家喜歡，又說自己一拳打穿桌板的壯舉。

小武安手肘撐在膝蓋上，雙手托著腦袋，聽得津津有味的。

顧茵看到這副情景，不由得彎了嘴角，出聲道：「娘怎麼不喊我？」

王氏轉頭見她起來了，笑道：「正準備說完這一段就去喊妳呢！」

顧茵上手開始幹活，王氏和小武安也從小板凳上起身，幫著打下手。

「你們這是沒睡還是起了？」

「妳睡下沒多久我也跟著睡了，只是這臭小子非拉著我問我們擺攤的事，磨著要和我一道睡。我睡前說了一遍，他晚上不知道發什麼夢，尿了炕，老娘只得起來收拾，他也就不肯睡了。」

小武安臊得滿臉通紅，連忙低下了頭。

顧茵和王氏一通閒話家常，幹起活來也不覺得無聊。

晨光熹微的時候，顧茵的兩百個包子都蒸好了。

葛大嬸怕她們只有婆媳兩個，拿不了那麼多東西，早早地上門來取貨了。

小武安像條小尾巴似的跟在她們後頭，走到大門口眼巴巴地目送她們。

顧茵看著心裡怪不落忍的，自己和王氏每天從半夜忙到中午，下午回來後都是累得沒說上幾句就要歇下，這麼大點的孩子鎮日待在家做些家事，守著個空屋子，連個說話的人都沒。估計就是太過寂寞，素來乖巧的他才會纏著王氏一起睡，還黑燈瞎火地跟著一道起身。

王氏順著她的視線，看到自家兒子，心裡一軟，就問他要不要一道去？

小武安的眼睛頓時亮起來，正忙不迭地要點頭時，又見他娘搖了頭。

「不成，碼頭上不安全，你還是在家待著吧！」說著，王氏不自覺地看了葛大嬸一眼，顯然是想起了葛家那個被拐走的女兒。

葛大嬸就開口道：「不礙事，想帶孩子就帶著吧。自從關捕頭到了咱們這兒，鎮上的治安是再不用發愁的。碼頭上好些人家都把孩子帶著呢，再沒聽過誰家孩子走丟的。」

王氏看著兒子那可憐兮兮的樣子，也就點了頭，但不忘叮囑他道：「那你可不許瞎跑啊，要跟緊娘和你嫂嫂。」

小武安笑得眼睛彎成小月亮，轉身把自家大門關上，跟著她們一道去了碼頭。

兩家人也就此分開，到自家攤位上工。

早市開始，顧茵的攤位上開始陸續來人，王氏負責賣包子和粥湯，顧茵負責包餛飩，小武安雖然年紀小，但也是幹慣了活計、手腳麻利的，便幫著端餛飩、收空碗，三人配合起來，越發事半功倍。

一個時辰後，早市的一大波人過去，王氏讓顧茵坐裡頭歇歇，自己開始清點剩下的吃食，冷不防的，就聽到外間的小武安突然發出一聲尖叫！

「怎麼了這是?!」王氏連忙抄起舀粥的長柄木勺，從裡頭衝了出來。

顧茵也趕緊站起身來。

小武安急得滿臉通紅，伸出小手指著一個方向。「剛才我正收碗，然後那個……那個東西不知道從哪裡躥了出來，搶了我的碗，躲到桌子底下吃了起來！」

「你這孩子怎麼一驚一乍的？這碼頭上野貓、野狗多了去！」王氏連忙把小武安拉到身邊，敲了下他的頭。「老娘還當你遇到拐子佬呢！」

小武安摸著被敲痛的頭，囁嚅道：「好像……好像不是小貓、小狗。」

王氏和顧茵這才定睛細看，只見那矮桌之下，一團黑影正匍匐在地、狼吞虎嚥地吃著東西。這哪是什麼野貓野狗？分明是個孩子啊！

那孩子頭髮蓬亂，身披一件看不出本來顏色的斗篷，穿一雙破洞的小草鞋，臉和手都髒得不能看。此時他正跪趴在桌下，狼吞虎嚥地吃著餛飩湯。發現有人在看，他抬起臉，黑沈沈的眼睛、尖銳的下巴，口中發出嗚嗚咽咽的威脅恫嚇之聲，渾似一隻發了狠的小獸。

「這誰家的孩子大白天出來嚇人啊？」王氏被嚇了一跳，連忙站起身向周圍人詢問。

隔壁的老劉頭聽到動靜，過來解釋道：「別喊別喊！這不是誰家的孩子，就是咱們碼頭上的孤兒。」

王氏聽了，越發憤怒。「這世道是過得不容易，但把貓崽子似的一個孩子扔在這處也太過分了！就沒人管嗎？」

老劉頭又把食指豎到唇前，比了個噤聲的手勢。「不是沒人管，是管不了！」怕王氏接著嚷嚷，老劉頭便說起了來龍去脈。「咱們這碼頭上什麼船隻都有，船行來往就更多了。有個遠洋船行，不知道妳們聽說過沒？」

王氏聽著怪耳熟的，但一時間又想不起來在哪裡聽過。

雖然王氏不記得了，顧茵卻是記得的，這不就是之前招女工的那家船行嗎？王氏的兩個嫂嫂當時還想哄騙她們去應聘呢。

老劉頭接著道：「那遠洋船行數月前途經我們這處，雇了苦力去搬運貨物，苦力們搬完回來都面色古怪，說那些箱子有的重、有的輕，還傳出『嗚嗚』的哭聲，裡頭裝的不像是貨，反倒像人。」

王氏驚得直抽口冷氣。

老劉頭也嘆了口氣。「反正那趟之後的第二天，這孩子就憑空出現在咱們這兒。後頭那家船行的夥計還曾經回來打聽過，說他們家漏了一件『貨』，問我們見著沒有？當時大家還不知道他問的是孩子，是後來關捕頭巡邏到此處，聽說他們丟了東西，好心幫忙尋找，結果那人卻慌慌張張地跑了，我們這才知道……唉，人心肉做，總不能眼睜睜看著這孩子在我們這兒餓死吧？於是東家一口、西家一口的，就把這孩子餵到了現在。不過他一般上午都不出現，到傍晚時分才會出來，想來今天是餓壞了。」

顧茵和王氏聽得都心裡發酸，顧茵立即轉身去鍋邊重新下了餛飩。

王氏則接著和老劉頭打聽。「既然那遠洋船行的人已經嚇跑了，怎麼不把這孩子送到善堂去？給他洗漱拾掇一番，誰還會知道他是哪裡來的？總好過在這碼頭上像野貓、野狗似的活呀！」

這時候葛大嬸過來送還蒸屜了，聽到他們在說那孩子，她就接過話茬道：「要真能像妳說的那樣就好了，但是這孩子不會說話，好像也聽不懂人話，性情也像小獸一般，逢人就咬。上次關捕頭想把他帶走，他慌不擇路，差點就要跳河，從那之後就沒人敢強行把他帶走了，生怕他出個好歹。」

這話若是旁人說的，王氏可能不信，但從葛大嬸這樣喜歡孩子的人嘴裡說出來，她便不得不相信了。桌底下的孩子雖然看不清面容，可是看著手腳的大小，也只有兩、三歲。這麼大的孩子照理說怎麼也該會說話、懂些道理了，但長成現在這樣，又這麼怕人，可想而知過去他過的是怎樣豬狗不如的日子。

他們說話的時候，顧茵已經又重新下好一碗餛飩，還拿了一個包子。

她先是吹涼了，而後才把兩樣東西放在托盤上，遞到那矮桌下頭。

那孩子猛地看她靠近，本能地就要往後退，但聞到她手裡誘人的食物香氣，又猶豫了。

顧茵遞了東西後便立刻離開，那孩子這才縮回想逃跑的小腳，抱著碗狠吃起來。

等到大人們說完話，再去瞧桌底下，只剩兩個空碗，已經空無一人了。

因著這件事，回家後王氏得知今天又掙了一百多文，臉上也沒個笑影兒。

顧茵心頭也悶悶的，雖然她早就猜到那遠洋船行做的是販賣人口的骯髒買賣，但真正看到的時候又是另一種心情。那船行是當朝權宦的乾兒子辦的，手續齊全，背靠大樹，莫說是他們這樣的普通百姓，怕是本地的縣太爺也不敢置喙，不然前頭那鐵面無私的關捕頭發現了端倪，早應該查辦了這家船行，也就沒有後頭他們還敢光明正大招聘女工的事了。

「從前你們爹和青意剛上戰場的時候，我總是盼著他們能打勝仗，早點歸家。」王氏臉上的神情像哭又像笑。「可是咱們老百姓過的是什麼日子，大家心裡都清楚。如今想想，他們沒了也好，總好過做那昏君的走狗！」

顧茵趕緊起身把屋門闔上。「娘也別說這樣的話，咱家的人也不是樂意去幫朝廷打仗的，不過是情勢比人強，被強徵去的。」

王氏抹了一把眼淚，哽咽道：「我只是看到那孩子，心裡難受，妳讓我緩緩就好了。兒啊，娘同妳打個商量，往後咱們每天都剩一些吃食，留給那孩子成不成？」

顧茵點頭道：「娘就是不說我也想這麼做的！」

這天午飯，王氏也沒吃幾口，顧茵看她悶悶的，下午熬豬油的時候特地炸出一盤子豬油渣。別看他們已經做了幾日吃食生意，但其實在家吃飯基本上都還是隨便湊合著，肚子裡都沒有多少油水。

豬油渣的香氣直往人鼻子鑽，勾得人饞蟲上腦，王氏也顧不上想別的了，和小武安兩個人搬著板凳又坐到灶臺邊上。等到冒熱氣的豬油渣被顧茵盛出來時，兩人的眼睛都亮了！

顧茵看得好笑，忙道：「涼一涼再吃啊，小心別燙了嘴。」

王氏和小武安忙不迭地點頭，聽了她的話沒急著吃，眼睛卻是一刻都沒離開盤子。半晌之後，王氏先挾起一塊嚐了。黃澄澄的豬油渣又香又脆，咬在口中吱嘎作響，唇齒留香，一個下肚根本不夠！她連吃兩塊，臉上流露出饜足享受的神情。

小武安在旁邊急壞了，搖著她的手，讓她把盤子放下。

「瞧你這饞貓猴急的樣子！」王氏笑罵，還是把盤子遞給了他。

小武安揀著吃了兩塊，小臉上饜足的神情和他娘一模一樣。

不過兩人各吃兩塊以後就都沒再動了，把盤子遞給顧茵吃。

顧茵是真吃不下，這幾天每日有半天的工夫聞著油味菜味，她半點胃口也沒有，要不是怕王氏又要擔心她的身子，可能連飯都不吃了。

這時候就聽到許氏的聲音從外頭傳過來——

「這是又做啥好吃的呢？」許氏說著已經進了大門。

「妳這是狗鼻子啊？」王氏端著盤子出去。「我兒媳婦炸的豬油渣，快聞聞香不香？」

許氏深嗅了一大口，點頭說：「香啊！」

等她要伸手了，王氏又倏地把盤子往後一收，覷著許氏發黑的臉色，笑咪咪地道：「是吧？我聞著也怪香的！」

兩人上次拌過嘴之後就誰也沒理誰，許氏好不容易來了，顧茵自然要當和事佬。她從灶房裡拿出一個小碗，裝上鍋裡剩下的豬油渣，跟在王氏後頭出了去。「娘別和嬸子開玩笑了，剛才不是還特地囑咐我給嬸子留出一小碗嘛！」

王氏撇撇嘴，到底沒拆自家兒媳婦的臺。

許氏的面色也和緩過來，笑道：「好孩子別替妳娘描補，我知道是妳的心意，妳娘都摳搜得沒邊了！」說著還睨了王氏一眼。

「吃還堵不上妳的嘴？」王氏說著就伸手去搶她手裡的碗。「不吃妳還我！」

許氏也不相讓，拔腿就往自家走。「我幹啥還妳？妳兒媳婦好心好意給我的！」

王氏又去追，兩人像十五、六歲那陣子，為了朵絹花妳爭我趕的。

顧茵看著好笑，跟過去正想勸勸她們，就見到巷子口走來一個身形魁梧的中年男人。

他約莫四十出頭，皮膚黝黑，五官線條十分硬朗，肩膀寬闊，背板挺得直直的，身穿一身熨貼的捕快緇衣，腰間還掛著一把烏黑的刀鞘。他雖沒言語，但一隻手背在身後，一隻手按在刀鞘之上，自有一番淵渟岳峙的氣勢。

雖是第一次見，但顧茵猜著，這便是鎮上大名鼎鼎的關捕頭了。

關捕頭看到許氏，頓住了腳，開口道：「許夫人在此處正好，我正要把今年的租子給妳。」

許氏方才還跟王氏掐得跟鬥雞似的，此時卻突然文靜起來，聲如蚊蚋。「關捕頭從外回來，一路奔波累著了吧？也不急在這一時半刻的，回頭讓我家青川去你家拿就是了。」

關捕頭微微頷首，轉頭見到王氏和顧茵。

顧茵便福了福身，說：「我們剛搬過來沒幾日，還沒來得及和您打招呼。」

關捕頭點頭道：「無妨。我有事出了趟遠門，今日才回。往後咱們街里街坊地住著，不必這般客氣。」說完話，關捕頭也沒多留，回了自家院子。

等他一走，王氏才撫著胸口，呼出一口長氣。「這捕頭忒有氣勢，壓得我氣都快喘不上了。」

許氏立刻反駁道：「關捕頭一點架子也沒有，妳幹麼這麼編排他？」

「我編排啥了？我說他有氣勢，這明明是誇人的話！」

許氏瞪她一眼，端著碗也回去了。

王氏狐疑地看著她的背影，一直到顧茵喚她進屋才回過神來。

下午時葛大嬸來了，顧茵和她分好銀錢，簽好了書契，忙完之後才去歇下。

一覺又到半夜，顧茵照常醒來，冷不防的，她突然發現床頭坐了個人！

見顧茵差點驚叫出聲，王氏趕緊伸手把她的嘴捂上。「別怕別怕，是我！」

顧茵呼出一口長氣。「娘來喊起床直接喊就是，怎麼坐在這裡不吭聲？平白嚇我一大跳。」

王氏連忙掌燈，又給她端了碗水，這才解釋道：「我本來就是準備進來喊妳的，但是進來的時候看妳睡得正香，想著讓妳再多睡會兒，我就坐下來想事情呢！」

顧茵一邊喝水，一邊問她。「娘想啥這麼入神？」

王氏壓低聲音、神秘兮兮地說：「妳許嬸子，好像看上關捕頭了。」

「咳咳……」顧茵差點一口水從嘴裡噴出來。「娘怎麼平白無故說這個？」

王氏連忙給她順氣。「我可不是平白無故說的哩，白天妳也在場啊！關捕頭來之前，妳許嬸子還和我吆五喝六的，結果關捕頭一出現，她突然停火了，不是看上人家是啥？」

顧茵起身穿衣。「娘昨兒個不也說了關捕頭氣勢逼人嗎？您當時都嚇得沒敢吱聲，就不讓許嬸子也那樣？」

「哎，那不同！」至於怎麼個不同，王氏一時間也說不上來。

兩人進了灶房開始幹活，顧茵少不得叮囑她道：「許嬸子孀居多年，許公子也是要走科舉路的，娘就算有這個猜想，也不能往外透露半句。」

王氏忙道：「妳不說我也知道，這不只是跟妳說說嘛！」

這時候小武安也跟著起身過來了，婆媳倆立刻住了口，不再提這事。

又是忙到天亮，一家子便和來取貨的葛大嬸去了碼頭。

顧茵驚奇地發現，自家攤位的空地上居然多了一個大馬鈴薯！

「乖乖，這空地上還會自己長東西？」王氏撿起來，狐疑地看著青石板的地面。

葛大嬸看著笑道：「定是那孩子送來的！往常他若在我們這裡吃過東西，隔天總要送來點什麼，有時候是小麻雀，有時候是他撿到的碎布頭，千奇百怪，什麼都有。」

顧茵從前在新聞上看人餵過流浪貓之後，那貓咪也會想方設法地抓些東西來回報，沒想到這孩子不止看著像小仔貓，行動上也像。

幾人笑過之後，便開始了一天的忙碌。

一直忙到快中午，葛大嬸端著空蒸屜來了。

這兩天因為顧茵的包子，她家的生意也好了不少。從前因為賺頭不多，他們夫婦做完了早市還不能休息，還得再賣一下午麵條。但時人趕船出貨一般都在上午，下午和上午的客人差的不是一星半點，窩一下午也賺不到幾個銀錢。

如今有了顧茵的分帳，他們老夫妻兩個也總算能多休息半日了。

葛大嬸拉著顧茵的手一陣誇，一直誇到收攤的時候，才依依不捨地離開了。

這兩天進項委實不俗，又聽人誇了一大通自家兒媳婦，王氏也很高興，收攤的時候都哼起小曲來了。

顧茵莞爾，轉頭要叫小武安把桌上的空碗收過來，卻看到這小傢伙居然坐在矮桌前，不知道在鼓搗什麼。顧茵放下手裡的東西走過去，就看到小武安正從自己的小荷包裡掏東西，往桌子下頭遞。

「你在做什麼？」怕猛地出聲嚇到他，顧茵特地放輕了聲音。

小武安的身子一下子僵硬了，緩緩地轉過頭來，小臉上滿是心虛。「我沒、沒幹啥。」

「嗯？」顧茵挑眉看他。「好孩子可不能撒謊。」

小武安還是支支吾吾的不肯說，這時候桌底下卻探出了一隻烏漆麻黑的小手，見事情敗露，小武安急得都快哭了。

剛剛他看到昨天那個小孩又來了，眼巴巴地看著桌上別人吃剩的東西，他看得心裡難受，想起自己荷包裡還揣著昨天沒捨得吃的豬油渣，就摸出一個遞給對方，但是沒想到對方吃了一個後又接著伸手，於是他就再給，這一來二去的，就給出了小半袋子。

他知道這個豬油渣是很精貴的東西，他嫂子都不捨得吃，他娘雖然和他一樣饞，但還是克制地只吃了幾塊，其餘的都留給他慢慢吃。

顧茵揉了一把小武安的腦袋，怕又把那小孩嚇跑，她並沒有蹲下身去看他，只是隔著桌板問他。「還要不要吃包子？今兒個特地給你留了一份。」她昨天聽老劉頭他們說這孩子似乎聽不懂人話，所以本是沒指望那孩子會回應的，沒想到問出話後，那孩子的小手卻很急切地搖了兩下。顧茵彎了彎唇，轉身去拿包子。

小武安也小尾巴似地跟在顧茵後頭。

王氏還在攤位後頭，看到小兒子那殷勤的模樣就笑道：「你小子是做了啥壞事？就差把心虛兩個字刻額頭上了！」

小武安牽著顧茵的裙襬不吭聲。

「沒事，就是昨天那小孩又來了，武安把口袋裡的豬油渣分給他吃了。」

小武安把頭垂得更低，下巴抵在了胸前，就等著娘來敲他的腦袋。

不過王氏卻沒打他，轉而輕輕拍了一下他的背。「腰板子給我挺直嘍！沒做壞事幹啥這麼垂頭耷腦的？」

小武安驚喜地看著她。「娘不罵我？」

「我罵你幹啥？本來就是給你磨牙的零嘴，你願意分就分了。你娘在你心裡就這麼小氣？」

小武安抿嘴直笑。

顧茵拿出兩個包子，一個用油紙包著，一個拿在手裡，放到了矮桌上面。

兩隻小黑手嗖地一下伸出來把包子拿走。

顧茵又忍不住彎了彎唇，走開兩步才輕聲道：「一個你先吃，還有一個我給你包起來，你帶回去晚些時候餓了吃。明天要是肚子餓，就還在這個時候過來，知道不？」

這次並沒有回應。

顧茵轉身和王氏繼續收攤，再轉身的時候，矮桌下已是空無一人了。

十月之後，天氣說冷就冷了，等到十一月，那更是一下子入了冬。前幾日路上還能看到穿著單衣的行人，這幾日連碼頭上日常穿著短打的苦力都要穿起了夾襖。

顧茵他們是逃難而來，這時候就必須添置冬衣了。

好在這兩個月來他們的攤子生意越來越好，並不用再為這些小錢發愁。

當然，首先自然是得益於和葛家夫婦的合作，然後就是經過了這段時間，他們攤子上的回頭客多了起來，招牌也打響了。碼頭上攤子多，除了如葛家夫婦那種極好位置的、口耳相傳的時候能稱「第一家」或「第二家」的，其他人的攤位便不好實際描述了，但現在只要在碼頭上一說「惡婆婆家」，那幾乎是沒人不知道的。

顧茵本是準備直接購置成衣的，但王氏去打聽了一番價格後就拽著她走人。後頭王氏自己扯布、買棉花、縫衣服，三人一人一身新衣服，總共花不到半兩銀子。還剩下一些棉花和碎布頭，王氏便又拿起針線縫了件小棉袍，這自然是給碼頭上那個小孩準備的。

自從秋日時顧茵和他說過一回話後，那孩子幾乎每天都會去他們攤位上報到。雖然還是照常躲在桌板下面不吭聲，但已經不會被他們嚇到了。同樣地，第二天他們攤子的空地上就會出現回禮，如葛大嬸所說，千奇百怪，什麼都有。

隔壁老劉頭看得稀奇得不行，說這碼頭上東家西家給他送吃食的多了去，卻不見他和哪家親近，偏顧茵他們來最晚的，反倒是和他熟絡，王氏則理直氣壯地回他「那還不是因為我家兒媳婦手藝好，這小崽子嘴吃刁了，自然認準了我們家」。

這倒是真的，當碼頭上其他的攤販知道那孩子經常出現在顧茵這裡的時候，每天都會把賣剩的東西勻一些送過來，可那孩子是真的只認準了顧茵做的，別人做的他是碰也不碰了，後來那些人家乾脆就不送吃的給他，直接把吃食給王氏和顧茵，讓她們收攤後不用再另外準備午飯，算是以另一種方式在幫助那孩子。

這天，王氏特地把新縫的小棉袍拿到碼頭，就等著那孩子過來好給他穿上。

快中午的時候，那孩子沒來，許氏倒是過來了，和王氏說鎮上新來了個戲班子，今天唱頭一齣，問她去不去？

王氏從前在家時就很愛聽戲，當年武爹還在的時候，每個月都會帶她去縣城趕集聽戲，因此她第一反應就是跟許氏走，但轉頭看到攤子還在，就又站住了腳。「我還是不去了，妳自個兒去聽吧，回頭別忘了仔細和我說說。」

顧茵看得好笑，就從錢箱裡抓了幾個銅板給她。「娘想去看就去看，把武安一道帶著買點零嘴，邊吃邊看。反正這會人也少了，我一個人應付得過來。」

王氏被推了出來，一手接了銅錢，一手拉上小武安，走之前還不忘同顧茵道：「棉袍子我放板凳上了，等那孩子來了妳記得給他。傢伙什物妳也別動，等我回來再收拾，我就看一小會兒！」

他們走後沒多久，隱隱約約的鑼鼓聲就傳到了碼頭上。

小鎮上的人大多沒有什麼娛樂活動，聽到這動靜便爭先恐後地去瞧熱鬧了，本就過了早市、變得冷清的碼頭，頓時又少了一大半人。

其他攤販看客人不多，便也把攤子一收，去湊熱鬧了。

顧茵不愛看戲，又想著要把袍子給那孩子，就多留了一會兒。好在到差不多的時候，那孩子又無聲無息地來了。顧茵早就盯著他慣常躲藏的矮桌，人一來她就瞧見了。

她剛站起身想拿起小棉袍時，攤子上就坐了個人——一個深褐色頭髮、白皮深目的少年正好坐到了另一桌。

「隨便有什麼吃的快端上來！」少年只穿著一件單薄的夾衣，凍得面白唇青，不住地往手裡呵著熱氣。

顧茵便只好先把袍子放下，轉身下了碗餛飩。

熱騰騰的餛飩端到桌前，那少年端起湯碗咕嘟嘟地灌下一大口，呼出一口熱氣，七、八口就吃完了一碗餛飩。吃完後他沒急著走，而是開口問道：「店家，我聽說你們這碼頭慣常是極熱鬧的，怎麼今天來一瞧只這麼寥寥幾個人？」

他的口音聽來有些奇怪，不似這一帶的方言，也不像官話。顧茵自從穿越過來到這現在還是第一次見到混血兒呢，不由得多瞧了他兩眼。

誰知道少年突然不耐煩起來，把桌子一拍。「我問妳話呢，妳盯著我瞧做什麼？」

顧茵並沒被他嚇到，只怕他嚇到了另一張矮桌下的小孩，便立刻回答道：「往常確實是很多人的，不過今日鎮上有戲看，大夥兒便都去瞧熱鬧了。」

對方聽了這話後倒是沒再為難她，只是繼續道：「聽妳這話，妳在這兒擺攤的時間應該不短了？」

「已經有幾個月了。」

「那妳在這碼頭上有沒有見過一個三、四歲的小孩？」

「客官這話問得奇怪，這碼頭上人來人往的，有帶著孩子趕路的，也有帶著孩子來出攤的，三、四歲大的孩子我自然是天天見，只是不知道您問的是什麼模樣的？」

少年搔了搔頭，自言自語地嘀咕道：「我又沒見過，我怎知道什麼樣？」接著又道：「我問的自然不是有爹娘家人陪伴，而是孤身一人的。」

碼頭上孤身一人的小孩就近在跟前，但是他前頭被遠洋船行的人當成了貨物，還來詢問過，眼前這人不知根、不知底的，顧茵自然不應。

就在這個時候，矮桌下的小孩像隻靈巧的貓般，無聲無息地躥了出去。

「什麼東西?!」少年雖然沒看那個方向，但餘光還是瞥見一道黑影掠過，下意識地按向自己的腰間，不過他腰間什麼也無，所以他手按了個空。

顧茵的神情一肅，上前擋住他的視線。「沒什麼東西，就是碼頭上的野貓、野狗。」

少年推開她，站起身，開始仔細檢查起周遭來。

顧茵也跟著提心吊膽，好在少年在攤子周圍繞過一周，什麼都沒發現。

少年狐疑地看著顧茵，覺得她方才的舉動似刻意過了頭，右手不自覺地摸向腰間。

「你這人幹啥呢?!」王氏從路口衝了過來，擋在顧茵身前，惡狠狠地道：「光天化日下你調戲良家婦女，還有沒有王法啦！」

少年被她嚇了一跳，聽清她說的話後，白淨的臉頰上瞬間泛起了紅暈。「什麼調戲良家婦女？我做什麼了？」

王氏反客為主，上前一把拉住他一條胳膊。「你別不認！我剛親眼看到你不懷好意地把我家兒媳婦從頭打量到腳，你這不是調戲是啥？別囉嗦，跟我見官去！」

少年一聽「見官」兩個字臉色就變了，卻又掙不開王氏鐵鉗似的手，最後只能忍痛扭脫自己一條胳膊！

王氏聽到那喀嚓脆響也嚇壞了，連忙鬆開了手。

少年捂著胳膊又是一抬，把脫臼的手又裝了回去，隨後便頭也不回地撲通一聲，猛地跳進了河裡。

「妳沒事吧？」王氏擦著額頭嚇出的冷汗，擔心地問顧茵。

顧茵扶著她坐下，道：「沒事沒事！您誤會了，那人沒對我怎麼樣。」

王氏撫著胸口，心有餘悸地道：「我沒誤會，我是故意那麼說的。我回來時就看到他一邊打量妳一邊摸著腰間，前頭咱們才見過關捕頭，那動作顯然是日常佩刀的人才慣有的。」

「那您都知道還上前來？您不怕……」

「我怕啥？」王氏抬手拍胸，手卻還在不聽使喚地發著顫，她面上一臊，說：「好吧，我還是有一點點怕的。不過怕能怎辦，我哪能眼睜睜放著妳不管？唉，先別說這個，那人怎麼好端端那樣對妳？」

顧茵想了想，道：「他向我打聽碼頭上有沒有孤身一人的小孩……」

王氏一拍大腿。「怪不得他聽我說見官就變了臉，肯定是那勞什子拐賣人口的船行的人，怕他們丟了『貨』的事傳揚出去呢！早知道這樣，別說他扭脫自己一條胳膊，就是他把我胳膊扭脫了我也不放他走！」

顧茵卻覺得有些不對勁。對方尋人的口吻帶著焦急和關心，似乎並不只是關心一件貨物。不過想再多也沒用，對方已經跑走，她索性不想，轉頭問王氏怎麼突然回來了，鎮上的戲唱完了？

王氏說可沒這麼快，又道：「我是看人越聚越多，想著碼頭上肯定沒生意了，特地回來接妳的。得虧我來了，不然還不知道會怎樣呢！」說著她又壓低聲音問：「那孩子來過沒？棉袍子給他沒有？」

顧茵嘆氣道：「來是來了，只是我還沒來得及給，剛好那人就來了。娘也知道那孩子膽小，沒多久就溜走了。」

王氏又道一聲運氣好。「幸虧沒遇上！沒事，只要那孩子不被那勞什子船行的人抓走，咱們明天再給他也是一樣。」

說著話，兩人把攤子收拾好，挑著扁擔便離開了碼頭。

在她們離開不久後，河岸邊的水面上咕嚕嚕地冒出一串泡泡，之前那個少年渾身濕透、十分狼狽地爬上了岸。

上岸之後他也不敢久留，捂著發痛的胳膊，拔足狂奔。

少年一路穿屋過巷，專挑人少的地方走，東彎西繞地到達一間不起眼的小宅子門口，三長兩短地叩響大門，裡頭的人開了一條縫隙，他連忙閃身入內。

同行之人見他這樣，紛紛納罕道：「小路，你不是去碼頭探聽消息嗎？怎麼把自己搞成這樣？」

「莫不是遇上朝廷的鷹犬？你受傷沒？」

眾人七嘴八舌地問起來，被喚作小路的少年先找了條毯子裹到身上，又喝了盞熱茶，這才開口道：「別提了，小爺是陰溝裡翻了船！我本是去碼頭打聽孩子的消息，但今兒個恰巧鎮上來了個戲班子唱大戲，碼頭上空盪盪的，只剩個餛飩攤子，我便坐下吃了碗餛飩，順便和那個擺攤的小娘子打聽兩句。」

眾人聽他說並沒有遇到朝廷的人，神色俱皆鬆散下來，開始打趣起他。

「你要是好好打聽，會是現在這副模樣？」

「就是！你別是看人家小娘子孤身一人，起了歹心，讓人當成登徒子給打下河了吧？」

小路白淨的面皮頓時脹得通紅，反駁道：「我啥都沒做！我就是看到有什麼東西從腳邊跑走，那小娘子說是碼頭上的野貓、野狗，我正盤問她呢，她婆婆突然就衝過來，說我光天化日之下調戲良家婦女，還說要拉我見官，咱們這身分哪能見官？我當然要跑啊！」說到這裡他又覺得胳膊隱隱作痛，乾脆褪下半邊衣服，露出一條胳膊。只見他膚色白皙的胳膊上赫然印著清晰無比的五指印。他哭喪著臉道：「這婦人的手勁也太嚇人了，估計也就比咱們頭兒差點！」

「是什麼樣的婦人？」坐在上首的男人突然發聲詢問。

他的聲音並不大，但他甫一開口，眾人頓時噤了聲，屋內靜得落針可聞。

小路也收起玩笑的神色，正色道：「是個四十歲左右的中年婦人，高高瘦瘦的很是普通，但力氣奇大。她扭著我的時候，我使足了力氣都沒能掙脫開，最後還是我自己把手扭脫節了才脫身的。」

男人垂下眼睛不再說話，只反覆呢喃著「力氣奇大」四個字。

眾人等了半晌，見男人沒有別的吩咐，便又湊在一起打趣。

小路越發羞臊，擰著通紅的脖子反駁道：「我也不是全然吃虧，那小娘子的餛飩可好吃了，我還沒給銀錢，算起來我還賺了好幾文錢呢！」

他這都扭脫了一條胳膊，差點見官，還被逼得跳了河，竟還敢死撐著說自己「沒吃虧」？眾人又是一陣發笑。

坐在上首的男人聽到這兒又抬起了眼，復又嘆息著搖了搖頭，最後站起身沈聲道：「我們沿途只打探到那孩子似乎落到了遠洋船行的手裡，又被他們不慎丟失，如今各個碼頭都打聽過了卻都一無所獲，再繼續恐怕要驚動朝廷的人了。如今義王給的時間也到了，咱們該回去了。」

眾人收起笑容，紛紛應是，迅速收拾起自己的行囊。

待到夜色降臨之際，一行人悄無聲息地離開了寒山鎮。

第六章

婆媳二人收攤回到家裡後，顧茵就讓王氏接著去看戲。

王氏卻是不肯，說要在家裡陪著她，又道：「我一會兒沒看著妳，妳差點就讓人欺負了去，可不敢再讓妳離開我的視線了。」她說是不想去，但是眼睛又不住地往外瞧，顯然一顆想聽戲的心已經飛出了家門。

沒辦法，顧茵只能跟著王氏一道去了。

那戲臺子就搭在鎮上最大的茶樓旁邊，臺前放置了幾十條長凳，三文錢便可以坐下喝一碗粗茶。一條長凳一般能坐兩人，包下一條長凳是五文錢。若是囊中羞澀，那就花一文錢站著聽。

之前戲臺子剛開始搭上，許氏就急匆匆地去喊王氏了，因此兩人搶到了先機，各包下了最前面的一條長凳，連在一處。

此時那戲臺子已經被圍得水洩不通，好在王氏有一把的力氣，讓顧茵躲在她身後，她撥人撥得如分花拂柳一般簡單，兩人沒多大工夫就去到了最前頭。

許氏正幫王氏看著長凳，見王氏來了立刻起身坐回自己的位子。

「唱到哪兒了？」王氏一屁股坐下，拉著許氏問。

許氏就道：「唱到那個惡婆婆逼著兒媳婦改嫁，去宮裡當妃子呢！」

王氏「嗨呀」一聲，拍著大腿道：「前頭不是那兒媳婦還在做針線養家嗎？怎麼突然就跳到逼她改嫁啦？又是哪裡來的皇帝？」

許氏眼睛不離戲臺，吐出瓜子皮道：「就是那個兒媳婦做的繡品被皇帝看中了，繼而看中了她這個人。」

戲臺子上咿咿呀呀地唱著，她們兩人湊在一起一面聽、一面聊。

顧茵不怎麼聽得懂戲文，便開始找小武安。她正到處看，小武安從許氏背後探出了個腦袋。

「嫂嫂是不是在找我？」

原來這小傢伙坐在許氏那邊，顧茵微笑看他。

小武安把手裡的瓜子往她面前遞，無奈手太短，還是差著一截。

許氏餘光瞥見了，乾脆站起身對顧茵揮了揮手，兩人交換了位子，她和王氏坐到了一條長凳上，顧茵則坐到小武安旁邊。

顧茵換過去後才發現許青川居然也在，而且在這樣的地方，他也是書不離手。顧茵猜他多半也是不愛看戲，是被許氏逼著過來的，不由得就彎了彎唇。

許青川感受到她的視線，抬起頭，兩人隔著小武安點了點頭，算是打過招呼。

「嫂嫂快吃。青川哥給我的，可好吃了！」

不等顧茵拒絕，小武安就把香瓜子塞了她一手。

顧茵只好接住，再同許青川道謝。

許青川打開自己的荷包，裡頭是滿滿的一袋瓜子。他把荷包放到武安手邊，彎唇笑道：「不用這麼客氣，這是我家自己炒的，吃不完放著也是浪費。」

瓜子入口香香脆脆，齒頰留香，還依稀能吃出一股茶香，顧茵由衷誇讚道：「許嬸子手藝真不錯！街上賣的都沒有這炒的好吃呢！」

許青川聽了這話，有些慌張地移開視線，白淨的臉頰上泛起淡淡粉色。

「不是嬸子炒的，是——」

小武安話說到一半，被許青川捂住了小嘴。「不是還要聽我唸《三字經》嗎？」

小武安忙不迭地點頭，乖乖轉過身子，輕輕依偎到他身邊。

許青川伸手攬住他，薄唇微啟，吐字清晰地唸道：「人之初，性本善。性相近，習相遠。苟不教，性乃遷。教之道，貴以專……」

他的聲音清澈如珠玉交鳴，語調和緩輕柔。顧茵一隻耳朵聽著聽不懂的戲文，一隻耳朵聽著他唸書，眼皮子漸漸就直往下墜，最後不知不覺地就靠在另一邊的王氏身上睡著了。

許青川再次抬眼的時候見顧茵已經睡熟了，不由得彎了彎唇。

顧茵再睜眼的時候，耳邊的鑼鼓聲和唱戲聲都停了，周圍人正指著戲臺子上叫罵。

她一醒，王氏便扶著她坐好，然後自己也往前湊去。

「這是怎麼了？」顧茵揉著眼睛，聲音還帶著點慵懶的睡意。

小武安頭搖得像支撥浪鼓，說：「不知道啊，剛還唱得好好的，不知怎麼來了個老爺爺，然後就吵了起來。」

事情略有些複雜，小傢伙三言兩語說不清，許青川便接口解釋道：「方才臺上唱到那惡婆婆多番逼迫兒媳婦進宮，兒媳婦寧死不應，有個書生知道這事後打抱不平，但恰逢皇帝來了，便把身負功名的書生給捋成了白身，還讓人把那兒媳婦綁進宮裡。之後一眾大臣勸諫，無奈皇帝耽於美色，全然不聽，還摘了為首那位大人的烏紗帽。然後那位老先生就很氣憤地出來打斷了，說這戲唱得是『有辱皇家』。」

顧茵聽他三言兩語地說完，忍不住奇怪道：「連我這不聽戲的人都知道，戲文裡的朝代都是杜撰的，這老先生為何這般動怒？」

許青川搖搖頭，表示他也不知。

此刻戲臺上，一個穿著立領皮袍子的老者正和戲班的人對峙著。

班主都從後臺出來拱手求饒了。「老爺子，我們這草臺班子搭一次不容易，您老氣不順去其他地方撒，別斷了我們的生計啊！」

老者瘦瘦小小的，嗓門卻不小，氣道：「你戲文亂唱還不許人說了？你這段必須給我改，改好了我把你整個戲班子都包下來，唱他一個月，請鎮上所有人看！」

王氏和許氏兩個都走到臺前了，本是準備聯手把這鬧事的老人拖下來的，聽到這話時，兩人不約而同地站住了腳——乖乖，這老爺子的口氣聽起來財大氣粗的，要是能白聽上一個月戲，好像也不賴？

那班主一開始雖然陪著笑臉，但心裡多少有幾分火氣，此時聽到這話倒是真的笑逐顏開了，連忙點頭道：「好好，都聽您的！等這一場唱完了就改，您想怎麼改就怎麼改！」

本來到此這場鬧劇就該結束了，但那老者卻不肯，堅持道：「不行，你現在立刻就改，改成皇帝聽從了文臣的建議後痛改前非，從此成了一位明君！」

他要說別的還好，這種改法班主卻不敢應，畢竟這昏君可是戲文裡的主要配角，若他不昏庸，怎麼顯得那兒媳婦可憐呢？而且照這老者的意思，戲文的主角也換了個人，成了那皇帝了！他們只是普通的草臺班子，可沒那個能耐臨時大改還能改得照樣好看啊！

「你這人懂不懂戲啊？」王氏聽得捺不住脾氣了。「你要這麼改，後頭還怎麼唱？」老者說：「就唱太平盛世、河清海晏不行嗎？」

「這種戲誰要看啊？你白請我我都不看！」許氏跟著道。

而後王氏對許氏使了個眼色，兩人當即爬上戲臺，一人架住那老者的一條胳膊。矮個子老者驀地被架起來，兩條短腿凌空來回撲騰。「哪裡來的婦人？快把老夫放下！」

許氏和王氏充耳不聞，把他架下戲臺子還不停，一直把他架出了人群外。

顧茵和許青川見狀，連忙帶著小武安跟了出去。

好在許氏和王氏都沒有為難那老人，把他帶出來之後就將他放下了地。

老者一面擺正頭上被碰歪的皮帽子，一面吹鬍子瞪眼道：「妳們這兩個老婦人把我架出來做甚？我還沒和班主說完話呢！」

許氏勸道：「老爺子，我看您年紀也大了，別來回折騰了。您要是有錢，自己寫個話本子讓人去唱，愛怎麼唱就怎麼唱，我們這些普通人一年到頭要見個戲班子可不容易，好歹讓我們聽完一場啊！」

王氏也沒凶他，只跟著道：「就是，您愛聽什麼皇帝聖明、河清海晏的，您自己請人倒騰去，別為難人家，也別為難我們這些戲迷。」

老者氣呼呼地道：「你們這些人怎麼回事，這戲文影射到朝堂，被發落了可是大事！」

王氏和許氏都一頭霧水，戲文雖然是杜撰，但確實不能影射朝堂。從前就曾有過氣憤不平的書生寫了個戲本子說昏君寵幸宦官，擾亂朝綱，然而還不等那戲排出來，就讓人告密到官府，一串人都連帶著被發落了。但是今天這齣戲講的是昏君強娶良家小寡婦，又沒講什麼朝堂大事啊！

「難道……那位最近真的強搶民女了？」王氏壓低了聲音問許氏。

許氏搖搖頭。「沒聽說啊！」又轉頭看向兒子許青川。

許青川沈吟半晌，猜測道：「這位老先生說的應該是皇上和文老大人那事？」

老者哼了一聲，算是默認。

許青川便把月前皇帝和文老太爺的恩怨糾葛說與她們聽。不過這到底是京城發生的事，他也是偶然聽同窗提過，所以知道的並不多，只大概知道有這麼件事。

幾人聽完後，許氏道：「皇帝摘大官烏紗帽這種事也不算太新鮮吧？那文老大人確實也到了告老還鄉的年紀，既是他提出的辭官，就不許讓人家允了嗎？老先生您太敏感啦！」

那邊廂戲臺子的鑼鼓又敲起來了，王氏的心思已經不在這頭了，接話道：「就是！那戲裡的婆媳境況還跟我家相似呢，我也沒覺得唱的是我啊！您老別想那麼多。再說，這戲又不是傳到了文老大人耳朵裡，就算傳到了，說不定人家都沒您老人家這麼急呢！」

老者還要再說什麼，卻突然身形一晃，整個人倒了下去。

王氏和許氏都嚇了一跳，立刻異口同聲道：「我啥都沒幹啊！」說完就立刻把人抬了起來。還是一樣，一人架一條胳膊，把老者凌空架起，一路把他架到了附近的醫館。

顧茵他們前腳剛走，文琅就提著大包小包的吃食過來了。

今天他好說歹說，總算以聽戲看熱鬧的名頭把他祖父「騙」了出來，想著他老人家可能一高興就有胃口了。

文老太爺也給大孫子面子，沒嫌棄看臺簡陋，祖孫兩人揀了個位子坐下。

後頭戲唱到一半，附近來了一些賣小吃的攤販在叫賣，文琅看他心情不錯，心中竊喜，想著這次怎麼也能勸他多吃些東西了。

但沒想到他去了不到一刻鐘，回來後卻發現祖父不見了！

王氏和許氏把老者架進了醫館看大夫。

大夫診治之後道：「沒什麼大礙，脾胃失調，血氣虧損，就是餓到。回去後好好吃兩頓，養養就好了。」

王氏和許氏又一起呼出一口長氣。儘管她們確實沒做什麼，但是這老爺子要是真出了什麼好歹，她們就算渾身是嘴也說不清啊！

人還沒醒，她們也不能把他這麼大年紀的人扔著不管，只好一起把他弄回了緇衣巷。

兩人把老者抬回許家後，許氏打發許青川回屋看書。

因著之前看大夫的銀子是許氏給的，王氏也不好什麼都不做，只能硬著頭皮對顧茵道：「兒啊，妳看這事鬧的……還要麻煩妳去做點吃的來。」

顧茵點頭道：「沒事，反正材料都有現成的，我去熬點粥，不費什麼力氣。」說完她就折身去了自家灶房。

灶房裡除了他們日常做生意要用到的食材，還有一些自家日常吃的食材。

顧茵想著大夫說老者脾胃不好，就沒做普通的白粥，抓了一把小米，切了一截南瓜，準備做南瓜小米粥。又想著這次做的量少，便取用了家裡的小砂鍋。

她先把南瓜洗淨後切塊去籽，再連皮放入蒸屜，隨後再燒水淘米，等水沸以後放入小米，小火開熬。南瓜蒸過一刻多鐘，去皮之後用湯勺壓成泥，而後將南瓜泥倒進砂鍋中，和小米一起攪拌均勻，待熬出米油後便可出鍋。

文老太爺再次睜眼的時候，外頭已經是黃昏時分。

他撐起身子反應了一會兒才想起來之前的事，五感慢慢恢復，他聞到了一股香味，甜而不膩，讓本來就多日沒怎麼進食的文老太爺的肚子叫了一聲，遂循著香味走到屋門口。

顧茵捧著砂鍋正好過來，笑著把砂鍋放到桌上。「您醒了？我熬了一些粥，您要不要吃一點？」

文老太爺正要拒絕，肚子又叫了一聲。他也確實頭暈眼花的，便勉強道：「那我就吃兩口吧。」

顧茵把鍋蓋掀開，甜香味頓時充滿了整個屋子，南瓜整個被燉入了粥湯裡。

文老太爺用勺子嚐了一口，南瓜的鮮甜充盈口中，連帶著整勺粥湯都甜了起來。小米雖然粒粒都開了花，但吃在嘴裡卻又是粒粒分明，並不像一般人熬的那樣爛巴巴的。

幾口熱粥下肚，文老太爺覺得整個人都暖和了起來。「粥裡沒有放糖，卻也香甜。加的水不多不少，沒有稀釋掉南瓜的香味。妳這粥熬得不錯，師承何人？」

他一出口就問顧茵師承何人，顯然是會吃的行家。對著外人，顧茵不好扯什麼夢裡仙人，只故作不懂地道：「我家日常就做些吃食的小買賣，熬粥本就不難，哪裡需要和人去學？」

文老太爺皺了皺眉，尋思著難道是自己年紀大了，或者是餓太久了，味覺都失調了，所以才覺得這農家小媳婦熬的粥，火候格外精準，不比宮廷御廚差？

不等他多問，顧茵便尋了藉口躲了出去。

文老太爺斯斯文文地喝完了一整鍋粥，有了力氣便走出屋門。

雖然前頭鬧得不愉快，但文老太爺知道自己暈倒與他們無關，非親非故的，人家把他帶回家裡，還給他熬了一鍋粥，這便算是於他有恩了。

直接給錢嗎？這做法好像有點過於庸俗。

他記得這家人好像有個讀書人，那送兩幅名畫或者孤本書？

文老太爺走到堂屋外頭，還沒想好該怎麼報答。

而此時堂屋裡，王氏和許氏正在嗑著瓜子閒磨牙。

許氏怪王氏。「妳說妳那會兒對我打什麼眼色啊？人家班主都沒怎麼著呢，咱倆出這個頭！幸虧那老頭只是餓暈了，真要出個好歹，咱們不就被他家的人給吃了？」

「妳說我幹啥，我哪知道他那麼容易暈嗎？再說，那會兒妳不也急著看戲……」說到底還是自己挑起的頭，王氏也心虛，因此連忙岔開話題道：「妳說這老頭是不是……這裡有問題？」她說著，指了指自己的腦袋。

許氏點頭道：「多半是瘋了！前頭看他穿著光鮮，說起話來也理直氣壯，說什麼要包起戲班子給咱們唱一個月，我還真當是個財大氣粗的呢！但是妳也聽見大夫說的了，他會暈倒就是餓的，哪家有錢人會吃不上飯啊？」

王氏跟著連連點頭。「難怪他之前說什麼戲文裡皇帝貶謫文臣的事犯了忌諱，這關他啥事啊？就是瘋得不成了，鹹吃蘿蔔淡操心呢！」

「哈哈……妳說這瘋老頭回頭醒了會不會說要報答咱們？說啥送銀子、送名畫的瘋話？」

「唉，那咱不管，反正一會兒他說啥，咱們就應啥，可不好再和他對著來。」

文老太爺天資聰穎，二十歲高中狀元得高祖賞識，三十歲不到便直入文淵閣，兼任太子太傅，當了三朝的實權大臣，就連昏庸無度的當今允他辭官的時候都得做足表面功夫，親自把他送出京城，眼下許氏和王氏卻一口一個「瘋老頭」，聽得文老太爺差點吐出一口老血！

他黑著臉徑直轉身朝著大門走。

顧茵在門口見了，忙道：「您慢些！眼看著就要天黑了，巷子裡的路不好走，我給您拿個燈籠吧？」

文老太爺說不用，結果剛走到門口還真就被一塊石頭絆著，踉蹌著差點摔了個大馬趴！

顧茵嚇了一跳，連忙勸道：「黑燈瞎火的，您不打燈籠怎麼走呢？還是拿著燈籠吧？」

文老太爺頭也不回地哼道：「我不要！我人都瘋了，還怕走夜路？」

顧茵不知道他怎麼突然生這麼大的氣，只能一頭霧水地目送他遠去。

王氏和許氏聽到門口的響動便出了來。

「人走了？」王氏問道。

顧茵點點頭。「不知道老爺子生什麼氣，走的時候我說給他個燈籠，他也不要。」

「不想那些了，反正那老頭也不正常。」王氏拉上顧茵的手，和許氏道了別，又催促顧茵快回家洗漱歇下，第二日還得接著擺攤呢。

緇衣巷附近的窄巷小路阡陌交通，文老爺是暈著進去的，出來的時候又摸著黑，東拐西繞地繞暈了頭，頗費了一番工夫，問了好幾個人才找到了回家的路。

他回到文家的時候，天色已經漆黑。

此時文家大門敞開，家丁、護院齊齊執著火把，文大老爺正在指派人出去找他，冷不丁看到他出現，文大老爺立刻跑下臺階，焦急道：「父親這是去哪兒了？可叫兒子好找！」又看到老爺子臉色鐵青，文大老爺立刻道：「父親放心，文琅那個混不吝的已經讓我關到了祠堂去，叫他跪在祖宗面前反省，等著您回來發落呢！」

文老太爺沒好氣地道：「你關他幹啥？」

文大老爺雖然人到中年，還是頗為畏懼自家父親，聲音頓時低了下去。「那不是他把您弄丟了嗎？」

文老太爺被氣笑了。「我這麼大個人還能被弄丟？」

文大老爺又試探著問道：「那您是……」

文老太爺總不能說自己聽戲聽得一時不忿就上了戲臺，卻被兩個婦人扛了下去，更不好意思說自己和人吵嘴的時候餓暈過去了吧？對著大兒子探究關心的目光，他憋了半天，最終只憋出一句——「要你管！我瘋了！」

文大老爺被嚇得噤了聲，再不敢追問。

眼看著文老太爺背著雙手進了家門，文大老爺趕緊跟上。

繞過影壁，文老太爺突然站住了腳，吩咐道：「取些銀兩，再取我書房私庫裡的兩幅名畫、兩本書出來，我要送人。」

「送到哪裡？」

「送到——」文老太爺語塞。該死，是該要個燈籠的！那兩家人住哪兒來著？

王氏記掛著要把小棉袍子給那孩子，葛大嬸還特地送來一雙小棉鞋，也讓她們幫著轉交，但奇怪的是，一連幾天，那孩子都沒再過來了。

天寒地凍的，離了這碼頭，誰都不知道那孩子要怎麼活。

幾人都憂心不已，王氏還去拜託隔壁的關捕頭幫忙。

關捕頭日常巡邏的時候一直幫著留意，但是一連找了好幾日，都沒再見到那孩子的蹤影。

時間一晃到了十一月底，天氣越發凍人，雖還沒下雪，但運河的河面上已經開始結冰。碼頭上的船隻越來越少，相對的，人也越來越少。

這天下過一場冬雨後，像老劉頭這種家在鄉下的攤販，就乾脆把攤子都收了，趕路回家過年去了。

王氏早就準備好一把大油紙傘，穩穩地撐在自家攤子上方，但是這傘能擋得住雨雪卻擋不住風，加上人一少，冬日裡冷冽的寒風就像刀子似地往人身上颳。

王氏自己倒不覺得有什麼，但是看著顧茵每天凍得小臉通紅，手上還生了凍瘡，一雙小手都腫成了小饅頭，就又去買棉花、扯布，給顧茵做了件大棉袍子。

那棉袍子著實不怎麼好看，比現代的軍大衣還厚實樸素，能把顧茵從頭套到腳，袖子也特地做得很長，袖口又大又圓，可以攏在一起。這還不夠，或許是受到那天在戲臺子前遇到的老爺子啟發，王氏還給她做了頂皮帽子。當然不像老爺子的皮料那樣輕薄保暖、油光水滑，更像是個大皮套子。其他什麼棉褲、棉鞋、棉手套就不用說了，打入冬就給她備好了。

顧茵是真不覺得特別冷，身上的衣物都是王氏自己做的，棉花塞得足足的，平時王氏也把她按在小板凳上，躲在攤子後頭，日常要過冷水的活計也是王氏搶著做，她之所以生凍瘡這件事，純粹是體質問題。但王氏特地為她做了，她也只能從頭到腳穿戴起來。

因為王氏想的是要乾淨、耐髒，所以棉袍子、帽子都是黑色的。

這天她起身穿戴好，自嘲是個「裝在套子裡的人」。

小武安睡眼惺忪地過來了，由於還是半夜時分，屋裡黑漆漆的，小傢伙一進來看到她驟然瞪大眼睛，當即嚇得顫著聲音道：「娘救命！嫂嫂屋裡來了隻狗熊！」

王氏聞聲，抄著傢伙衝進來，看到床邊那黑漆漆的一大團影子，自己也嚇一跳，連著喊顧茵的名字，聲音都變了調。

「別喊，是我！」顧茵無奈地出聲，然後拖著笨重的身子，點燃了桌上的油燈。

「妳這孩子——」王氏正要嘮叨兩句，看清了她是穿上自己準備的行頭，便硬生生地停下嘴，轉頭敲了一下小武安的腦袋，接著道：「你這孩子一驚一乍幹啥？把你嫂子看成大狗熊，我看你才是個狗熊！」

小武安揉了眼睛，確定眼前站著的是自家嫂嫂，不是什麼吃人的大狗熊，這才訕訕地笑了笑。「是我沒睡醒，看錯了。」

說完話，王氏打發小武安去洗漱。

顧茵也先把棉袍子脫下來，去了灶房。等到忙活完要出門時，才又把棉袍子套上。

因為顧茵的這身打扮，這日來攤子上光顧的客人都不由自主地多打量了她兩眼。

還有膽大一些的熟客上前搭訕說：「小娘子生得這麼好看，怎麼做這般惹人發笑的打扮？」

他旁邊的人也道：「就是！就著小娘子的美貌，我都能多吃一碗餛飩呢！如今見不到豈不是可惜？」

王氏聽到這話就不高興了，立刻站出來道：「你們糙漢子在碼頭上天天風吹日曬不也嚷著苦？我兒媳婦細皮嫩肉的，哪裡禁得住這刀子似的風？我們賣的是餛飩、包子、粥，可不是色相！」

被她這麼一罵，調笑的兩人立刻噤聲。她惡婆婆的名頭日漸響亮，先前還聽說抓住個意圖調戲她兒媳婦的登徒子，將人家手臂都扭斷了，把人扔進了河裡去，這下子是真的再沒人小看了她去。要不是她們的東西確實好吃，不然還真是不想來招惹這惡婆娘。

等調笑的人散了，王氏臉上凶惡的神情也褪去，心虛地問顧茵。「不然……我重新給妳做吧？這好像確實不太合身……」

這先是讓小武安當成了狗熊，現在又被人嘲笑了一番，王氏想著，就算是自己這麼厚臉皮的都要不好意思了，更別說顧茵這樣面嫩的年紀。

顧茵卻說不用。雖然現在家裡比從前富庶了一些，但也沒富裕到衣食無憂的地步。既然都做好了，肯定得物盡其用。而且不對比不知道，這袍子穿到身上後，才知道從頭暖到腳的感覺這麼舒服！「只是樣子差了些，但是確實很暖和。娘自己也說呢，咱們賣的是餛飩、包子、粥，又不是別的什麼，他們要笑就笑好了。」

婆媳倆說著話時，葛大嬸來還蒸屜了，看到顧茵的打扮，忍不住翹了翹嘴角，隨即又忍住了笑，說起了正事。「這兩天確實太冷了，晚上可能還會下雪，我家老葛開始犯咳嗽了，所以乾脆明天就開始歇年了。」

從前因為攤子上不怎麼掙錢，葛家夫婦從年頭忙到年尾，就算過年的時候也還得強撐著出攤。這些年操勞下來，身體都有很多小毛病。這兩個月葛大嬸和顧茵合作，一天都能多賺幾十文，雖然不多，但好歹不必那般拚命了。

顧茵接了她手裡的蒸屜，笑道：「那我就提前祝叔跟嬸兒新年好了！」

等送走了葛大嬸，王氏看著冷清空曠的碼頭，也跟著道：「那咱們明兒個開始也歇著吧？」她知道兒媳婦很看重武安進學的事，這兩個月雖然生意越來越好，但顧茵每天都會和她報帳，除去家裡的吃穿用度，最多也就攢下了六兩，離那十五兩還是遙遙無期。

她生怕顧茵為了再多掙一點而不肯歇年，說完都已經在打腹稿，想著後頭勸說的話。沒想到她一說，顧茵就點頭了。

「娘說的在理，等到雪落下來，我們就也不來了，等開春了再過來。」

王氏喜出望外。

後頭一連幾天陰沈沈的天，雪遲遲沒落下，碼頭上自從葛家也收攤之後越發冷清了，越來越多的人選擇休息。

臘月的第一天，顧茵照常起身，還沒下床呢，王氏就樂呵呵地進來把她按住。

顧茵看她高興，不由得也跟著彎了彎唇，問：「啥事這麼高興啊？」

王氏眉飛色舞地笑道：「下雪啦！現在還在下雪粒子，但是一會兒肯定要下大！」

顧茵知道王氏急著讓自己休息，聞言就準備下床去看。

王氏卻把她按住，還幫她把四個被角都掖得死緊。「怎的這種事我還會騙妳啊？真下雪了！妳給我繼續睡著，我做好朝食再來喊妳。」

王氏看賊似地看著她，顧茵只能又把眼睛閉上，沒多久真又呼吸均勻地睡著了。

看她睡著了，王氏這才拿著油燈出了屋。

昨兒個不知道會下雪，所以家裡還是準備了一些做生意要用的食材，但幸好天氣冷，準備的東西放著也不容易壞。

王氏把顧茵調好的肉餡拿出來，笨手笨腳地包了十來個包子，放上蒸屜。這點活計顧茵用不了兩刻鐘，她卻足足包了半個多時辰。

後頭武安也起床了，王氏就讓他看著火，自己拿了大笤帚去外頭掃雪。

沒多會兒，隔壁許青川也拿著掃帚出來了，不過掃沒兩下就被許氏搶過掃帚拖進了屋。

許氏和王氏自從一起看過一次戲後，現在已經不會見了面就吵嘴。

兩人一起掃雪少不得要聊上兩句，聊著聊著就約好了早上一起去置辦年貨。

天光大亮的時候，王氏忙出了一身熱汗，包子也蒸好了在鍋上熱著。

小武安已經餓了，說要吃朝食。

「你嫂子難得睡晚點，你要是餓了再去睡會兒，等你嫂子起來咱們再一道吃。」

母子倆說著話時，顧茵已經穿好衣服出來了。

王氏看她穿戴整齊的模樣就笑道：「妳這是未卜先知，知道我和妳許嬸子約好要去置辦年貨了？不過也用不著妳，妳說妳想要的，我都給妳買回來。」

顧茵笑了笑沒應，等吃過了朝食，她才開口道：「我一會兒出門有別的事，置辦年貨娘拿主意就行，我就不去了。銀錢都在我床頭那個小櫃子裡，我把鑰匙給您。」

王氏自然要問她幹啥去。

顧茵也不準備瞞她。「進了臘月，不少餐館、酒樓都會請幫廚，我去那裡看看。」

「那多累人啊！咱們擺攤好歹還能有半天時候歇一歇，當幫廚可是得從早忙到半夜。怎麼好端端地要去當幫廚……」說著，王氏頓住了，又問她。「妳是不是早就想好了？」

這確實是顧茵早就想好的。碼頭上的小攤子到了冬天就得收，任她再有本事，也不能在兩個多月的時間裡掙夠武安的束脩。但好在快過年的時候，但凡有些條件的人家都會選擇下館子，各家酒樓、餐館的生意火爆都缺人。就像上輩子她自己開店的時候，到了年底不僅得開出五倍工資留住員工加班，還得花大錢請臨時工。

怕王氏嘮叨，顧茵說完就準備出門了。

王氏這段時間也知道她主意大，不會輕易改變心意，又不好真動手把她關在家裡，只能拿著傘和大袍子追出去，給她套上又仔細繫上釦子。「妳把傘帶著，就當是出去隨便轉轉，一會兒要是雪又下起來，就立刻回來。」

顧茵一一應下，王氏一直把她送到巷子口才回去。

沒多會兒，許氏過來尋王氏一道出門，問道：「怎麼沒見妳家兒媳婦？是不是心疼她平素累了，讓她在家歇著？」

說到這個王氏就忍不住嘆氣。「我是這麼想的，但是她起身就和我說要出去找幫廚的活兒幹，我說不過，又打不得。妳說養個閨女怎就這麼麻煩呢？這要是個小子，隨便是青意或者武安，早讓我一拳敲老實了！」

許氏輕哼道：「妳可別身在福中不知福了！這麼好的兒媳婦，打著燈籠都難找，妳還好意思埋怨？若是不要，就給——」

「我哪就埋怨了？我是心疼她！」王氏發愁道。「之前在外頭擺攤，風吹日曬的，我是不妨礙什麼，但妳沒看她那雙手，本來白淨淨多好看啊，現在都腫成小饅頭了！我問她癢不癢、疼不疼？她笑著和我說一點都不難受，轉頭就讓我發現她不只手上有，腳上也生了，癢得晚上覺都睡不安生！秋日裡好不容易養胖了一點，最近又都瘦回去了，如今好不容易能歇歇，她又……」說到這兒，王氏重重地打了一下自己的嘴。「妳說我這張嘴，當初答應她攢錢攢到過年做什麼！」

許氏聽得嘆息。往常兩人哪裡會為了這點銀錢發愁？如今真的是幾兩銀子難倒英雄好漢。若是從前光景好的時候，小武安的束脩便是全然她出也無所謂啊！

顧茵從緇衣巷出來後，就和人打聽鎮上招工的大酒樓——她都想要當幫廚了，那肯定是規模越大的酒樓越出得起工錢嘛，而且也能順便學習一下這個時代酒樓的營運方式，為以後自己開店做準備。

詢問了一圈後，顧茵知道一家名叫望月樓的酒樓在招工。這家酒樓在鎮上開了十幾年，口碑一直很好，日常的客流量便很大，逢年過節那就更別說了。

不過這家酒樓的要求也高，掌櫃是州府大酒樓的大師傅出身，即便是請幫廚也得有自己拿手的技藝，得到他的認可才成。

顧茵尋到望月樓時，正好是早市的時候。這天外頭下雪，路上的行人越發的少，但就是這樣，望月樓也上了一半的客人，可見其生意的火爆程度。

顧茵一進門，小二就立刻迎了上來，她便開門見山直說自己是來應徵的。

那小二也沒有轉換臉色，笑道：「小娘子稍等，我這就去請我們掌櫃的。」

沒多會兒，一個穿著圓領綢袍、膀大腰圓的中年人便過來了。

他先把顧茵打量了一遍，並沒有見怪她那件奇怪的大棉袍，只是對她的年紀有些猶豫。

「我先知會小娘子一聲，我們這兒雖是請幫廚，但並不比外頭小店請大廚的要求低。」

顧茵點頭說自己曉得，又道：「我就是想要一個考核的機會，若是做的不合您心意，不用您多說，我直接就走。」

掌櫃微微頷首，讓顧茵跟著他去了後廚。

這望月樓不愧是頗具規模的酒樓，後廚光爐灶就有十來個，切菜的案臺和洗菜的水槽都足足有一丈長，而且但凡眼睛能看見的地方都擦拭得纖塵不染、光可鑒人，簡直就是顧茵在這個時代的夢想廚房啊！

掌櫃詢問顧茵後得知她擅長白案，就道：「還有幾日就是臘八，小娘子就熬個臘八粥吧。」

熬粥是顧茵長項中的長項，自然應下。

各色材料都是現成的，紅豆、綠豆、蕓豆等東西都提前泡好，顧茵脫下棉袍，洗了手，把袖子擼到小臂處便開始幹活。

望月樓的廚子都是和掌櫃如出一轍膀大腰圓的男子，猛地見到了個面生的小姑娘，都不覺多看兩眼，掌櫃一一瞪過去，才把幾個漢子瞪老實了。

管廚房的大廚幫著掌櫃敲打了幾個人，而後嬉皮笑臉地同他低聲道：「掌櫃的別和這群兔崽子一般見識，他們日常在男人堆裡打轉，難得見到女子，還是這麼標緻的小娘子，難免多看看！」

掌櫃雖沒說他什麼，臉色卻更黑了一些。他早就看不慣這個油滑的大廚，但是一來這人確實有幾分本事，雖沒有特別叫人稱讚的手藝，但紅案跟白案都有所涉獵；二來最難辦的是，這人是東家太太的遠房親戚。

他們說著話時，顧茵已經把幾樣豆子放進鍋裡，捏了鹼麵放進去。她只在鍋裡放了半鍋水，一面煮一面點涼水，點了五次涼水後才把鍋蓋蓋上，之後又換另一個灶臺煮蕓豆。

大廚渾然不覺掌櫃對他反感似的，又繼續道：「這臘八粥不就是一鍋煮嗎？這小娘子怎麼還把幾種豆子分開來？掌櫃的可別讓她糟踐咱們的東西啊！」

掌櫃壓著怒氣道：「蕓豆最不容易爛，需要另外烹製。熬粥也不是隨便一鍋亂燉就算成了的。你既不懂，便別再出聲。」

等到鍋燒開，顧茵接著點水，放雞頭米和紅棗、藜麥再蓋鍋蓋，隨後便取了桌上竹筐裡的栗子，放到另一個鍋上煮著。等到鍋裡的豆子也都開了花，她才倒入花生米和高粱米。

再次蓋上鍋蓋後，顧茵拿了根竹籤給蓮子去芯。

這本是一項精細活，尋常廚房裡的小工都得花費一番功夫，但那竹籤到她手裡就像自己活了一樣，每一下都能精準無誤地插進小孔，推出草綠色的芯子。

去完蓮子芯，鍋上的栗子皮也煮軟了，顧茵手指翻飛，很快剝出栗子仁。

隨後她把蓮子和栗子仁一同放入鍋內，再煮開之後就放江米、桂圓、大米、小米、煮軟爛的蕓豆，再次調整火勢，等到鍋裡的粥翻滾了好幾次，一鍋臘八粥就熬好了。

她沒下糖，食物本身的香氣因為恰到精準的火候被激發了出來，整個後廚都瀰漫著一股香甜醇厚的氣息。

自從穿越過來，顧茵便沒有像今天這般暢快地下廚過，所以她也不覺得累，一面擦著額頭的細汗，一面笑著邀請掌櫃試味。

掌櫃看她一通操作下來行雲流水，對各種食材烹飪所需的時間、方法更是成竹在胸，本想說不用再試味，直接錄用了她，還沒開口，小二就進來稟報——

「掌櫃的，東家太太來了。」

因為掌櫃的挑剔，後廚請人寧缺毋濫，所以每到年節上，望月樓請人都是一大難題，東家太太對他頗有微詞，覺得正是因為他的挑剔，導致逢年過節時自家少做了許多生意，這次多半也是為了這事來的。

掌櫃想了想，正好讓東家太太親自來嚐嚐，也好讓她知道他的堅持是沒錯的，這不是等來了一個能堪大用的小娘子嗎？且掌櫃也惜才，看顧茵的穿著打扮頗為窮困，覺得以她的手藝萬不該過成這樣，因此想著若是東家太太嚐了她的手藝，他便可以直接把顧茵聘做大廚，那工錢自然也是能翻好幾倍。「請東家太太過來，就說我招到了新人，讓她幫著掌掌眼。」

小二應聲而去，沒多會兒，一高一矮兩個婦人便慢騰騰地過來了。

高個的婦人年輕一些，攙著另一個年邁個矮的老婦人。

年輕婦人焦急地道：「娘，開年二房的孩子就要去溫先生門下讀書了，咱們大房的可不能落在後頭啊！」

老婦人沒好氣地道：「妳想得到的難道我想不到？但是咱家幾個孩子讓溫先生幾次考校

都不過，我能有什麼辦法？難道還讓我和妳爹去強逼人家舉人老爺收學生？」

「溫先生不成，那咱們鎮上不是還有個更厲害的文大老爺嗎？」老婦人越發沒個好臉。「那可是翰林院出來的大老爺，咱家孩子連舉人老爺的門都進不去，還想去給那樣的神仙人物當學生？妳可真敢想！」

年輕婦人被她說得面上一臊。「溫先生那是不在乎名利，可文家未必那樣啊！文二老爺不是怕文家大房分走他的身家，正急著另謀出路嗎？咱們不妨從他那裡……」

說著話，兩人進了後廚，顧忌到有外人在，年輕婦人沒再接著說下去。

掌櫃正要舉薦顧茵，再替她美言幾句，卻看見她突然把圍裙摘了下來，拿起自己的大棉袍子。

顧茵開口道：「抱歉，這份差事我幹不了。」真是冤家路窄。

兩個婦人聞聲抬頭看她，紛紛變了臉色。「怎麼是妳?!」

來的這對婦人赫然正是王氏的大嫂——趙氏和她的兒媳婦。

趙氏看著顧茵問：「妳怎麼在這裡？」

「原來是大舅母啊！剛定睛一瞧，您穿得這般富貴，我差點都沒認出您呢！」顧茵並不避開，大大方方地福了福身，道：「冬日裡閒著，想尋份活計，卻不知道此間酒樓是大舅母家的。」她說著，意有所指地笑了笑，沒再往下接著說。幾個月前，趙氏和鄒氏一對妯娌合夥裝窮的情景還近在眼前呢，而眼前的趙氏身穿大紅金枝線葉紋長褙子，頭戴一整套金掐玉赤金雙頭曲鳳頭面，赫然正是一個富貴雍容的老太太，哪有半分窮苦的模樣呢？

趙氏和她兒媳婦進來的時候，顧茵就先說不做了，顯然一開始就把她們認出來了，如今這般說，自然是故意在拿趙氏之前裝窮打扮的事刺趙氏。

掌櫃看出她們之間的氣氛略微奇怪，便立刻退到一邊，閉上了嘴。

偏那大廚沒有眼力見的，上前殷勤地笑道：「真是大水沖了龍王廟，自家人不識自家人！我是太太沒出五服的姪子，也姓趙，小娘子按照輩分還得喊我一聲『表哥』呢！」

「你說錯了，我和舅舅、舅母可不是一家子。」顧茵自顧自地把棉袍子套上。「你看我這身穿著打扮，像是有那種富貴親戚的人嗎？」

趙大廚被揶了一下，轉頭看向趙氏，這才發現趙氏的臉頓時比鍋底還黑！

趙氏的兒媳婦正想著讓婆婆幫自家兒子進學的事，見趙氏神色不豫，便立刻道：「這大雪天的，表弟妹還要出來尋活計，看來和姑母的日子過得是真不好呢！都是親戚，妳和姑母也沒必要強撐著，到底是一家子，我娘菩薩心腸，難道還會看著你們過得不好？這樣吧，馬上就要過年了，只要表弟妹方方正正地給我娘磕個頭拜年，我們就拿出幾兩銀子給你們過個好年，沒得讓人說我們不照顧寒酸親戚嘛！」

顧茵已經走到了門口，聽到「菩薩心腸」四個字實在忍不住笑了。「表嫂說的是，我們的日子自然不好和妳家比。不過沒辦法，我們做人沒有那麼多彎彎繞繞的花花腸子，骨頭也硬，這膝蓋是跪不下去的。但還是要謝謝舅舅和舅母，最終肯把外祖在世時留下的屋子還給了我娘，不然怕是連如今這樣的日子都過不上呢！」

後廚的人聽了這麼一耳朵，也大概猜到了一些。這些老爺們日常擠在後廚，工作枯燥乏味，來個新人都要多看幾眼，更別說聽到東家家族中的家私了，個個都停下了手裡的活計，伸長了脖子等著聽下文。

不過讓他們失望的是，顧茵沒再接著往下說，那兒媳婦也被趙氏拉住了。

王家大房婆媳的口舌都不厲害，若是鄒氏在的話，或許還有一戰之力。顧茵覺得沒意思，又對掌櫃道了一聲謝，隨後便自顧自走了。

對上酒樓廚子們好奇探究的目光，趙氏的兒媳婦臊得不成，埋怨道：「娘是長輩，怎麼不說道說道她？」

趙氏也氣狠了，剜了兒媳婦一眼。她能說個啥？她們剛來顧茵就自己說不幹了，又不是厚著臉皮非要待在望月樓。而且她也是落落大方地喊人，禮數上半點都沒出錯。更別提上次顧茵在王家老宅裡，一個人對上她和鄒氏兩個都不落下風，趙氏沒有妯娌鄒氏那種口才，可不是只能任由她刺？真要掰扯起來，顧茵若仔細說出當時王家意圖扣住屋子的事，那自家的面子還要不要了？

這望月樓是當年分家後，他們大房傾其所有建成的，初時生意並不好，一直到花重金從州府挖來了現在的周掌櫃才挽回了頹勢，生意日漸好起來。這周掌櫃嫉惡如仇，性格剛正，就是因為看不慣前東家的惡行，才願意從州府的大酒樓轉到這鎮上來，雖說趙氏看不慣他許久了，只等著自家姪子取而代之，但現在還不到時候，不能讓周掌櫃先對他們產生不滿。

趙氏拉著兒媳婦灰溜溜地走了，後廚頓時又熱鬧了起來。

「東家太太怎麼看著這麼心虛？不就是有門窮親戚嗎？老話還說皇帝還有三門窮親戚呢！」

「唉，你小子是不是傻啊？沒聽出那小娘子話裡話外的意思嗎？好像是咱們東家對不起人家在先。」

趙大廚立刻反駁道：「你們滿口胡唚！太太怎麼可能是那樣的人？明明是那小娘子自己說不幹了，又不是太太容不下人！」

眾人知道趙大廚和趙氏沾親帶故，也不和他爭辯，只擠眉弄眼地打著暗號。

周掌櫃不想參與東家的家務事，他想的還是顧茵做的那鍋粥。他一揭開鍋蓋，那隱隱約約的香味就被撲面而來的濃郁甜香取代，連顧著說閒話的廚子們都停下了動作。

趙大廚還想接著編排顧茵呢，但聞到這香味也止住了話頭，訕訕地道：「這小娘子倒是真有幾分本事……」

周掌櫃舀出一碗嚐了，口中數種食材天然的香味頓時在舌尖綻開，層次分明，回味無窮。光這一手絕活，莫說幫廚，這小娘子便是當望月樓的白案大廚也使得啊！

顧茵走出望月樓就發現外頭雪下得格外大，天地間銀裝素裹，入眼之處皆是白茫茫一片。她還沒想好下一站要去哪裡，便在廊簷下站住了腳。

半晌後，等到顧茵撐起傘準備離開的時候，周掌櫃追了出來。

周掌櫃遞過一個食盒，道：「天寒地凍，這是小娘子剛剛煮好的臘八粥，帶上一碗回去暖暖身子。」

顧茵對這掌櫃的印象十分良好——店裡的小二並沒有先敬羅衣後敬人，知道她是來應徵的也還是一樣熱情周到，這掌櫃的管理能力可窺一斑。且後頭她煮粥的時候，旁人的目光都集中在她身上，只有這掌櫃自始至終都在看她的動作手勢，而不是她這個人。

她笑著接過。「那回頭我把食盒洗乾淨了再給您送回來。」

「小娘子什麼時候得空就什麼時候送來。」周掌櫃說完又壓低了聲音道：「小娘子手藝非凡，咱們鎮上配得上小娘子這手藝的酒樓不多，另外還有一處含香樓，小娘子可以去試試。不過那家酒樓的後廚關係略有些複雜，小娘子自己小心一些。」

非親非故的，掌櫃還特地追出來提醒她，顧茵承了他這份情，輕聲道：「謝您的好意。我也想提醒您一句，這望月樓……算了，總之還是謝謝您。」

顧茵剛剛在煮粥的時候看著專心致志、目不轉睛，但其實那些步驟都爛熟於胸了，因此她耳聽六路，已經發現這望月樓的後廚儼然分成了兩個派系，一個自然是以這掌櫃為首，另一個則是那個殷勤諂媚的趙大廚。要說那趙大廚不是趙氏特地安插進來的人，傻子也不信。

不論什麼時代的職場，派系鬥爭都很讓人頭疼，更別說對手還是靠裙帶關係上位的，一個處理不好，這掌櫃就站在了老闆的對立面。這掌櫃和她一樣，都是專心廚藝的人，想也知道他和那些一味想著弄權、阿諛奉承的人對上是占不到上風的。

但是她一個外來人進了後廚還不到一個時辰就看出了這些，這掌櫃哪會不知道呢？所以顧茵只點到即止，不再多說什麼。

周掌櫃自然知道這個，之前也沒少為這件事煩心。但是當年他從州府出來簡單，可得罪了那邊大酒樓的東家，日後想再回到那樣的大地方就難了。

而在寒山鎮上，就只有望月樓這一家算是能達到他挑選的標準。像他和顧茵說的那家含香樓，規格比望月樓小不說，後廚的關係那真是錯綜複雜，他也是沒有辦法，所以只能留在這裡。

顧茵看出他神色間一閃而過的落寞，心念一動，若是日後她有機會自己開個酒樓，那必然要招人手的，眼前這個掌櫃不就是現成的人選嗎？既能下廚，又能管理，簡直是不可多得的複合型人才啊！不過這也是顧茵的預想，現在她只有個小攤子，連間小店都沒有，更別說什麼時候才能開起像望月樓這樣規模的大酒樓了，所以她也沒說什麼，只問了掌櫃的姓氏，又寒暄了兩句後，便提著食盒離開了。

周掌櫃目送顧茵遠去，心頭也是一陣嘆息。

等他折回店內的時候，就看到不少客人在打聽臘八粥的事。

畢竟臘八也是個重要的節日，親朋好友走動的時候都會送上一份臘八粥聊表心意，眼下客人們都聞到了那濃郁的香味，少不得要打聽一下望月樓是不是出了新品。

周掌櫃正要讓人回絕這些訂單，卻看見趙大廚已經讓人端著好些臘八粥出來，分給大家品嚐。大家吃過之後都豎起大拇指，訂單一時激增。

周掌櫃不好在人前下趙大廚的臉面，等客人們散了才把他拉到一邊問：「你剛剛送出來的是那小娘子熬的粥？」

趙大廚正因為幫酒樓攬下那麼些生意而沾沾自喜，聞言便笑道：「可不就是？那小娘子煮的少了些，不然我們今天還能再多訂一些呢！」

「那小娘子並不在我們此處上工，你怎麼敢——」

趙大廚不耐地擺手道：「掌櫃的恁地這般多擔憂，不就是區區一碗臘八粥，難道就非得是那小娘子親手做的不行？再說，方才她那手法我都看過一遍了，到時候就看我的！」

有句話叫內行看門道，外行看熱鬧；還有句話叫一桶水不響，半桶水晃蕩。

兩句老話的後半段，說的就是趙大廚這樣的人！

見周掌櫃還要再說，趙大廚已經不耐煩了。「剛東家太太還在，她點了頭我才這麼做的。您老要是有二話，直接和東家太太說去！」說完趙大廚就大搖大擺地走了。

周掌櫃面色鐵青。

後頭到了臘八那日，在望月樓下了訂單的客人們早早地就來領粥了。

趙大廚早已煮好了一鍋粥，打包好了讓客人帶走。

客人們高高興興地把粥帶回去，還和親朋好友吹噓這是上望月樓花了重金買來，滋味不是一般的臘八粥可以相提並論的。

但是當旁人嚐過這臘八粥後，都不免覺得誇大其實了，不就是一碗普通的粥嗎？還重金買的，可真會吹！一些家族裡親戚不和睦的，當即就諷刺出了聲。

買粥的人一嚐，這粥的味道確實一般！當然，若沒有珠玉在前，這粥也算能喝得下去，可是已經嚐過了前頭那粥，這中間的落差可就讓人難以忽視了！

能去望月樓這樣的地方訂粥的，都是家裡有些閒錢且會吃的人，哪裡受得了這個氣？他們倒是沒想到煮粥的人換了，只當是年節上頭，望月樓訂單激增，所以就做得不盡心。

周掌櫃早就預感到會出事，然而到了這會子，那趙大廚卻已經聞風躲了開去，他身為掌櫃只能出來頂，仔細賠了不是、退了銀錢不說，還得另外給出一些賠償。

因為這事，望月樓年節未到，就先賠付了一大筆銀錢，還險些壞了經營多年的招牌，後頭大房的真正掌權人王大富來查帳時，狠狠責罵了周掌櫃一頓。

當然，這是後話。

顧茵記著周掌櫃說的含香樓，從望月樓出來後就一番打聽，可惜那含香樓卻在鎮子的另一頭。雪下得越來越大，她出來這大半天已經快到中午了，若是再趕到那邊去，估計回來的時候就該天黑了。

怕王氏擔心，顧茵便打算今天先回家去，待走到緇衣巷附近，風雪已經大到了迷人眼的地步。

也是湊巧，大興米鋪裡文沛豐正在對帳，抬頭時看到一個黑色巨大的身影經過，他不由得多瞧了兩眼，仔細瞧過後認出了顧茵。看到顧茵行路困難，文沛豐放下帳簿迎了出去。

「小娘子快進來躲一躲，等這陣風吹過了再走！」

「那就打擾文掌櫃了。」這兩個月來顧茵或者是王氏來買米，文沛豐都一直照著之前說過的話給予優惠，一來二去的，彼此也算是相熟了，顧茵便放了傘，進入店內。

文沛豐笑著說不會。「小娘子也看到，我們店裡一個人也沒有了。」風雪太大，路上幾乎都沒有行人，更別說店鋪裡了。他親自倒了熱水，遞給顧茵。

顧茵放下食盒，接過熱水，道了謝，轉頭看到案臺上文沛豐手邊擺著一張招工的紅紙，她細看之下，發現居然正好是招廚子的，而且月錢還十分豐厚，一個月就是十兩！

顧茵正好是臘月和正月得空，兩個月下來可不就盡夠了武安的束脩？

文沛豐察覺到她的視線，便主動解釋道：「我們東家老太爺最近胃口不好，主家招過好幾輪廚子了。」

顧茵便放下手裡的茶杯。「不瞞掌櫃，這風雪天我還出門就是為了找份廚房的差事做，既然恰巧看到了，可否讓我去試一試？」

這要是旁人，文沛豐肯定就給打發回絕了，但顧茵前頭幫過他解圍，後頭接觸下來也知道她是個實在敞亮的人，所以雖然文沛豐沒嚐過她的廚藝，但還是賣了她這個面子。「那可趕巧，今天正好鋪子裡沒客人，我點完這些帳就要回主家送去，主家離這兒也就兩盞茶的工夫，小娘子不若和我同行？」

顧茵本還想著今日冒著風雪出來卻只見了一份工，十分不值，聞言自然應好。

第七章

文沛豐算好帳目後，把帳本一合、關上店門，便帶著顧茵離開。

雖然風雪依舊很大，但幸好文沛豐出行是有馬車的。

文沛豐讓顧茵坐在馬車裡，自己則和趕車的馬夫擠在車轅上。

兩刻鐘後，兩人就到了文家。

天陰沈得越發厲害了，文家門口一個管家模樣的中年人正在一邊閒磕牙，一邊指揮著家丁清掃積雪。

馬車停穩之後，文沛豐先下了馬車，而後放了腳蹬，再退半丈，讓顧茵下車。

兩人走到門口，就聽到那管家正和人說笑著——

「咱們老太爺最近也不知道著了哪門子邪，竟讓我們去找兩個婦道人家……」

他雖然只說到這，但聽到這話的其他人都擠眉弄眼地怪笑了起來。

文老太爺的元配已經死去好幾年了，後頭也沒說續娶，眼下忽然要找兩個不知姓名的婦道人家，很難不讓人產生別的聯想啊！

顧茵走在文沛豐後頭，風一吹，那管家的話就成了不成句的話。

但文沛豐卻是聽了個實打實，臉當即就沈了下來，呵斥道：「老太爺的事也是咱們當下人的能隨意置喙的嗎？」

那管家卻像聾了一般，繼續和眾人調笑，晾了文沛豐好半晌，他才施施然轉頭，故作驚訝地道：「哎喲！咱們四少爺回來了？風雪太大，小的眼拙，沒親自去迎您，四少爺可別怪小人啊！」

文家大老爺只文琅一個獨子，二老爺則有兩個兒子。府裡明明只有三位少爺，這管家卻故意把文沛豐稱作四少爺，這便是故意羞辱他，讓他別仗著大老爺把他當成半個兒子，就在他們下人面前擺架子。

文沛豐羞得滿臉通紅，但眼前的管家是二房的人，又有許多旁人在場，他自小和文琅一起讀書，接受的也是文人教育，只能強忍怒氣。

管家打量了一眼跟在文沛豐後頭的顧茵，又笑道：「四少爺這是打哪兒尋來的小娘子啊？模樣倒是生得周正，就是穿著打扮委實奇怪了些，可配不上您啊！」

若對方只說自己，文沛豐也就忍了，可他平白無故污人家小娘子的清白，文沛豐頓時就站住了往前邁開的腳，要和管家理論。這時，他看見顧茵從後頭走上前，忽然對著管家福了福身。

「您就是主家老爺吧？我是文掌櫃請回來的廚娘，正要給您請安呢！」

管家連忙避開，哼笑道：「妳這小娘子休要胡說，我只是府裡的二管家。妳這小娘子穿得奇怪，怎麼眼睛也不大好，沒有眼力見兒！」

顧茵恍然大悟，忙不迭地致歉，又道：「風雪太大了，我在後頭沒聽清你們說話，還當對著文掌櫃頤指氣使的您就是主家老爺呢！」

二管家轉笑為怒。「妳這小娘子！好好地怎麼損人啊？我怎麼就頤指氣使了？」

「咦？原來頤指氣使是損人的話啊？我鄉下人不懂這些，還當是誇人有排場、有氣勢的好話呢！」顧茵又福了福身，快步跟上文沛豐，用眾人都能聽到的聲音道：「文掌櫃，人都說宰相門前七品官，你們主家的二管家就如此了不得，那主家一定很厲害吧？」顧茵特地加重了話裡的「二」字一音。

這世上大抵沒有二把手願意聽人特地提這事的，尤其這二管家本在這裡當了大半輩子的大管家，文老太爺和大房的人回來了，他們的心腹自然也都回來了，他才被降了一等。

對上顧茵狡黠的眼神，文沛豐忍著笑道：「宰相門前七品官也不是什麼好話，是說下人作威作福的，小娘子下回也不要說這句話了。小娘子放心，我們老太爺和大老爺、大少爺都是極和氣的人。」

二管家聞言，氣得黑了臉，偏這小娘子不是府裡的下人，也是一副天真、不知事的年輕模樣，他還真不知道該如何追究！

等到文沛豐帶著人繞過影壁後，二管家才不甘地重重啐了一口。

文家書房裡，文老太爺正在教訓二兒子。

「前頭我讓你分出幾家店鋪給你哥哥和姪子，你挑的盡是些沒有利頭的鋪子就罷了，還讓夥計故意為難沛豐他們！這還算了，你如今竟還想動你娘嫁妝裡的鋪子？怎麼，分出幾間鋪子給你大哥，你就吃不上飯了，上趕著從你娘的嫁妝裡找補嗎？你想得挺美！」

文二老爺被老太爺訓得一愣一愣的，但多年經商，他早已練就了沒臉沒皮的工夫，連忙又是給文老太爺倒熱茶，又是給他順氣，口中還道：「父親莫氣，母親都走那麼些年了，她嫁妝裡的鋪子放著也是放著。再者，也不是兒子憑空想的，這不是正好這家鋪子的租約到期了，人家不租了嘛！與其租給旁人，不若直接給了兒子——」

文老太爺一把揮開他的手。「放你娘的屁！你娘走的時候說了，她的嫁妝要留給她孫媳婦！如今琅哥兒他們幾個都沒成家，你這做長輩的倒是想沾手未來姪媳婦、兒媳婦的東西了？」說到這兒，文老太爺還把手邊的茶盅摔了。

屋外風大，雖聽不清裡頭文老太爺到底在罵什麼，但還是能感受到文老太爺那滔天的怒火。

文沛豐一臉尷尬地看著顧茵。「……我剛剛說的是真的，老太爺平素都是好脾性。」

顧茵彎了彎唇，安撫地笑了笑。

文老太爺還在裡頭指著文二老爺罵。「我和你娘怎麼會生出你這麼個玩意兒？你娘的嫁妝鋪子你別妄想了，我就是給豬給狗，給門口那個大狗熊……」文老太爺努力瞇著昏花的老眼，藉著屋外陰沈的天光，還是只能看清門口一個黑黢黢的龐大身影。「哪裡來的大狗態?!」

文二老爺正愁著怎麼脫身的時候呢，聞言立刻出了去，呵斥道：「哪裡來的怪人，做什麼奇怪打扮？沒得嚇到老太爺，還不速速離開！」

文沛豐正要出言解釋，文二老爺見了是他越發厭惡，一揮手，丫鬟、小廝齊齊動手，把兩人直接驅離了書房。

離了書房，文沛豐立刻拱手致歉。「小娘子對不起，是我牽累妳。」

若是旁人帶顧茵來，自然不是這般待遇，只是沒想到恰好遇到文二老爺在老太爺面前吃掛落，又不待見他是大房的人，所以才導致連老太爺的面都沒見著，就被趕出來的結果。

顧茵搖頭。「文掌櫃肯帶我來引薦已經是一番好意，事情不成也不能怪你。」是真的不怪他。顧茵已經聽出屋裡罵人的就是那天戲臺前的老爺子了。那天老爺子被王氏和許氏架下戲臺，還吵了嘴，從緇衣巷離開的時候又生了好大的氣，今日不管是誰領她來的，終歸這份工是見不上的。

文沛豐把顧茵送出文家，讓車夫將她送回去。

臨上車的時候，顧茵把手裡的食盒遞給了他。「我身無他物，這是中午現熬的臘八粥，給您當作謝禮吧，希望您不要嫌棄。」

文掌櫃自然道不會，兩人說好隔天在米鋪歸還食盒後，就此分別。

天色越發昏暗，沒過多久就到了掌燈時分。

此時文老太爺的氣也消下去了，喚來下人詢問方才來的是誰。

得知是文沛豐來給他引薦廚娘的，文老太爺面上一臊，嘟囔著。「沛豐這孩子也真是，我是衝著老二發火的，又不是衝著他，怎麼就那麼走了？」

下人也不敢說是文二老爺把氣撒到了文沛豐身上，只能道：「那小的去把他請過來？」見文老太爺點了頭，小廝便很快去尋文沛豐。

文沛豐剛熱好顧茵送他的臘八粥，雖還沒嚐，卻已經聞到那格外勾人的香味。他心中越發惋惜沒把顧茵引薦到文老太爺跟前，聽說文老太爺尋他，他想了想，便又把那碗粥放入食盒，提著食盒去了老太爺的書房。

顧茵回到緇衣巷的時候不過是黃昏時分，但因為天氣差，暮色提早降臨。

巷子口細窄，馬車並不能通行，顧茵謝過車夫後，便下了車步行回家。剛走到巷子口，她就看到了一個黑影迅速從眼前閃過，轉入另一條巷子口後不見了蹤影。顧茵站住腳瞇了瞇眼睛，再仔細去看的時候，見到戴著頂小兜帽的小武安從巷子口探出半邊腦袋。

「娘！嫂嫂回來啦！」小傢伙一邊喊，一邊上來牽顧茵的手。

顧茵閃身避開。「我身上冷。」

小武安便乖乖地捏住她的裙角。

一大一小在巷子裡慢慢往家走，顧茵好笑地道：「剛我看到一個小小的黑影躥過去，還當是什麼東西呢，原來是你這個小不點。」

小武安連忙搖頭。「我沒有亂跑啊，我一直站在牆後頭等著。」

兩人正說著話，王氏已經快步迎出來。

王氏催促道：「有話進了家門再說，怎在外頭吹風呢？」說完不等顧茵和小武安應答，一手抓一個，把兩人拖進了家門。

屋子裡燒了火盆，甫一進門，顧茵便舒服地喟嘆一聲。

王氏把她的傘收了放到門口，把堂屋大門合上，進來給她把對襟的大棉袍子脫下，然後把她按到條凳上，塞了個簇新的湯婆子給她暖著，這才進了灶房。

顧茵看小武安也凍得鼻頭發紅，就將那湯婆子讓出一點位置，兩個人一道捂著。

「嫂嫂的手好紅啊！」小武安伸手輕輕碰了碰顧茵的手指，又怕碰疼了她，立刻把小手縮了回去。

顧茵低頭一瞧，她在外頭時還不覺得手上有異，如今暖和起來，才發現手指和手背都又紅又腫，粗了一圈。她打趣道：「嫂嫂的手指像不像醃蘿蔔條？晚上等你餓了，給你磨牙好不好？」

小武安被她逗得格格直笑。

王氏端著熱水從灶房出來，聞言板著臉罵道：「都這樣了還有心情說笑？早知道下午風雪那麼大，說啥都不該讓妳出門！」

顧茵立刻止住了笑，老老實實地在凳子上坐好。

王氏把裝了熱水的木盆往顧茵面前一放，人也跟著蹲了下來。

顧茵連忙收回自己的腳，不好意思地道：「娘，我自己來！」

王氏瞪她一眼。「怎的妳還不好意思？妳剛來咱家的時候，晚上還嚇得尿炕呢，還不是老娘給妳——」

「娘！」顧茵滿臉通紅，那雖然是原身小時候的事，但她現在已經完全融合了原身的記憶，等於是在聽人說自己小時候的糗事。

小武安捂著嘴偷笑。

王氏也止住話頭，把小武安的身子一扳，讓他背對著兩人，而後再掀開她的裙襬，幫她脫了被雪浸濕的鞋襪。

鞋襪脫開，顧茵白皙如玉的腳背先露了出來，但她的腳趾就沒有那麼美了——和手指一樣，十根小小的腳趾都是又紅又腫。

王氏捧著她的腳，沒有直接往熱水裡放，而是板著臉同她道：「我今天和人好一通打聽，才知道這凍瘡該怎麼治。像妳這樣從外頭回來的，得用熱水泡腳，但也不能冰冰涼涼的直接浸熱水，得先暖一暖，不然要是直接浸熱水，十根腳趾頭都得給妳掉下來！」

顧茵聽她嚇唬孩子似地嚇唬自己，強忍住笑意，點頭道：「還是娘懂得多，我都聽您的。」不過等到王氏說完話後準備把她的腳捂在懷裡時，顧茵還是極為不好意思地想抽回自己的腳。「我走了一天路了……」她聲如蚊蚋地道。

王氏鐵鉗子似的手抓著不放。「剛不還說聽我的？現在又不好意思了是吧？想妳十一歲那年跟我下地學澆糞——」

「娘啊，您是我親娘！您說啥就是啥！」顧茵無奈地求饒，再不敢掙扎。

王氏得意地輕哼一聲，就差把「想跟我鬥，小丫頭還嫩了點」這句話寫在臉上。捂了大概半刻鐘，王氏摸著顧茵的腳有了點溫，這才把她的腳放進了水盆裡。

顧茵舒服地喟嘆一聲。

王氏去灶房洗了手，又提著一壺熱水出來，還在顧茵腳邊的小板凳坐下。

「從前咱們那兒的冬天沒有這裡冷，我今天聽妳許嬸子說了一路，才知道這裡冬天每年都有好些人凍傷凍死的，聽得我都快嚇死了！往後再下雪，妳是千萬出不得門的。我今天還給妳買了治凍瘡的藥膏，一會兒泡完腳立刻塗上……」

顧茵輕輕應下，腳上的溫度傳到了四肢百骸，乃至五臟六腑都像泡在熱水裡一般熨貼無比，白日裡所有的不順利好像都不算什麼了。

後頭換過三、四次熱水，王氏用布巾子把顧茵的腳擦乾，又從懷裡掏出一個白瓷盒子。白瓷盒子精緻小巧，裡頭的藥膏透白瑩潤，剛抹到腳上沒一會兒，那像被蟲子叮咬一般又癢又痛的感覺就不見了。

王氏抬頭看到顧茵的眼神落在自己手裡的瓷盒上，就道：「妳看啥？一天塗三次。等吃完飯後把手泡泡，手上也得塗。」

「這藥膏確實很舒服，是不是很貴？」

王氏板著臉道：「小孩子家家的管那麼多！」隨後她又想到自己之前已經把家裡的財政大權交到了顧茵手上，她過問也是正常的，便又囫圇著補充道：「反正沒動家裡的銀錢，是之前妳給我的私房錢。」

最初王氏從娘家分得了二十兩銀子，後頭剛開始做買賣花銷大，沒剩下多少，最後那點兒也都給顧茵了。之後小攤子生意日漸好，王氏最後給的那銀錢沒派上用場，顧茵便又把那二、三兩還給了她，讓她當作自己的私房錢，和家裡公中的錢分開。

顧茵見她不肯說，便猜到價格肯定很貴。不過這是婆婆的一片好心，她便不再追問。

等塗完藥膏，王氏又去洗手，順便從灶房端出一大盆丸子湯和幾塊燒餅。

丸子是顧茵之前準備的肉餡捏成的，捏得圓滾滾的，鮮香軟滑；湯裡還加了白蘿蔔，也把湯味燉了進去，糯得入口即化；燒餅則是王氏下午買回來後又現烘了一遍的，酥酥脆脆的表皮，一口下去滿嘴芝麻香。

顧茵午飯都沒吃，一連吃了兩大塊燒餅才放下筷子。

王氏看著顧茵有些急的吃相，顯然是忙了一整個白天沒顧得上吃午飯，心裡大概就猜到顧茵這天出去見工不順利。擱平時她肯定會仔細問問，再把那沒長眼、居然沒選上她兒媳婦的對象給狠狠啐一頓，但是看到顧茵自己沒提，她還是忍著沒問。

夕食過後，顧茵被王氏推回屋，不許她洗碗筷。

顧茵回了屋往床上一躺，開始回想起白日裡的事，她總隱隱覺得有哪裡不對。

主要是王家大房的事，當時王家那對妯娌剛知道王氏帶著他們回來，就急不可待地上門，又是裝窮、又是給介紹船行的工作，恨不能把王氏連夜糊弄走。

那會子顧茵還以為他們只是怕王氏上門打秋風。

後頭王氏拿出已故父母的書信，當時王家雖然不願，但在族長的主持之下，他們也沒有要別的花招。

這件事本該到此為止，可今天她看到了望月樓的規模和客流量，便知道大房絕對不差錢。大房的日子都這般好了，二房夫婦只比大房更精明強幹，想也知道自不會比他們差了去。

不說日進斗金，總歸不是會為了一、兩間屋子那麼大費周章的模樣。且當時他們還不知道王氏有二老留下的書信，得分他們一間屋子呢，何至於那般急著先發制人？

好像……他們就是不想看到自家婆婆回娘家？

一時間，顧茵也想不通其中的關竅，加上奔波一天後的睡意襲來，她迷迷糊糊得差點睡著了。

房門吱嘎一聲，王氏又端了熱水進來。「泡了手再睡。」

顧茵揉著眼睛，木木地爬起來，坐到桌前，乖乖地伸手放進水盆裡。

王氏看她頭睏得一點一點、小雞啄米似的，笑得眼睛都彎了。等她泡過手，王氏幫她把藥膏塗了，就催她脫了外裙上床去睡，一邊給她蓋被子的時候還一邊道：「妳先就這麼睡，明天早上我給妳燒一大鍋熱水，起來了再洗。」

顧茵眼皮都睜不開了，用鼻音「嗯」了一聲。

王氏看她這會子不會反抗，立即順竿子往上爬，又道：「那也說好明天不出門了哈！」

顧茵的腦子都睏成漿糊了，又應了一聲。

王氏這才輕手輕腳地端著水盆出了去，心道既然答應了，明兒個不管顧茵怎麼說，都再不能把她放出去！

昨天半夜裡，顧茵的手腳都沒再發癢，睡了近來最香甜的一覺，還發了一個美夢。夢裡她開起了一間不比望月樓差的酒樓，還把周掌櫃挖角到了自家酒樓，他們紅案、白案雙管齊下，王氏幫著料理其他瑣事，生意紅紅火火，都準備去京城開分店了！

上輩子她就是在自家粥鋪擴大規模的時候沒的，開分店這事儼然成了她的一個心結。

這一夢結束，顧茵越發幹勁滿滿，醒了就準備起身。

然後她就看到了蹲在床頭、雙手撐著下巴的小武安。

小傢伙的眼睛一眨也不眨地看著她，見她醒了就立刻懂事地背過身去，不看她穿衣服。

「幹啥一大早不睡覺？」

小武安道：「娘讓我看著嫂嫂，怕嫂嫂起來了又出門。」

顧茵看了一眼外頭，外頭的天還是陰沈的厲害，風聲嗚咽，但好歹沒再接著下大雪。她一面穿外衣一面問：「不下雪了也不能出去嗎？」

小武安老氣橫秋地搖搖頭，學著王氏的語氣道：「把你嫂子給老娘看老實了！要是老娘燒好熱水後發現你嫂嫂不見了，就把你打成小豬頭，過年的時候把你這豬頭擺在供桌上！」

顧茵笑得臉都疼了。

小武安也跟著笑。「反正娘是這麼說的。」

說完話，顧茵便拉著小武安出了門。

王氏人在灶房，耳朵聽著外頭的動靜，聽到顧茵的房門一響，立刻從灶房走到堂屋，催促道：「我熱水燒好了，浴桶也刷乾淨了，快來洗！」

這種天氣，洗了個澡是再不用出門了，否則冷風一吹，肯定會生病。

顧茵還能說什麼？只能回屋拿了換洗的衣服，進了灶房。

王氏已經把灶房正中間的長桌挪開，水缸和裝食材的筐子都堆到一角，後門和窗戶也都被關上，窗戶縫和門縫裡還塞上布條，正中間放著個大浴桶。不等顧茵自己動手，王氏便幫著把灶臺上的熱水一盆一盆往裡倒，接著再從水缸裡兌進冷水。

等熱水倒滿整個浴桶，王氏已出了一額頭的汗。「快洗吧！」

看到顧茵又害臊，王氏這次倒沒再堅持幫著洗，把門帶上後就出去了。

顧茵舒舒服服地洗了個熱水澡，頭髮也用皂角洗了一遍後，王氏把她趕回屋待著，轉身拿了布巾給她裹頭髮，還塞了一個早上剛蒸的饅頭給她，讓她坐在屋裡吃。

確定好顧茵這模樣是絕對不會再出門的，王氏這才去忙自己的事。

但王氏到底還是失算了，就在這個時候，文沛豐親自登門來尋了。他想起前一天顧茵離開後，他把顧茵給的臘八粥送到了文老太爺跟前的事——

文老太爺承了他的孝心，一面吃一面道：「你這孩子也是有心，我這把年紀了，不過少吃兩口飯，哪裡就值得你們東奔西走地請廚子呢？」話說完，粥嚐到了嘴裡，老太爺的面色立即變了。

文沛豐以為他是覺得不好吃，便立刻解釋道：「這是那位小娘子中午熬的粥，不過天涼，在食盒裡擱了幾個時辰後又重新熱過，可能是走了味道。老太爺可否給那小娘子一個機會，讓我請她過府再煮過一次新的？」

文老太爺忙把碗放下來，問：「什麼小娘子？就是下午和你一道來的那個大狗熊？」

文沛豐笑道：「天寒地凍，小娘子穿得略厚了些，其實人生得很周正。」

「她是不是生得白白淨淨，一雙眼睛尤其亮？」

文沛豐腦海裡浮現出顧茵閃著一雙狡黠笑意的眼睛，確實靈動清亮。他垂下眼說是。

文老太爺當即一拍大腿。「你把那個大狗熊……不是，你把那個小娘子請過來，咱們就請她了！」

文老太爺最不喜歡欠人情了，就連被當今放官出京的時候都不曾向同僚求助過，不料看戲那天他承了那兩家的人情，轉頭還把人家住哪兒給忘了，只能讓下人幫著打聽，但寒山鎮雖小，卻也有著數千人口，要找兩個不知根知底的人家，無異於大海撈針。

本以為這事沒個下文了，沒想到兜兜轉轉，那個給他熬過粥的小娘子居然主動到文家來了！那臘八粥雖是翻熱過的，但文老太爺的舌頭多刁啊，一嚐就知道這下足了功夫的粥一般人熬不出來。於是，文老太爺就讓文沛豐去請人了。

可憐文沛豐雖然和顧茵算是相識一場，顧茵也是經常會去買米，但做人最忌諱交淺言深，所以其實雙方並不算特別熟絡，他也只是聽她們提過一嘴，說是在碼頭擺攤。

如今風雪那麼大，運河早不能行船了，碼頭上連隻野鳥都沒有，文沛豐只能詢問碼頭附近的住戶。這些住戶雖不在碼頭上討生活，但日常為了便利，多半也會在碼頭上買些吃食。

這種天氣誰被吵醒了都不高興，連著挨了三家人的罵後，文沛豐才打聽到了這對婆媳大概住在緇衣巷，因為有人曾看到王氏拜託關捕頭找一個孩子，關捕頭當時說了下值的時候會帶回去口信。

緇衣巷是一個統稱，這一片的小巷子都算在內，得來這個消息已經不容易，文沛豐過來後又是挨家挨戶地問。也得虧「惡婆婆和嬌媳婦」的名聲在這一片也算響亮，總算是讓他找到了。

顧忌到對方每次來都是婆媳兩個，文沛豐想著她們家裡多半沒有成年男子，所以還特地帶了府裡的一個老嬤嬤來作陪。

王氏來開的門，見到文沛豐時她詫異了一下，問：「少掌櫃怎麼過來了？」說著便開門把人請到堂屋說話。

文沛豐從天亮忙到了這會兒，凍得小臉煞白、鼻頭發紅，再不是平時那副少年老成的模樣，頗有幾分少年氣。

王氏背過身偷笑了一下，轉頭去灶房抓了一把前一天剛買的花生塞到他手裡，還給他和那老嬤嬤一人沖了一碗糖水。「家裡沒啥好東西，看你冷的，先隨便吃點喝點。」

文沛豐一面道謝，一面要起身相接，讓王氏一把給按了回去。

「別客氣、別客氣，坐著說！」

文沛豐沒想到王氏的手勁這麼大，按得他肩頭都有些發麻，臉上驚訝的窘色一閃而過。喝了一碗熱熱的糖水後，手腳都暖了起來，文沛豐這才呼出一口長氣，說起了自己的來意。「昨天您家小娘子經過我們店鋪，正好知道了我們主家在招廚子，我引薦她去府裡，中間發生了一點不愉快，但是後頭我們老太爺嚐過小娘子的粥後十分喜歡，當即就說要請她，所以我才一大早特地尋過來了。」

王氏昨兒個特地沒問顧茵出去尋工的事，所以並不知道有過這樁事。她知道兒媳婦如今是能自己拿主意的，所以她也沒幫著答應或者拒絕，只說讓文沛豐和老嬤嬤略坐坐，她進屋去跟顧茵問一聲。

顧茵在屋子裡的時候就聽到王氏在天井裡和人說話，但是在這個時代，她剛沐浴過，又包著頭髮，是不能出去的，就只能把耳朵貼在牆上聽著。

王氏進來的時候就看到她包著個粽子似的頭，趴在牆壁上，樣子十分滑稽，她不覺好笑地道：「學那什麼怪樣子？」

顧茵從牆上退開，笑道：「我聽著好像是大興米鋪的文掌櫃來了，他來說什麼？」

「平時看妳和那少掌櫃都老氣橫秋的，今天倒是一個賽一個的有朝氣！」王氏言簡意賅地轉述了文沛豐的話，又追問道：「到底是啥不愉快？妳是不是在外頭受了委屈，回來沒和我說？要是真的委屈妳就別去，任他開再高的工錢咱們也不受那份鳥氣！」

「一個月十兩銀子的工錢呢……」

王氏咂舌。「乖乖！那麼多？」不過很快地，她便一臉肉痛地道：「長命功夫長命做，這銀錢哪裡是一下子賺得完呢？反正咱們家是清清白白的良民，又不是賣給那等大戶人家的下人，咱不受那份氣！」

看王氏心疼得不得了，顧茵才正色道：「不和娘說笑了，所謂的不愉快只是誤會一場罷了。昨天那老太爺在罵那家的二老爺，文掌櫃帶我過去時正好聽到了，那家的二老爺覺得沒面子，所以不等我去拜見老太爺就把我趕走了。」

顧茵特地沒提文老太爺就是戲臺子前遇到的那個老爺子。

她昨天聽趙氏婆媳提了一嘴什麼文家，當時沒仔細聽，但也聽出文家很不得了，是王家都意圖攀附的人家，而後她看到了文家的牌匾，文也不是本鎮的大姓，想著應該便是王家大房說的那戶了。自家婆婆看著厲害，其實不怎麼禁得住事，若仔細說與她聽，她知道自己那麼對過文老太爺，指不定怎麼嚇唬自己呢！

「那家的二老爺在妳面前失了面子，回頭那不得……」

「這一點娘不用擔心，我既然是去給老太爺做飯的，就不用受那二老爺的氣，不然他做兒子的無緣無故發落親爹請來的人，那不成打親爹的臉了？再說，您也說了，咱們又不是賣身的下人，這份工能做就做，不能做我立刻回來就是，反正閒著也是閒著。」

王氏這段時間已經慢慢習慣聽從顧茵的意思了，如今她又說得有理有據、頭頭是道，王氏也就點了頭，出去答應了文沛豐。因為此時已經晨間過半，顧茵剛剛沐浴過吹不得風，便約定好隔天再讓她去文家上工，說定之後，王氏送了文沛豐出門。

文沛豐攙老嬤嬤走到巷子口搭乘馬車，轉身的時候他眼前一花，細看之下又什麼都沒看到。他訕笑一下，想著自己多半是累過頭，看花眼了。這天寒地凍的，怎麼會有衣不蔽體的孩子在外頭亂晃呢？

送走文沛豐後，王氏進屋快手快腳地幫顧茵擦乾頭髮——之前是為了防她出門，所以才只讓她先包著，如今既知道她明日才會出門，便不用顧忌那麼多了。

到底不比現代有吹風機那麼便利，加之早上還是沒有日頭，因此顧茵那頭長到腰際的髮還是到了快中午的時候才乾透。

到了中午時分，那不怎麼熱的日頭姍姍來遲，顧茵幫著王氏把家裡的被褥拿出來曬。隔壁許家這才把門打開，許氏打著呵欠，在天井裡伸懶腰。

許家的這三個院子從前是一起的，是許氏後頭要出租之前，才讓人在中間隔出一人高的土牆。

顧茵和王氏正晾著被子，就看到許氏兩條胖胖的胳膊從牆頭露了出來。

王氏好笑道：「都太陽曬屁股了，才剛起身？天剛亮的時候我就聽到妳家青川的讀書聲了，妳這當娘的怎比兒子晚起這麼多？」

許氏在土牆那邊回嘴道：「我難得起晚一次就讓妳遇著了而已！」

怕兩人又要拌嘴，顧茵連忙幫著描補道：「許是昨兒個嬸子趕集置辦年貨累著了，這早上的天氣也確實不好，多睡會兒是很平常。」

許氏聽顧茵說話那是怎麼聽怎麼舒服，她也不和王氏計較了，打著呵欠道：「趕集買東西也沒啥累不累的，就是晚上沒睡好，半夜裡有野貓撓窗戶縫，把我活活吵醒了，拿鞋子打在窗戶上，才把野貓趕走了。」

這話聽得顧茵都忍不住笑道：「春日裡野貓才鬧騰呢，這大冬天的——」說到這兒，顧茵停下了手裡的動作，想到了前一天歸家時在巷子口看到的那抹黑影！

王氏看她停了，便問她想什麼呢？

等顧茵壓低聲音和她說完，兩人眼中同時迸出驚喜的光！

午飯之前，廚房裡飄出了格外誘人的香味，把小武安都從屋子裡勾出來了。

「好香、好香！嫂嫂這是又做啥呢？」小武安吸溜著口水，蹦蹦跳跳地進了灶房。

顧茵正在燉肘子。她紅案上的功夫差一些，但燉菜這種需要掌握火候的菜和熬粥相通，做得也很不錯。

肘子先放火上燙去豬毛，再把表面刷洗乾淨，去掉血腥味。隨後把醬油在肘子表面塗抹均勻，待鍋中油溫燒成五成熱，放入肘子煎到五成熟，把肘子表皮煎成焦黃色時出鍋。接著鍋裡再燒熱油，放入白糖炒糖色，待鍋中的糖稀變成棗紅色，加入開水把糖稀攪拌均勻，隨後放入肘子和蔥、薑、醬油、適量的鹽和八角等香料，以小火慢燉。

小武安就是在這會兒進來的，聞著香味就在灶臺邊上打轉。

王氏看得好笑，把他往後扒拉了一下。「你嫂子燉肘子呢，怎的你還想往鍋裡鑽？」

小武安的眼睛都亮了，驚喜道：「娘不是說過年的時候才吃肘子的嗎？」說著他又在心裡算了算日子。「不是還有一個月才過年嗎？」

王氏和顧茵對視一眼，都笑起來。

顧茵衝著他眨了眨眼。「我們燉肘子抓野貓呀！」

小武安還要細問，王氏已把他的嘴一捂。「小孩子家家別問，就當咱們提前過年了！」

一個肘子燉到過了午飯時間，出鍋的時候那香味簡直要了命，連王氏都咕咚咕咚地接連嚥了好幾次口水。

小武安已經拿著自己的小碗在旁邊等著了。

然而王氏盛出肘子後卻沒有端上桌，而是端著湯盆直接出了家門！

小武安不可置信地看著王氏的背影，放下小碗就追了出去。

隔壁的許氏早就聞著味了，起初聞到那越發濃郁的香味時，還當是王氏特地送到自家來了，遂一面開門一面笑道「幹啥這麼客氣？讓人怪不習慣的」，結果王氏卻頭也不回地走了！

王氏也沒有把肘子送到別家去，而是將附近的巷子都走了一圈，終點便是前一天顧茵看到黑影的巷子口。如是繞了三五圈，不少人家都聞到香味，從自家探出頭來看，王氏摸著肘子快涼了，這才端著湯盆往回走。

許氏還在自家大門口站著呢，見狀就道：「不就是燉個肘子嗎？誰家年頭上不開點葷的，至於這樣嗎？生怕別人不知道是不是？」

王氏正要細說，一想不成，那「小貓崽」說不定就在附近呢！所以她只撇嘴道：「就這樣怎的？又沒誰規定說做了飯不能端出來給大夥兒聞聞吧？」

兩人又要拌起嘴來，顧茵連忙從家裡出來，解釋道：「這是我新做的燉菜，不曉得味道如何，所以讓娘端出來給大家品鑒一番，要是都聞著香，下回就能放心做了。」

「原來是這樣。」許氏相信了顧茵試驗新品的說法，不再去看王氏，只笑道：「這聞著味是真的香，色澤看著也好，想也知道味道不會差了去！」

「謝嬸子的誇，回頭分出一些來給您嚐嚐味兒。」說著話，顧茵就把王氏拉回了家門。

肘子外皮此時已經溫了，王氏用筷子一戳，那焦褐色的肘子皮就顫巍巍地分解開來，露出裡頭紅色的瘦肉，熱氣從裡頭冒出，香味只濃不減。

顧茵把肘子分成三份，最多的自然是留給自家人吃，一小份送到隔壁，另一小份澆上鍋裡的熱湯汁，放到灶房那挨著後院空地的窗臺之上，源源不絕地往屋外送去香味。

小武安早就等著吃了，那肘子皮肥而不膩，入口即化，裡頭的瘦肉在蘸足了湯汁後並不發柴，肥瘦得宜，叫人停不下筷子。

王氏和武安一連各吃了兩個燒餅，方才打著飽嗝停了筷子。

打發了小武安去灶房把他自己的小碗洗了，王氏壓低聲音問顧茵。「味兒絕對是飄出去了，那孩子要是在附近，肯定能聞到。只是他昨兒個還尋到隔壁去了，妳許嬸子沒給他開門，他會不會以為自己找錯地方，又走了？而且咱家這片妳也知道，地形複雜得很，稍微不認路的人都要被繞暈了頭，妳說他今日還能認得路過來不？」

這個顧茵自然也無法保證，便只道：「咱們再等等吧。碼頭那邊都收了，他這幾日應該沒怎麼吃飽過，今兒個聞到這香味，只要人還在附近，肯定是按捺不住的。」
婆媳兩人都壓著嗓子說話，屋裡安安靜靜的，此時就聽到哐啷一聲脆響，不是東西砸爛的聲音，而是那種瓷器被碰翻的聲音。
「武安你怎麼回事啊？洗個小碗還能把碗摔了？」
武安濕著手從和堂屋相同的灶房裡走出來，茫然道：「沒啊！我的小碗早就洗好了。」
「那不是你是誰？」王氏還要再問，就見顧茵把手指豎到唇前，比了個噤聲的姿勢。
於是三個人輕手輕腳地又進了灶房，就看到灶房窗臺上放置的小碗已經被碰倒了，湯汁打翻在窗臺上，碗裡的肉也少了一些！三人立即眼觀鼻、鼻觀心，連呼吸都放輕了。
又安靜了半晌後，一隻小黑手伸了上來。
王氏一把撲過去，把那隻小手抓了個正著！
對方沒想到會被人抓住，驚嚇之餘就開始用力掙扎。
這點力氣在王氏眼中自然不算什麼，但怕傷到他，她還是只能留著點力。
顧茵立刻打開後門奔出去，果然，碼頭上那小孩此時正掛在自家窗臺上——他還穿著那件黑漆漆的斗篷，一隻胳膊被抓著，兩隻小腳費力地踮在地上，正發了狠地扭動著自己的身體，但是看到顧茵的時候，他認出了她，沒再繼續掙扎了，只焦急地「啊啊」兩聲，似乎是讓顧茵想辦法把他放開。顧茵趕緊上前把他抱起來，小傢伙身上還帶著寒氣，一身的骨頭，輕飄飄的好像沒有重量，抱起來真和貓崽兒差不多。

王氏看顧茵把小孩抱住了，怕那孩子掙扎起來她抱不住，趕緊讓她抱著孩子進了屋。

「總算是抓到了！」王氏笑著呼出一口長氣。

這孩子自從那天被驚到之後就沒再出現過，後頭天氣一日冷過一日，關捕頭都沒能找到他的蹤影。王氏和顧茵都已經做了最壞的猜想，沒想到兜兜轉轉，他居然又出現在了緇衣巷附近。

「這小崽子好像沒比從前更瘦？」王氏說著就伸手要把他從顧茵手裡接過來。

孩子卻一下子縮進了顧茵的懷裡，一雙黑漆漆的小眼睛滿眼戒備，眼神已經往後門飄去，好像在思忖著怎麼奪門而逃一般。

「這小白眼狼怎麼只和妳熟，難道我少餵他了？」王氏不高興地撇撇嘴，不過還是退後了半步，沒再去碰他。

「可能是他愛吃我做的東西，所以才對我不同。」顧茵抱著他，怕又把他嚇跑，遂放柔聲音問：「你還餓不餓？」

小孩收回看向後門的眼神，老老實實地點了點頭。

王氏便去收起窗臺上被碰倒的小碗，從鍋裡澆上一勺子熱湯，又拿了個燒餅來。

顧茵則抱著孩子坐到堂屋的桌前，讓小武安幫著擰了布巾子過來給小孩擦手。

小孩乖乖地任由顧茵擦了手，這才撲到桌上大口吃了起來。

「你慢點兒，沒人和你搶！」王氏離小孩一步開外，看到他這發了狠的吃相，又對著顧茵無奈道：「幸虧妳今天在家，不然我還真制不住這貓崽子。這兩天實在冷得厲害，都不知道他怎麼活到現在的。」當然，王氏以蠻力肯定能抓住他，但是就像那次關捕頭去找他，差點把他逼著跳了河，想在不傷到他的前提下抓住他，還不是個簡單的活計。

顧茵朝著小武安努努嘴，讓他幫著倒了碗水過來，然後餵了小孩喝水，才笑了笑說：「娘可別這麼說，他昨兒個就在我眼前閃過了，我當時都沒反應過來。還得要您這身手，才能把他逮住呢！」

她們說著話時，小武安看小孩吃完了小碗裡的肘子還不夠，已經在吃桌上盤子裡的，遂出聲道：「娘，我覺得我還能再吃一個燒餅。」

王氏說你吃個屁！「你剛和我一樣吃了兩大個燒餅，再吃撐不死你?!」

小武安不好意思地低下了頭。「但是我剛才洗碗了嘛，已經沒有那麼飽了。」他平時並不會這麼貪嘴，但那是大肘子欸，一年到頭吃不了一次的東西！而且嫂嫂做的那麼好吃，儼然是他打出生以來吃過的最美味的大餐了！

王氏蹲下身摸了摸他的肚子，這是家長用來判斷孩子有沒有積食的手法。

小武安努力吸著肚子，然而胃那裡還是鼓鼓的。

「你小子這肚子脹得像個球，為了口吃的滿口胡言是不是？」

「娘，求求您啦！」小武安素來懂事，但說到底還是不到六歲的孩子，拉著王氏的手小聲求道：「娘，我的好娘親，再讓我吃一點吧！」

顧茵瞧見了，也有樣學樣地去摸小孩的肚子，果然他的胃那裡也是硬邦邦的。她趕緊把他兩隻小手按住，不許他再吃了。

小孩茫然地看著她，又轉頭看了看還在歪纏的小武安，試探著看向顧茵，開口道：「娘，我吃！」

這小孩居然會說話?!王氏和小武安頓時都安靜了下來。

顧茵也吃了一驚，問他。「是還要再吃嗎？」

他卻不肯開口了，只重重地點了點頭。

顧茵並不像王氏那麼經驗老道，所以並沒有一下子答應，把他胃部的軟硬程度轉述給王氏聽了。

王氏就道：「聽著確實是已經吃飽了，再給他餵點水吧。」

顧茵照著王氏的話，給小孩餵了小半碗熱水，果然他沒再鬧著要吃東西。

之後就是給這孩子收拾洗漱了。

幸好早上王氏給顧茵燒洗澡水的時候劈足了柴，也刷過木桶，所以只需要再燒一鍋熱水倒進去，並不用大費周章。

屋子裡暖和，吃完後小孩就一手緊緊捏著顧茵的衣襬，一邊迷瞪著眼睛打起了瞌睡。

直到顧茵輕手輕腳地把他的衣服脫了，放到熱水裡，他才猛地睜開了眼睛。

「沒事啊，就洗一洗，洗完睡覺更舒服。」顧茵把他的兩隻小手搭在浴桶上，又伸出一隻手扶著他的手背，另一隻手掬起熱水淋在他的小身板上。
感受到熱水的舒服，小孩沒再掙扎，乖乖趴在浴桶上，任由她洗。
王氏站在浴桶一步開外的距離，看著他背後突出的骨頭，不禁紅了眼眶，轉過身擦了擦眼睛。「福大命大的孩子，也不知道這半個多月他是怎麼過來的。」
這也是顧茵好奇的，便幫著問了出來。
但孩子卻又好像聽不懂人話了，並沒有給出回應，而是邁著兩條小短腿撲騰水花。
顧茵和王氏對視一眼，只能無奈地搖了搖頭。
後頭王氏遞給顧茵一個絲瓜絡，顧茵拿著絲瓜絡細細地給孩子從頭到腳洗了一遍。
王氏看顧茵的額頭都出汗了，伸手想幫忙，但和之前一樣，那孩子看到她就要躲，沒辦法，她還是只能退開。
「沒事，娘在這裡陪我說話就成。」顧茵抬起胳膊擦了擦額頭的汗。
王氏嘆了口氣，擰了布巾遞給顧茵，讓她給孩子擦臉。「這孩子不會說話，咱也不知道他這些天是怎麼過的？又是怎麼找到這一片的？」
這次本沒指望小孩應答，他卻忽然「吁」了一聲，還伸手比劃了一個勒韁繩的手勢。
得，這下知道了，是跟著馬車來的。
一個澡洗了快半個時辰，總算是把泥窩裡掏出來一般的小崽子洗回了本來的模樣。
王氏拿了小武安的衣服出來，他穿起來寬寬大大的，摸著自己身上的小衣服、小褲子，稀奇得不行。王氏仔細瞧了他的模樣，忍不住誇讚道：「這小模樣真周正！」

顧茵瞧著也是，這孩子大眼睛、高鼻梁，膚色雖黑，眼睛卻更亮，眼睛下面還有一顆黑痣，秀氣得很。不過他臉上和手上、腳上都是凍瘡，再仔細看下去就只剩心疼了。

王氏又拿出之前給顧茵買的凍瘡膏，讓她給小孩手腳上的凍瘡都塗了一遍。

小孩好奇地看著顧茵給他上藥，聞著那清清涼涼的味道甚至還想去舔，又讓顧茵給按住，他才老實下來。沒多會兒他又犯起了睏，眼睛都睜不開了，顧茵就把他塞進被窩裡。一沾枕頭，小傢伙就開始打起了小呼嚕。

「吃飽了就睡，真和小貓崽兒沒區別。」王氏輕聲打趣了一句，接著便開了床頭矮櫃，拿出一些銀錢。「他離不開妳，妳就在這裡守著，我去給他請個大夫來瞧瞧。」小傢伙雖然能吃能睡，但到底在外頭獨自流浪了那麼久，還是得找大夫看過才能心安。知會完，王氏便出門去了。

醫館的路王氏熟門熟路，不到兩刻鐘，大夫便被請過來了。

老大夫記得王氏，進屋的時候還奇怪道：「上回的補藥妳家不是吃足了一個月嗎？照理說妳家兒媳婦的身子應該全好了呀！還是像上次一樣，又和人吵嘴把人吵暈了？」等到進了屋，老大夫才知道是給小孩診脈。

診過脈後，老大夫面色凝重。

顧茵和王氏見狀，不由得也跟著提了一口氣。

半晌後，老大夫才開口道：「身上的凍瘡問題不大，老夫看妳們已經給他上藥了，這藥看著就不錯。至於旁的……他這是從前餓狠了，底子都壞了，且得調養呢！」說著他又摸了摸小孩的手腳，看了他的牙齒。

小傢伙一下子醒了過來，迷迷糊糊地看到顧茵在一旁，又把眼睛給閉上了。

「看骨頭和牙齒，這孩子都四歲了，但模樣不過兩、三歲大，這個年紀也不好用藥，只能慢慢養著……這孩子應該不是妳家的吧？」說到這兒，老大夫歉然地接著道：「是老夫多嘴了，妳家自然不是那等會做虧心事的人家，不然也不會給他上這麼好的藥膏，更犯不著花銀錢請老夫來。這世道，唉……既遇上，便是緣分一場，好好待他吧。今天的事老夫不會宣揚出去，妳們盡可放心。」

王氏就是知道這老大夫口碑極好，才特地請來他，此時聽他親口保證，心便越發定下。王氏送老大夫出去，對方卻不肯收銀錢，最後在王氏的堅持下，他也只是收了一半的診金，臨行前還特地叮囑了，往後得讓這孩子少食多餐，再不能忍饑挨餓。

這天夜裡的望月樓，周掌櫃又是留到最晚的那一個。

萬籟俱寂，周掌櫃去後廚拿著自己特地留下來、溫在灶上的吃食去了後巷。

後巷裡有一個日常用來堆放雜物的小窩棚，而在這窩棚隱蔽的角落裡，則是周掌櫃用毛毯築起的一個簡易小窩。不過此時這小窩裡卻是空空如也，周掌櫃再伸手一摸，毯子上一點餘溫也沒有，顯然是很久沒人睡過，而不是像從前那樣，對方看到他靠近特地躲起來了。

他憂心忡忡地兜了好幾個圈，最後還是一無所獲。

正當周掌櫃準備放棄的時候，身後忽然傳來一聲輕響，他驚喜地轉過頭，待看清身後站著的是抱著雙臂的趙大廚後，臉色不由得又冷了下來。「這麼晚了你在這裡做什麼？」

趙大廚挑眉笑道：「我才想問掌櫃的，這半個多月來總是留到最晚，莫不是有什麼不可告人的秘密吧？」

周掌櫃知道對方想找茬很久了，所以並不理會他挑釁的態度，只平靜地反問道：「我能有什麼秘密？」

趙大廚自然不知道其中的緣由，他的眼神落在周掌櫃手中的碗上。「掌櫃的這是拿咱們酒樓裡的東西餵野貓野狗嗎？」

「這是我自己的飯食，並不是酒樓裡的，你若不信，盡可以清點後廚的東西。平時做事時倒不見你這般有心，顯然是心思沒放在正途上。」說完，周掌櫃便一眼都不再瞧他，把手裡的碗放到了窩棚角落後，徑自離開。

趙大廚亦步亦趨地跟到那窩棚內，仔細地把角落都翻遍了還是一無所獲。他特地冒著寒風躲了半晚上，卻沒抓到周掌櫃的小辮子，又被對方排揎了一通，不禁生了一肚子邪火。但對方現在還是望月樓的掌櫃，自己不過是對方手下的廚子，所以也不能發作出來。

等到周掌櫃的背影消失在後巷，趙大廚重重地朝著地上啐了一口，咬著後槽牙，發狠地道：「早晚有一天讓你滾蛋！」

小孩一覺睡到了暮色四合還不見醒，顧茵想著大夫少食多餐的囑咐，便把他穿戴好了抱到堂屋。

夕食是顧茵熬的菜粥，和中午剩下一些的肘子翻熱。

小孩既然身體底子差，就不能再吃大葷了，所以顧茵只給他餵粥，結果小孩嗅著肉香，迷瞪著眼睛指著肉要吃，顧茵就挾了一塊肘子遞到他鼻子前面，見他又把眼睛閉上，王氏便蹲在旁邊餵出一勺子菜粥。

小孩張嘴吃了粥，好像覺得嘴裡的東西不對勁，連著咂吧了好幾下，但是鼻前確實是濃郁的肉香，因此他吃完粥又把嘴張開。

顧茵和王氏對視偷笑，然後就以這個辦法，餵完了一小碗菜粥。

看到小孩又睡著了，顧茵再把他抱回屋裡，這才出來和王氏吃飯。

王氏蹲得腿都麻了，一面捶自己的腿一面道：「這小崽子啥時能不怕我呢？在自個兒家都得這麼偷偷摸摸的，蹲得老娘腿都麻了。」

顧茵和小武安聞言都要伸手幫她捏，全被她擋開。

「吃飯吃飯！回頭我上床躺會兒就好了。」

夕食過後，王氏打發了小武安回屋，跟著顧茵去了她的屋裡。「這小崽子只認妳，晚上也只能讓妳帶著他睡。我已經把家裡前後門都上了鎖，妳也警醒一些，別讓他又偷偷溜了。」好不容易才把他給抓到，自然不能又把他放出去流浪。

顧茵點了點頭，又從箱籠裡拿出一件夏日穿的輕薄衣衫，把衣服的兩隻袖子分別繫在自己和小孩的手腕上。

王氏看她自有章程，又叮囑了她幾句第二日上工的注意事項，便回屋歇著去了。

顧茵復又躺下，沒等多久又聽到了門上有響動。以為是王氏又折回來說旁的，她撐起身子問：「娘是有話忘了說嗎？」卻是小武安推開門，探進一個紮著小揪揪的腦袋，靦腆地笑著。

「嫂嫂，是我……」

顧茵看他只穿了中衣就過來，便往裡側讓了讓，拍著外頭的空位朝他招手。

小武安走到床前，揑著衣襬不肯上去。「娘說我是大孩子了，不能再像從前那樣的。」

顧茵想了想，說：「書上說男女七歲不同席，你還有幾個月才六歲呢！」

「真有這句話嗎？」小武安一邊問，一邊脫了鞋子上床。

「真的有。」顧茵把被子給他蓋上。「不信你下回問你青川哥。」

小武安和她並排躺下，視線越過顧茵，看了看她另一邊正睡得四仰八叉的小孩。

顧茵察覺到他的視線，輕聲問他。「怎麼啦？是不是有悄悄話要和嫂嫂說？」

小武安把手捂在臉上，悶悶地道：「不、不是……」

他本來就不怎麼會撒謊，說起話來吞吞吐吐的，明顯就是有心事。

顧茵索性換了個說法。「我來猜猜，是不是家裡多了個小孩，你不高興了？」

「不是！」小武安急急地否認，停頓了半晌後，又小聲道：「好吧，是有一點點……」說著他又伸出小手，拇指掐著食指的指尖。「就這麼一點點。」他上頭雖然有個哥哥，但打生下來也沒見過，長到這麼大都是獨生子待遇，可是今天小孩來了以後，他娘和嫂嫂都圍著小孩團團轉，他也不知道自己是怎麼了，突然就覺得心裡酸酸的。為了吸引家人的注意，他還難得地耍賴撒嬌，鬧著要再吃肘了。

顧茵攬著他拍了拍，試探著問：「那不然……咱們把他送走？」

「不行！」小武安立刻急了。「外面那麼冷，他那麼小，比我還小呢！不行的！」

顧茵就是知道他是個心腸軟的好孩子，所以才故意那麼問，此時便忍不住笑道：「你也說了，他比你還小呢，又在外面流浪了那麼久，剛來到咱家，肯定得多費一些手腳工夫照顧的。不然……你也把自己弄得髒兮兮的，我和娘也幫你洗一次澡？」

小武安連和她睡都有些不好意思，更別說讓她們幫著洗澡了，立刻紅著臉道：「不行！我自己會洗！」

顧茵彎了彎唇，又輕輕拍了拍他。「小傻瓜，娘和嫂嫂肯定還是最喜歡你的。」

小武安聽著她輕聲細語的解釋和安慰，想到第一次見到小孩時他慘兮兮地搶別人剩下的東西吃的模樣，便閉上眼，輕聲嘟囔道：「那娘和嫂嫂還是可以多喜歡他一些的……但是也不能太多，和喜歡我一樣多就行了……」

「乖孩子。」顧茵看他睡著了，給他和小孩都掖好被角，也躺好進入了夢鄉。

然而這一覺只睡到晨曦時分，兩個乖孩子齊齊尿了床，顧茵只能把兩個人都從床上抓起來，換過被褥。兩個小傢伙沒多久又睡著了，她卻是再睡不著，乾脆就燒水洗被褥。

她這邊廂剛起身沒多久，王氏也從屋裡出來了。

聽她說了兩個孩子尿炕的事，王氏差點笑岔氣。「昨兒個我就想提醒妳小心這個來著，後頭給忘了。武安這小子也是，怎的還跑到妳那兒睡了？」

顧茵便又和王氏聊了聊武安的心情，並正色道：「不患寡而患不均，這並不是小事。不過幸好咱們武安心寬又善良，我昨兒個勸了勸，他已經沒有不開心了。」

「這小子是不是傻啊？」王氏好笑道。「他是我生的，我還能喜歡旁人越過他去？」

婆媳倆說著話就把被褥洗好，擰乾了晾在廊下。

後頭沒多會兒天色亮了，顧茵回屋看到兩個孩子還在睡，便放輕了手腳，換了衣裳再出來。「那小孩白日裡還要煩勞娘看顧一下，我看他其實是聽得懂人說話的，您同他解釋一下我晚上就會回來。」

王氏點頭說這是自然，接著便把顧茵送出家門。

第八章

昨晚下了雪，今日早上的天陰沈沈的，顧茵就又把大棉袍套上了。剛走到巷子口，她就看到了之前那輛搭乘過的馬車，快步走了過去。

文沛豐聽到響動便探出頭來。

「文掌櫃怎麼還親自來接？」

文沛豐先下車放腳凳，讓她踩著上了車，他才挨著車夫並駕坐到車轅上。「那天風雪大，我怕小娘子只走過一遭並不認得路。再者，那日沒能把小娘子引薦到老太爺面前就讓妳被趕了出來，我心中愧疚，今日就當是彌補吧。」

文家這個工作機會全都多虧了文沛豐，顧茵已經把他當成了朋友，便在裡頭笑道：「那就多謝你啦！」

兩人不再言語，兩刻多鐘後就到了文家。

文沛豐還得去米鋪，所以並沒有再入府，不過他請了府裡的老嬤嬤作陪，順便也給顧茵解釋了一下文家大概的運作情況。

老嬤嬤比王氏還大不少，頭髮有一半都白了，看著慈眉善目得很。

這個天氣，她已經等在門口，顧茵下了車便趕緊朝她福身問安。

「小娘子不必這般多禮，喚我花嬤嬤就行。」花嬤嬤說著就把顧茵拉了起來，兩人相攜著往府裡去。

花嬤嬤是已故文太夫人的大丫鬟，一輩子沒有出嫁。後來太夫人沒了，花嬤嬤本自請離府，老太爺想著她沒有其他親人了，就讓她在府裡頤養天年，出京的時候也一併把她帶了過來。

門口的一眾家丁依舊在清掃積雪，領頭的還是那個二管家。

家丁們見到花嬤嬤，都自發自覺地讓開了路，只那二管家還佇在門口，文風不動。

太夫人還在的時候，二管家自然要敬著花嬤嬤，但太夫人早就沒了，花嬤嬤就成了府裡吃閒飯的。二管家和文二老爺一條心，把寒山鎮文家的東西都當成自己這房的，因此不僅對著大房沒有好臉色，對花嬤嬤這樣的更是半點尊重都沒有。

花嬤嬤並不和他計較，拍了拍顧茵的手背，示意她繞過二管家走。

可兩人往左，那背對著她們的二管家也往左；她們往右，二管家也往右。

花嬤嬤眉間染上一絲慍色。

顧茵倒是不生氣，笑著喚道：「二管家！」她聲音清脆，脆生生的一句下去，被風一吹，傳出去好遠。

「喊我幹啥?!」二管家不高興地轉過身。「怎麼又是妳？」

「是呀！託二管家的福，之前來見工見上了，往後還要多麻煩二管家提攜照顧！」

二管家被她一迭連聲的「二」字喊得頭皮發麻。「我姓張，妳喚我張管家即可！」說著他又裝模作樣的，像是才看到花嬤嬤一般，退開兩步招呼道：「花嬤嬤怎麼出來了？我這正忙著指使人幹活呢，沒見到您老人家。」

花嬤嬤這把年紀了，也懶得同他計較這種小事，微微點頭算是打過招呼。

二管家又指著家丁罵道：「門前什麼阿貓阿狗都來！都仔細給我把雪掃乾淨了，要是把花嬤嬤這樣老眼昏花的老人家摔出個好歹來，我讓你們吃不了兜著走！」

得，這是又故意刺人呢！「二管家自己也小心些，我雖只來過兩次，但每次您好像都察覺不到有人靠近，反應不怎麼快的模樣呢！小心別摔出個好歹來啊！」

「我、姓、張！」二管家咬牙切齒，偏顧茵是給老太爺做飯的人，又不是府裡的下人，他也不能管教。

顧茵笑笑不接話，跟上花嬤嬤的腳步。

兩人還沒繞過影壁，就聽後頭撲通一聲，那二管家真就摔了個大馬趴，臉著地、整個人呈大字型趴在了地上！

饒是花嬤嬤這樣禁得住事的，都忍不住笑出聲。「小娘子怎麼知道他會摔？」

顧茵小聲道：「我哪有那未卜先知的本事？就是看他大雪天還穿著軟緞鞋，那底兒薄薄一層，隨口說的。」

兩人說著話過了垂花門，穿過抄手遊廊，到了文家的大廚房。

這大廚房沒有望月樓的後廚規模大，一共有五個大灶臺，旁邊一排小泥爐。各色食材都稍顯淩亂地放在中間案臺上。不過到底是比顧茵自家的小灶房好多了。

廚房此時已經來了人，一個胖得像發麵饅頭的中年男人，是府裡本來的大廚徐廚子，負責給家裡的幾個主子做飯；還有兩個十四、五歲的小幫廚，是徐廚子的徒弟，日常負責給家裡其他下人做飯。

顧茵和他們打過招呼，徐廚子坐在靠背竹椅上慢吞吞地掀了掀眼皮看她一眼，雖沒說什麼，但神色已經帶出了輕慢。那兩個小幫廚看他們師父這樣，自然也沒有和她搭話。

顧茵並不在意，脫了大棉袍放到一邊，一面洗手一面問花嬤嬤。「老太爺今日可起身了？有沒有說想吃什麼？」

花嬤嬤就道：「最近天氣不好，老太爺晨間睡得沈，估計還沒有起身。老太爺晨間愛吃麵，至於想吃什麼口味的，就不知道了。」老太爺最近挑食得厲害，花嬤嬤自然不敢打包票說老太爺想吃什麼口味。說完她又安慰道：「不過老太爺既然請了小娘子過來，肯定是十分滿意小娘子的手藝，妳隨便做一些就成。」

顧茵轉頭看到桌上有一塊牛肉，這在後世隨時能吃到的東西，在這個時候可是比桌上其他洞子貨（注）還稀罕的。殺牛犯法，除非是暴斃或者生了病的牛，才能合法地殺了，因此牛肉供不應求，也就文家這樣的大戶人家才能買到這麼新鮮的牛肉。

花嬤嬤隨著她的視線看去，說道：「老太爺年輕時倒是很喜歡牛肉，後頭牙口不好，就吃得少了。」

顧茵點點頭，又問老太爺的忌口。看著外頭陰沈的天，她準備做清湯拉麵和油潑麵。

她先找了個大盆和麵，隨後用擀麵杖把麵團擀成大麵餅，用刀把麵餅切成三指寬的長條，接著再橫向用刀，把長條切成一個個小方塊，在盤子裡刷上食用油，把方塊放進去後，再刷油，用布蓋上，放到一旁醒麵。

醒麵的一刻鐘裡，顧茵切下一小塊牛肉，煮了一大鍋牛肉湯。

等到麵醒完，顧茵在案臺上撒了一把麵粉開始拉麵。只見那麵條在她手裡抖動著摔在案板上一分為二，又二分為四……越分越多，也越來越細，最後終於成了細若髮絲的模樣。而剩下的一半麵，顧茵用筷子兩頭一架一抖，便成了寬寬的麵皮。

這時候，徐廚子都不禁坐直了身子。

他先前是想著老太爺吃不下他做的飯，也吃不下其他名家做的飯，顯然原因並不在他們的廚藝，而是在老太爺自己，因此現在招來這麼個小娘子，估計也做不長久。但此時看到顧茵這一手工夫，他才知道自己想錯了，這顯然是有真功夫的啊！

拉麵和寬麵各自下鍋後，顧茵在鍋裡放了一些鹽，撈出牛肉，用刀子把牛肉切成薄如蟬翼的片狀，放回鍋裡再接著煮。

轉頭看到花嬤嬤還陪著自己，顧茵心中感激，便問：「嬤嬤要不要也吃一些？」

注：洞子貨，指冬天在暖房培植的花草或是蔬菜。蔬菜主要是黃瓜、扁豆、茄子等夏菜。

她只用了麵粉，而文家上下頓頓都是吃精細糧，花嬤嬤自覺並不算僭越，所以點頭道：「小娘子先給老太爺用，剩下的咱們分著吃就行。」

顧茵笑著應好，同時切黃瓜絲、拍蒜末，放到大碗裡，放入熟芝麻和一小撮辣椒粉。

等到拉麵出鍋，顧茵盛出來，加一勺噴香的牛肉湯、幾片牛肉，再撒上一把蔥花，便是一碗清湯拉麵。

油潑麵也簡單，顧茵把瀝乾的寬麵盛入調好的配料碗裡，再淋上熱油，只聽「刺啦」一聲，那香味四溢，簡直要把人的饞蟲勾出來。

兩樣東西做完，外頭天色也大亮，伺候文老太爺的小廝來提食盒了。

文老太爺已經起了，正在院子裡耍五禽戲，還沒看到提食盒的小廝，倒是先聞到了味兒。「這是又做什麼了？」

小廝回道：「是做了兩種麵條，小的看著挺新奇的，您嚐嚐？」

文老太爺進了屋，讓他把吃食擺開來。一碗拉麵清清爽爽，清澈的湯底，配上纖細的麵條、碧綠的蔥花，讓人看著十分有食慾；另一碗油潑麵，紅彤彤的麵湯，浸透了辣油的寬麵和黃瓜絲，讓人聞著就忍不住流口水。

一份清淡，一份油辣，顯然不管他想吃什麼口味，都能照顧到。

文老太爺先嚐了湯麵，麵湯清淡，卻又不是淡而無味，滿滿都是牛肉的香氣。那麵條看似纖細，卻十分勁道，薄如蟬翼的牛肉沒有經過複雜的加工，保留了本來的味道，且順著牛肉的紋理切得極好，入口即化。不知不覺，文老太爺就吃下了半碗拉麵，身上的熱汗一發，舒服得不行。聞著另一碗油潑麵也香得緊，他正想著也嚐嚐，文大老爺過來請安了。

回寒山鎮之後，文老太爺就免了兒孫們在京中的禮數，文大老爺這番過來，還是因為關心老父親的胃口。看到老太爺已經吃起來，文大老爺面上一鬆，自然地拿起桌上的另一雙筷子，嚐起了油潑麵。

「好辣！」文大老爺嘶嘶呼著氣，卻又吃得停不下來，沒多大會兒就吃完了一整碗。

父子倆都一臉饜足地放了筷子。

老太爺突然一拍腦袋。「不對啊，我不是請了個熬粥的小廚娘嗎？怎麼給我送麵條來？那丫頭人呢？別是廚下的人欺負她初來乍到，不讓她給我做吃食吧？」

顧茵熬粥的手藝毋庸置疑，以她這個年紀會這一門就很不容易了，老太爺怎麼也沒想到她竟是白案全部精通。

小廝去取食盒的時候兩碗麵都裝好了，他當下也取了東西就走，並不知道老太爺說的什麼廚娘，但這府裡的下人大多都是從前二房的人，怎樣的作派不必多說。

於是老太爺親自去了大廚房，路上已經在想著要如何幫顧茵發落那欺負她的下人。

此時顧茵正在教徐廚子拉拉麵。

徐廚子紅案、白案都會做，但並沒有師承，是四處跟著人當學徒，東拼西湊來的手藝，沒有特別精通的，看到顧茵拉拉麵，他又好奇、又不好意思上前看，最後實在憋不住了，才紅著一張胖胖的臉上前請教。

顧茵之前雖然被他擺了臉色，但對著同好之人總是會寬容一些的。她也沒有時人那種非要把手藝傳給自家人的刻板想法，而且文家就這一個大廚房，一日三餐都要在這裡做，手藝想藏也藏不住，不若做個順水人情，就又給他示範著拉了一次。

徐廚子也跟著上手，縱然有著多年下廚的經驗，他第一次拉出來的麵還是不盡如人意，粗細不一，還有斷開的。顧茵又指點了他幾句，他聽得連連點頭，記下之後卻不能再試——白麵這種東西，他們頓頓能吃上就是主家寬厚了，一直拿來練手就說不過去了。

拉壞了的麵不能浪費，徐大廚煮好之後先給顧茵一碗，再給自己盛了一大碗，剩下的則是給兩個小徒弟吃，花嬤嬤吃的還是顧茵之前做的拉麵。

花嬤嬤本是怕顧茵被徐廚子欺負了去才多留了會兒，後頭看他們相處融洽，她便告辭離開了。

文老太爺到大廚房的時候，看到的便是顧茵正坐在廚房裡唯一的一把竹椅上，徐廚子和兩個小徒弟則端著大碗在她身邊蹲成一圈。

徐廚子肉山一樣的身板擋在顧茵面前，正悄悄拿著公筷要往她碗裡扒拉牛肉。

「這不好吧？」顧茵端著自己的碗躲開，壓著嗓子猶豫道：「有白麵吃就很好了，吃肉就有點……」

徐廚子也跟著壓低聲音。「沒啥不好的，小師傅放心吃。東家們萬年不會來廚房，這一口半口的肉難道還能和咱們計較？都要不吃，我能長這麼胖？」

顧茵還要推辭，抬眼的時候看到了站在門口的文老太爺。

文老太爺背著手，要笑不笑地道：「徐廚子，敢情你這身肉是這麼長出來的？」

徐廚子嚇得一屁股坐在了地上，臉上的胖肉都跟著顫了顫，立即就想請罪求饒，讓老太爺別把他辭了，這寒山鎮上可再沒有文家這樣既寬厚、又有錢的東家了！

文老太爺卻並不看他，對著顧茵昂了昂下巴。「妳跟我來。」

徐廚子坐在地上呼出一大口氣，一臉悲壯地目送顧茵起身，就差把「一路走好」四個字寫到臉上。

顧茵心道：不至於，真不至於！

文老太爺帶著顧茵去了書房，坐於上首，朝著下方的椅子努了努嘴。

顧茵福身道了謝後坐下，兩人隔著桌子說起了話。

「前兒個的事，妳應該不會見怪吧？」文老太爺邊說邊打量顧茵的神情。他請顧茵，自然還是為了報答之前的事，但升米恩、斗米仇的事從古至今都屢見不鮮，顧茵若是流露出挾恩求報、對現狀很不滿意的意思，文老太爺自然不會留這樣的人在身邊，花點銀錢把人打發了就是。

顧茵神態坦蕩地說：「本就是誤會一場，沒有什麼見怪不見怪的，還要謝謝您給我這個機會。」

當天趕人的是受了氣無從發洩的文二老爺，和老太爺沒關係。且因為耽擱了那一日，她和王氏才能合力逮住了心心念念的小崽子。如今工作有了，小崽子也抓到了，套用她以前在網上看到過的那句話——一切都是最好的安排。

至於文老太爺擔心的挾恩求報，顧茵壓根兒沒覺得當天的事有什麼值得報答的，畢竟要不是王氏和許氏把老爺子從戲臺上架下來，還同他吵了嘴，老太爺未必就會暈過去。人家不找補回來，還給了她工作機會，便已經是大人有大量了。

文老太爺摸著下巴上的一撮山羊鬍，點頭道：「不錯。」

顧茵也不知道老太爺「不錯」的點在哪裡，但眼前這個小老頭現在是自己的頂頭上司，她就也回以微笑。

小廝呈上來兩盞熱茶，老太爺抿過一口後，接著道：「我本還擔心廚房那徐廚子欺負妳，沒承想剛去一瞧，他居然和平時換了副面孔，小丫頭還挺厲害的。」

顧茵忙道不敢。「沒什麼厲害的，只是徐廚子向我請教了拉麵的方法，我指點了他兩句。」

老話常說「荒年餓不死手藝人」，足以見得手藝的珍貴。時人都忌諱教會徒弟就沒有師父，像徐廚子那樣沒有師承、沒遇到正經師父的，學到中年也無所成才是常態。

「妳直接指點旁人，不怕妳師父不高興？」

顧茵想到了自己的爺爺。他們顧家祖上並不顯赫，不像後來的其他廚藝之家，開口就是祖上做過御廚的，他們家上數十幾輩，那都是普通人，也是靠著天南海北地給人當學徒，才積累下來各種食譜。

她爺爺身體還好的時候就很願意帶徒弟，不管資質如何，只要想學，他就願意教。但是現代的工作機會太多了，廚子的收入說低不低，說高也不高，絕大部分人學著學著就嫌辛苦轉行，或者學沒多久覺得夠自己謀生了，便不願意再鑽研了，以至於她爺爺教了半輩子徒弟，真正留到最後的只有自己的兒子和孫女。

那時候顧茵不懂，問他盡心盡力教了半輩子，也不收人學費，到底圖啥？她爺爺說，一門手藝若是只在自己家裡傳承，怎麼可能發揚光大呢？況且若是咱們祖輩遇到的都是些教得不盡心的師父，又哪有咱家現在的傳承，有咱家現在的日子呢？

想到豁達了一輩子的爺爺，顧茵十分肯定地道：「不會。」

文老太爺立即從太師椅上跳下來，指著她笑道：「好呀妳這丫頭，上次我問妳師承，妳還反問我熬粥還要跟人學嗎？妳果然是騙我的！」

顧茵也沒想到文老太爺兜了個大圈子，其實是在打探這個！「嗯……我也不算說謊，我確實有人指點過，但更多的還是從食譜上學的。」

上輩子她正式開始學廚的時候，爺爺年紀已經大了，每天能指點她已經很不容易，並不能像一般人帶徒弟那樣手把手地教，更多的還是顧茵自己看家傳的食譜摸索。

老太爺說妳就吹吧。「真要像妳這般說，這天下只要認字的，照著食譜練練都能練出好手藝了！」

顧茵並不和他辯駁，只認真道：「這次真沒有誆騙您。」

文老太爺就犯起了倔來。他書房裡藏書頗豐，連各家食譜都有收藏，他當即抽出一本，隨手一翻，指給顧茵看道：「那妳照著這個做做看。」

顧茵定睛一看，只見那食譜上寫著：百果蜜糕，以粉糯，多松仁、胡桃，而不放橙丁者為妙。其甜處非蜜非糖，可暫可久。

顧茵雖然沒做過這個，但眼前寥寥幾字，已經把用料寫得很是清楚明白，所以她點頭道：「好，那我試一試。」

文老太爺看得稀奇，當下就跟著她又去了大廚房。

大廚房裡，徐廚子正苦著臉和兩個小徒弟說話。

小徒弟看他一張胖臉都糾結地皺了起來，其中一個就出聲勸道：「師父跟隨二老爺多年了，到底也有些情分在，真怕被老太爺發落，不若去求求二老爺？」

另一個也道：「就是。師父別擔心，在廚房上工的，哪有不吃好喝好的？自己不吃好喝好，怎麼給東家做出美味的食物來？」

徐廚子一人敲了他們一個栗暴。「你們懂個屁！我這不是擔心自己，是擔心小師傅呢！你們倆是運氣好，遇到了我，啥都願意教給你們。我這把年紀就沒遇到過小師傅這樣願意教外人的，多好的人啊！要是我小個二十歲，我都願意磕頭敬茶認她當師父了！這麼好的人，就被這麼給辭了……我心裡難受不行嗎？」

正說著話，顧茵回來了。

徐廚子趕緊上前問：「小師傅怎樣？老太爺怎麼說？是不是不讓妳幹了？」

顧茵抿唇。「沒事，老太爺沒有為難我。」

徐廚子剛要呼出一口長氣，就看到了跟顧茵一道前來的文老太爺。

顧茵去找廚房裡的糯米粉了，老太爺還是一眼都沒看他，只跟著顧茵。

徐廚子心道：老太爺都盯梢盯到廚房來了，這還叫沒事嗎？這是當過兩任帝師、三朝重臣的老太爺啊！聽說皇帝在他面前被他瞪一眼都要矮上半截呢，被他這樣的人物盯著，這還不算為難人嗎？

顧茵找到了糯米粉，又問徐廚子要乾果。乾果這種東西尋常人家不一定常備，但文家這樣的大戶人家卻是有的，加之馬上就要過年了，這些東西用來招待客人就很不錯。核桃、松仁、花生、芝麻一應具有，顧茵還找到了一盒的葡萄乾，便開始動手做起來了。

她先把糯米粉和普通米粉按比例混合，再加水和成麵團，用細布一裹，上蒸籠開蒸。

然後在蒸糯米的一刻多鐘裡，顧茵用刀背砸核桃，砸出核桃仁再用熱水去衣，放入油鍋炸酥，隨後把芝麻放入鍋中炒香。

松仁和花生仁切碎，並核桃碎、黑芝麻、葡萄乾拌在一起便是餡料。

後頭米糰出鍋，加入少許白糖和勻，再把各色乾果碎揉搓到麵團裡，最後搓成長條，切成小方塊，放入糕點模具輕壓，一壓就是一個花朵形狀的小糕點。

做好的百果蜜糕呈到了文老太爺面前。

文老太爺看她一套熟練得不能再熟練的動作已經覺得驚訝，嚐過一口更是面帶震驚地道：「綿軟可口，糯而不黏。各色乾果香氣撲鼻，互不相影響，卻又渾然天成！」

顧茵也跟著嚐了一塊。「確實不錯。也多虧老太爺食譜上說的明白，加上這百果蜜糕並不複雜。我剛做的時候還在想，既然這百果能做蜜糕，想來做成百果松糕也不錯。」

文老太爺又站起來說不行。「妳再跟我來。」

顧茵又跟著他去書房，文老太爺又翻出其他食譜，點了牛乳茯苓糕、水晶鮮奶凍、蓮子蓉方脯三樣。

這幾樣糕點的步驟更加複雜，所需的時間頗長，因此老太爺就沒跟著了。

顧茵再回到大廚房的時候就看到徐廚子盯著蜜糕出神，想吃又不敢吃的模樣。顧茵不禁彎了彎唇，道：「剛才只是試做，老太爺也已經用過，讓我做別的了。這剩下的放著也是放著，徐廚子能不能幫忙嚐嚐味？」

徐廚子聞言便伸出手，先自己吃過兩塊，又讓小徒弟們把剩下的分了。嚐過之後，徐廚子感嘆道：「小師傅又會做拉麵，又會做寬麵，這兩種雖然都是麵食，但做法和口味都截然不同，顯然是兩種地方的吃食，現在怎麼還會做這個糕點？這糕點我吃著應該是江南那邊的口味吧？想不到小師傅小小年紀，會的竟這樣多。」

這個時代訊息通信不發達，能掌握一個地方的菜系就很了不得了，要是各地的菜都會做，那幾乎是不可能的。

「也不是，這糕點是老太爺剛剛給我看的食譜，我照著現做的，之前並沒有做過。」

徐廚子愣然，愣了半晌才道：「照著食譜……現做？」

顧茵已經在做其他三道糕點了，但有人說話解悶也不錯，便先把食譜上那句話複述了一遍，又道：「您聽著也很簡單是不是？」

徐廚子道：「簡單是簡單，但是如果我第一眼看到這幾個字，可能想不出怎麼做。」

「糯米粉做點心，中火蒸一刻多鐘口感最好是不是？」

「是！」

「核桃得去衣，芝麻得炒香，炒好之後和花生碎、松仁碎拌在一起，就是餡料是不是？」

「是！」

「非蜜非糖，又不能放橙丁，那就少放糖，用葡萄乾代替是不是？」

「是！」

顧茵歪了歪頭，道：「皮有了、餡料有了，放在一起揉一揉，模子壓一壓不就成了？你不是也會嗎？」

是……是個屁啦！都這樣，那天下廚子只要會認字，然後淘兩本食譜就能當大師傅啦！徐廚子久久沒能回過神來，後頭看顧茵做別的，打聽了一句，他也幫著打下手。

三道點心的步驟略微繁瑣，一直忙到午飯點，才依次做成。

顧茵將點心呈到文老太爺面前，這次嚐過之後，老太爺是不得不相信這世上還真有這種人——你給她二、三十個字的做法和配料，她就能做出差不離的東西來！

兩人分著吃過，顧茵的舌頭比老太爺還刁，吃完還反省道：「這個鮮奶凍有股奶腥氣，下回試著再放些茶葉吧？」

文老太爺隨意地點點頭，心思其實已經不在吃食上了。午飯過後他沒睡覺，而是把顧茵留在書房，要教她讀書。

顧茵目瞪口呆。

文老太爺振振有詞道：「妳天資聰穎，能舉一反三，只鑽研廚藝未免太過可惜！來，妳看看這本《論語》。」

在顧茵幾次三番表示「我不行，我真的不行」之後，文老太爺仍硬是逼她讀了半下午的書。

顧茵上輩子上學那會兒，語文成績就是平均分數中下的水平，繁體字雖然勉強都認識，但是這書是從右往左的豎版，沒有句讀的！這讀起來都費勁了，還讓她舉一反三，她能反出東西來才有鬼！

當然，歸功於多年的義務教育，顧茵對論語還是有些了解的，但這點了解在文老太爺這樣的老學究面前，那自然什麼都算不上。

最後兩人都是一頭汗，顧茵是看豎版書看的，文老太爺則是無奈的——怎麼有人在廚藝方面能一點就透、無師自通，在《四書五經》的正道上就像個傻子呢？

黃昏時分，文老太爺看顧茵累得不得了，就讓她提前放工，還讓人把剩下的那些糕點裝進食盒，讓她帶了回去。

顧茵提著食盒，腳步虛浮地回了緇衣巷。

王氏沒想到她這會兒就回來了，正在院子裡收衣裳，看到她一臉虛脫的模樣，趕緊把衣裳搭回架子上，一手接過她的食盒，一手攙著她進了堂屋。

王氏去灶房倒了熱水出來，心疼地道：「我說怎麼給十兩的工錢，敢情是累人的活計！瞧妳這小臉慘白的，是不是累壞了？」

顧茵喝了一碗熱水，又捏了捏發痛的眉心，道：「其實也不是累，一開始還挺輕鬆的。」她本來就愛研究食譜，老爺子給的食譜她沒見過，新鮮得不行。而且一個上午只做了四道糕點，中間等待糕點出鍋的時候，徐廚子都把自己的靠背椅讓給她坐，怎麼也比在家裡做生意時一做就是上百個包子輕鬆。

「不累妳臉色會差成這樣？」

這個三言兩語解釋不清，顧茵掃了一眼屋內，沒見到小孩，忙詢問王氏。「那孩子呢？白天沒鬧騰吧？」

王氏一擺手說沒有。「小孩可好帶了！」

正說著話，武安和小孩一起回家了。

小孩穿上了早前王氏給他縫的棉袍子，蹬上了葛大嬸送過來的小棉鞋，雖然看著還是瘦瘦小小的，但神氣活現，滿臉是笑；武安看起來就沒那麼好了，一張小臉憋得通紅，氣喘吁吁、滿頭大汗，活像是在外跑了一大圈。

武安這孩子性格文靜，顧茵從沒看過他玩成這麼狼狽的模樣，遂好笑地道：「大冷天的怎麼出這樣多的汗？快擦擦，小心別著了涼。」

小孩見了她就要往她身上撲，他一動，小武安也跟著動。

顧茵這才注意到兩個小傢伙的手被一根半公尺長的繩子繫在一起。她終於明白王氏說的「小孩可好帶」是什麼意思了，因為根本不是她在帶，是小武安在帶啊！

王氏被顧茵看得心虛，解釋道：「上午他醒來不見妳就鬧騰了一下，我照著妳說的和他解釋了好一會兒，他雖然沒再到處找妳，但就是要出門。我也不敢放他一個人出去，又不能一直關著他，正好想起來昨晚妳把自己的手和小崽子的手繫在一起，我就有樣學樣，找了條繩子把他倆繫一起了。」

得，合著源頭還在顧茵自己身上。

王氏說著，又把兒子扒拉到跟前，替他擦汗道：「不是讓你帶著他嗎？這是上哪兒瘋去了？」

小武安氣都快喘不上來了，踮著腳，捧著桌上的水碗咕咚咕咚地喝了一大口水，才開口道：「去了好多地方，碼頭、市集、大酒樓……整個鎮子都逛一遍了。還好我和他說天黑嫂嫂要回家了，他才終於肯和我回來。」

王氏聽得直咂舌。「這小崽子也太能跑了！行了，你也別抱怨，跑兩步怎樣？你平時就是不愛動，換季的時候老生病，多動動對你好。」

小武安雖然累，但其實還挺高興的。

從前家裡雖然有娘、有嫂嫂，但她們都有自己的事，他從小就幫著做家事，很少出去玩。也因為長得比一般人瘦小，不會爬樹、掏鳥蛋，村裡的其他孩子都不愛和他玩。

可今天這個新來的小孩帶著他，他才知道原來有人陪著一起玩是這麼高興的事情，他們去碼頭追小鳥、去市集上趕集，還在酒樓後巷坐在小窩棚裡休息……總之就是很讓人高興的一天。

顧茵為他們解開了繩子，又打開食盒讓他們吃糕點。

小武安很自覺地拉起小孩的手，帶他去灶房水缸邊上洗手。

小孩還是有些害怕王氏，但是可能因為和小武安綁在一起一下午，從前又從他手裡吃過豬油渣，已經和他親近起來了。

兩個小人兒坐在一根條凳上，肩膀挨著肩膀，各捧著一塊小點心，饜足地吃著。

顧茵和王氏見了，都不由得笑彎了眼睛。

沒多會兒就到了用夕食的時間，但兩個小孩吃夠了糕點已吃不下了，顧茵也沒什麼胃口，王氏就煮了兩碗素麵，和顧茵一人一碗，算是吃過。

入夜後，王氏燒了一鍋熱水，讓身上流汗流得能搓出膩子的兩個孩子洗澡。

小武安紅著臉，提著褲子，不許他娘幫著洗；小孩也有樣學樣，死死捂著自己的褲子。王氏就守在門外，聽著他們在裡頭又叫又笑地撲騰水花，笑罵一句「兩個小兔崽子」，轉頭去尋顧茵。

顧茵已經洗漱過，正在屋裡泡腳，睏得眼皮都睜不開了，等她回過神來的時候，王氏已經拿布巾把她的腳擦了，拿出凍瘡膏給她塗上。

「累就說，別藏著掖著。」王氏鮮少有這麼認真的時候。「到底是什麼活計，能把妳累成這樣？難不成是讓妳一個人做幾百個人的飯食？」

看她擔心起來，顧茵便也不瞞著，先說了雇她的東家是文老太爺，又道：「老太爺很和氣，完全沒計較前頭的事，後頭他讓我照著食譜做吃食，我一上午總共只做了四樣點心。廚房裡原本的徐廚子人也很和氣，把靠背椅讓給我坐，所以一上午真不累，就是下午晌……」

「下午晌怎麼了？」

顧茵又想起被豎版繁體字支配的恐懼，頭疼地道：「下午晌老太爺非說我聰明，讓我讀書。乖乖，讀半下午的書竟比包兩百個包子還累人呢！」

聽完來龍去脈，王氏面上一鬆，笑道：「當初青意也這麼說，寧願種地打獵，也比讀書輕鬆。那會兒我想著他束脩那麼貴，只他一個人學也太浪費了，就讓他下學的時候在家教妳，當時妳也是這副天塌了的模樣。」

顧茵無奈地捏了捏眉心。

王氏看她是真的不太舒服的樣子，又試探道：「那不然還是……」

正說著話，兩個孩子洗完澡，帶著水氣進來了。

小孩一陣風似地颳上床，鑽進被窩，在被窩裡一陣蠕動，從床尾蠕動到床頭，探出個毛茸茸的小腦袋，又用眼神焦急地看著顧茵，讓她快點上床去。

小武安站在床前看看小孩，又看看顧茵，絞著手指道：「我今天……」

王氏一把將他抱起來。「你今天個啥啊今天！昨晚上尿炕，天不亮就讓你嫂子起床洗床褥，你給我回屋睡去！」

小武安的臉頓時就垮了。

顧茵看得好笑。「娘，算了，兩個睡一起正好，要是分開來尿了還得洗兩床呢！」

王氏一想也是，這天氣床褥可不容易乾，再尿兩床，家裡可就沒有了。「你們倆睡前不許喝水了，再出去尿一次。」

小武安頓時笑開來，對著小孩揮揮手，兩人一起去了茅房，回來後又躺到了一處，而且不等王氏說，小武安就催著她把繩子拿出來，把他們倆的手繫在一起。

沒多會兒，兩人都打起了小呼嚕。

王氏看得好笑，又給小孩上了一遍藥膏，但沒忘了之前說到一半的話，壓低聲音道：「甭管是做飯的累，還是讀書的累，真要是累了，咱們就不做了。過年還有別的活計嘛，到時候妳在家帶兩個孩子，我出去給人縫補漿洗也能掙一些。」

顧茵點頭說娘放心，又道：「文老太爺知道我不是讀書的料，明天肯定不會像今天這樣了，這活計省心得很。」

第二天顧茵到文家廚房的時候，徐廚子正在門口張望。見到她來，徐廚子就殷勤地道：「小師傅來的正好，我特地給您留的剛出鍋的豆腐皮包子，涼了可就不好吃了！」前一天徐廚子在顧茵手裡學了拉麵，後頭顧茵做點心的時候也沒對他藏著掖著，兩人很能說上話，已然熟悉熱絡起來。

顧茵一邊脫棉袍子，一面無語地看著他。昨兒個的事雖然老太爺沒和他計較，但是若一直不收斂，終歸是說不過去的。

徐廚子察覺到她的眼神，立刻解釋道：「不是我自個兒做的，是二太太點的。這剛做好，她就遣人來說不要了，換了清粥小菜！其他東家主子們都已經叫過別的早點了，所以……嘿嘿。」

「徐廚子果然是伶俐人，是我想太多了。」

說完話，徐廚子把一疊豆腐皮包子放到了顧茵面前。

包子還冒著熱氣，一口咬下去，是香菇碎、蝦米碎、豆腐碎和豬肉粉條等各種食材混在一起、有些雜亂的口感。如果以顧茵的標準來判斷，這只能算得上一般，並稱不上可口。

但這是徐廚子特地留給她的，顧茵還是把一小碟包子都吃完了。

前一天文老太爺說今天起身後他再想早上吃什麼，讓顧茵來文家後等著他的話再做。眼下老太爺的小廝沒過來，顧茵一時間也沒什麼事，便詢問徐廚子要不要幫忙。

徐廚子一個人同時做三份吃食，擺手道：「不用，二老爺不在府裡，二太太已經叫過了。大老爺和大太太吃的都簡單，三位少爺裡只有大少爺起得早，其他兩位少爺一般都不用朝食，所以我做完這三份，上午就沒事了。至於我兩個小徒弟，做的是下人的吃食，就更不煩勞小師傅動手了。」

別看徐廚子沒有特別精通的，但是他有一點厲害，就是動作快！顧茵自詡自己動作不慢，卻也不能一心幾用，徐廚子就可以，三份朝食前後沒差多少工夫他就做完了。

顧茵忍不住誇讚了一句。

徐廚子有些不好意思地道：「小師傅誇得我慚愧，我昨兒個算是看出來了，您才是天生吃這碗飯的人！我嘛……就是手比別人快一點。」這也是四處給人當學徒練出來的，手腳慢了不只要挨罵，可能還要挨打。也正是因為這點，廚藝並不算特別高超的徐廚子坐穩了文家大廚的位置——他一個人能幹三個人的活啊！文二老爺鐵公雞成精，衝著這點就願意一直聘用他，對他在廚房裡吃點東西的事也是睜一隻眼、閉一隻眼的。

見徐廚子忙完了，外頭天色還沒大亮，顧茵起身把靠背椅讓給他坐，他卻讓顧茵安心坐著，自己拿了個新的小板凳坐在她旁邊。那板凳就豆腐乾大小，徐廚子胖胖的身子往上一坐，頓時把板凳遮了個嚴嚴實實，遠遠看去像他在半蹲著扎馬步一般。

但他自己也不覺得辛苦，壓低聲音問顧茵。「平時這會兒老太爺肯定起了，到現在還不叫朝食，是不是……」是不是憋著勁兒要為難您呢？

後半句徐廚子沒說，顧茵卻能意會，她彎唇笑道：「沒事，反正只要老太爺不逼著我讀書，便是尋更冷僻一些的食譜讓我照著做，我也不怕。」

「那是！您是這個！」徐廚子說著就比了個大拇哥，已經對顧茵心服口服。「不瞞小師傅，我要是有您這份本事，當初也不用給人鞍前馬後當幾十年學徒。」

當學徒的日子可不好受，挨罵挨打是家常便飯不算，還要在廚房當免費小工，服侍大師傅的日常起居，什麼跑腿啊、砌牆啊、打掃環境，甚至給大師傅倒夜壺，就沒有徐廚子沒做過的！所以他才格外敬著顧茵這樣啥也不圖就願意指點旁人的。

正說著話，文老太爺親自過來了，兩人立即站起身。

老太爺眼睛發亮，看見顧茵就興致勃勃道：「書上寫的妳一看就會，其他白案上的東西妳肯定也都會。不然這樣吧，妳今天做點書上沒有的、我也沒聽說過的東西出來吧！」

顧茵愣了一下，說好的很讓人省心呢？

徐廚子更是驚得瞠目結舌。乖乖！這得是老太爺，能這樣翻著花樣、變著法子折騰人！

顧茵回過神來卻並不驚慌惱怒。「行啊，那我給您做幾樣。」開玩笑，身為一個現代人，整出幾樣古人不知道的食物還不簡單嗎？

顧茵說想要茶葉，徐廚子當即去翻廚房裡的櫃子，但是這東西用得少，最多也就是清明煮蛋的時候拿出來用一用，平時都讓徐廚子沖茶喝了，找了半天，只找出一小袋粗茶葉末，徐廚子臊得滿臉通紅，說讓小徒弟出去採買。

文老太爺等不及了，說他去找，說著就回了自己書房，不過翻來翻去，他也只找到了去歲的茶葉——雖然很好，但那是幾個月前從京城帶過來的，一路上輾轉保存到眼下，已經走了味。也是老太爺平時不注重享受，所以一直還喝著。

要說家裡誰那裡肯定有新茶，不用說，自然是對別人孤寒、對自己大方的文二老爺。

文二老爺有個書房，也在前院，於是老太爺拿了鑰匙，自己就去了二兒子的書房，找出了一罐香味撲鼻的新茶。

老太爺去找茶葉的時候，顧茵在大廚房裡找到了紅糖和紅薯粉。

她先把紅糖加水煮沸，倒入紅薯粉，邊倒邊攪，等到不燙手的時候就把糊糊倒出來，揉成光滑的麵團，揉至表面光滑後再搓成長條、切成小粒，然後搓成圓球。

後頭有了茶葉，顧茵把茶葉倒進鍋裡和白糖一起翻炒，待到把糖炒成糖稀，茶葉也變成了焦黃色，便倒入開水攪拌，接著加入牛乳，煮開後把茶葉撈出。

奶茶倒出，放入紅薯丸子，一杯簡單的珍珠奶茶就做好了。

昨兒個吃到了那奶凍有股奶腥氣，顧茵想著是這時候牛乳的加工方式和現代不同，就已經想嘗試看看加入茶葉能不能把這腥氣去掉，眼下正好實驗一把。

熱騰騰的奶茶端到手中，牛乳新鮮，茶葉更是一聞就知道是特別好的茶葉，奶香混合著茶香，既香且濃，不知道比後世沖調出來的香多少倍！

顧茵先呈給老太爺，老太爺讓他們都嚐嚐，廚房裡人人有份。

徐廚子也分到一大碗，他嗜甜，吃得格外香，先咕咚咕咚幾大口把奶茶喝乾淨，再把碗底的紅薯丸子一起撥到嘴裡，大口大口咀嚼著，吃的那叫一個香！

喝到久違的奶茶，顧茵也舒服地瞇起了眼，心裡嘀咕道：可惜沒有木薯粉，這紅薯粉做的珍珠還是有些不同。但是真的好喝啊！

文老太爺小口小口品著，等到顧茵和徐廚子都吃完了，老太爺才開口道：「這不算！這個牛乳茶我聽說過，關外游牧民族就這麼吃的。」

顧茵還未說話，徐廚子就小聲嘟囔道：「關外的牛乳茶我也吃過，和小師傅做的這個不一樣哩！」

反倒是顧茵也不惱，笑咪咪地說：「沒事，那我再做第二樣。」

顧茵說想要鐵籤子、竹籤子、孜然粉、辣椒粉、茴香、五花肉、雞肉等。

這時候孜然、辣椒、茴香之類的香料雖然已經傳入中土，但是本土沒有大規模的種植，所以價格不菲。像顧茵擺攤的時候，為了照顧不同客人的口味，就讓客人可以按口味加醋或者蒜末，辣椒那樣的東西她是供不起的。

文家的一袋子辣椒粉，那還是文二老爺生意場上的朋友送的。

「年頭上的集會有人賣香料，就是價格嘛……」徐廚子說著，就拿小眼睛看文老太爺。文老太爺也大方，當即拿著自己腰間的荷包掂了掂。「徐廚子帶路，咱們這就去買！」

加上文老太爺的小廝，一行四人，當即就出了府去。

走到大門口，又遇到了在門口監工的二管家。

隔老遠，顧茵就開始熱情地喊著「二管家」打招呼。

二管家其實耳聰目明得很，本來聽到府裡有響動，要轉身查看，聽到顧茵這一聲喊，他立即改了主意，先是置若罔聞地擋在路中，又故意對著門口灑掃的家丁罵道：「說了別讓什麼阿貓阿狗都往門口走！都給我把招子放亮一點，別回頭被什麼阿貓阿狗摔倒，訛上了！」

顧茵聽到這話都替他尷尬，好在沒尷尬多久，文老太爺便高高地抬起腿，一腳踹在了二管家的屁股上！二管家還穿著那雙軟緞鞋呢，一下子被踹得踉蹌著滑了出去。
這次他沒摔，但是一邊尖叫著一邊抱著文家門口的大柱子，看起來越發滑稽可笑。
「好妳個小廚娘！」二管家一邊瞪著偷笑不已的家丁，一邊咬牙切齒。
顧茵忍著笑道：「天地良心，可不是我踹你的！」
「那還會是——」二管家偏過頭，看到了黑著臉的文老太爺。他又是驚訝、又是懼怕，還很後悔，只眨眼的功夫，臉色可謂是精彩紛呈。
「不長眼的東西！」文老太爺冷哼一聲，背著雙手走了。
顧茵笑著道：「二管家，我都提醒過你了，可不好這麼不看路的！你看這才兩天，你都摔兩次了，下次可要小心些呀！」而後不等二管家反應，顧茵就步履輕快地跟上了老太爺。
徐廚子引路，一行四人去了鎮上最熱鬧的集會。
文老太爺雖然是寒山鎮人士，但小時候一直在家裡讀書，就沒湊過這種熱鬧，加上他這些年都沒回來過，更是看什麼都既熟悉又陌生。
如徐廚子所說，顧茵要的那些香料確實不便宜，那不是論斤賣，是論兩賣的！
顧茵正仔細算著給文老太爺一個人做串串需多少香料，他老人家已經大手一揮。
「都買！」
顧茵連忙勸道：「香料撒一把，滋味就足夠了，買太多您吃不完啊！」

「誰說我一個人吃了？妳不吃？別人不吃？」老太爺說著話，餘光一掃徐廚子。

徐廚子當即紅著臉道：「我不吃，我真不吃！」

顧茵也是這個意思。前頭糕點、奶茶的，他們能分到一些就是老太爺大方了，香料、肉串這種金貴的東西，他們做工的哪好意思吃？

「小丫頭怎麼想的這般多？」文老太爺十分灑脫地道：「這些俗物生不帶來，死不帶去。」他是真的不差錢，當了幾十年的重臣，雖然沒有貪污受賄，但京官有冰敬、炭敬，那是皇帝都默許的孝敬，再加上高祖賞識，先帝敬重他，逢年過節賞賜不斷。老太爺不貪圖享受，銀錢那些只放在庫房吃灰，仍然過著簡樸的日子，幾十年積累下來，自然身家頗豐。

一通香料就花出去五兩銀子。

後頭看到賣小吃的，文老太爺眼睛裡泛起一點溫暖的光，輕聲道：「我小時候不能出來，每到過年我父親都會從外頭買一些吃食回來，眨眼白駒過隙，我都已經這把年紀了。」

「不若我們買些嚐嚐，看能不能找回您兒時的味道？」

老太爺哼道：「我小時候那是沒吃過好東西，現在難不成還會覺得這街邊小吃好吃？」說著不等顧茵回答，又道：「算了算了，看妳走半早上也累了，咱們找地方坐下歇歇腳。」

說完文老太爺就讓徐廚子和小廝接著去採買顧茵要的東西，還交代他們多買一些，他才和顧茵去了路邊一個麵攤。

顧茵要了一碗陽春麵，老太爺還是說不吃，她向老闆多要了一個小碗，分出小半碗給老太爺。「晨間您只吃了一碗奶茶，還是再吃些墊墊肚子吧。」

老太爺這才肯動筷子。

入冬的時候顧茵想過過年在集上開攤，但打聽過這裡的攤位費後就放棄了。

別看這麵攤小，麵湯卻是老母雞湯吊出來的，麵也是手擀的，很是勁道，一碗麵並不比飯館酒樓的差。

老太爺吃完道：「可圈可點吧，麵條勁道，湯底清澈。雖然能嚐出雞湯味，但是不知道兌了多少水，沒什麼滋味。」

這是自然的，一碗麵只賣幾文錢，要是用濃郁高湯，可不就虧本？顧茵對老闆歉然地笑了笑，好在老闆也很和氣，沒有計較。

付過錢，一老一少兩個人又吃了豌豆黃、酥油糖餅、驢打滾，甚至還吃了兩串糖葫蘆。不過這些都不是顧茵邀請他嚐的，是老太爺以「覺得她想吃」為名，自己買的。

直到再吃不下了，徐廚子和小廝也買完東西回來了，一行人就此回府。

文老太爺是真吃飽了，就說吃食放到下午再做，他回屋歇晌。

顧茵和徐廚子就回了廚房。

徐廚子開始做午飯，顧茵則開始處理食材、穿串串。

等到徐廚子做好了幾份午飯，顧茵已經穿好幾十串了。

徐廚子看這活計簡單，就讓顧茵歇著，他來做。

顧茵是真沒覺得累，她日常做慣了活計的，上午出去逛了會兒街，中午坐著穿會兒串，哪裡就累了？但是架不住徐廚子手是真的快，兩刻鐘不到，就把顧茵準備好的食材都串完了。

下午晌廚房裡閒得很，顧茵坐在院子裡曬了好一會兒太陽，一直到文老太爺午睡醒了，才又動了起來。

炭盆是府裡現成的，架上去幾條長鐵籤子，就是個簡易的燒烤架。

因為煙大，顧茵讓徐廚子幫著把燒烤架挪到了院子裡。

各色串串裝在籃子裡，顧茵詢問後先按老太爺的口味給他烤了十串牛肉和十串羊肉。

那肉烤得滋滋作響，肉油滴在炭火裡衝出的煙氣真是又嗆又香。等到把孜然粉和辣椒粉往上一撒，那更是不得了，香飄十里，凡是聞到就沒有不流口水的！

很快地，老太爺要的肉串烤好了，顧茵又給自己烤了一大把。

文老太爺一開始嫌棄煙塵大，並不肯靠近，後頭擼完了十串，他不嫌棄味道大了，又點了別的幾種串，走近看著顧茵烤。後頭看到徐廚子他們饞得口水都快滴出來了，老太爺就讓他們另外支稜個炭盆，自己動手。

最後連文大老爺並大太太、文琅幾個都聞到味道了，一開始還以為家裡走了水，後頭知道是老太爺在讓人鼓搗吃食，他們就沒管。

但是這味道實在太勾人，文大老爺吃過顧茵做的油潑麵，知道她手藝好，後頭到了用點心的時辰，他實在吃不下那清淡的糕點，按捺不住尋了過來。

大廚房的院子裡，文老太爺已經脫了外褂，摘下皮帽子，只穿著直身錦袍，袖子捲到手腕處，自己開始動手烤了。

顧茵十幾串的串串下肚已經吃飽了，就在旁邊指點老太爺。

文大老爺揉著眼睛，不敢相信眼前這個人是自己素來持重端嚴的老父親。

文老太爺看到他卻很高興，一隻手翻轉著一把串串，一隻手朝他揮道：「老大來的正好，快來嚐嚐我烤的串！」

文大老爺嚥著口水上前，被塞了一把串串。

誰能在空腹的時候抵抗烤串呢？文大老爺也不行！

文大老爺擼完手裡的串後，指著旁邊的辣椒粉道：「父親給我多加些辣！」

文老太爺便又給他烤了一波重辣的，吃得文大老爺嘴都腫了還在誇好吃！

黃昏時分，文家的燒烤攤收攤了。

顧茵和徐廚子一開始只串了不到百串的烤串，最後老太爺烤得盡興，又讓徐廚子臨時趕工再串，也虧得徐廚子手腳快，將將趕上老太爺烤串的速度。

大夥兒都吃不下了，好在府裡人多，就分著送到大房和二房幾個主子手裡。

文老太爺還是沒讓顧茵留下做夕食，說這天黑得早，她小丫頭回家不安全。

顧茵和老太爺道了謝，又聽他道——

「這個烤串加辣椒粉和孜然粉雖然新鮮，但是《詩經》中就有寫到過『有兔斯首，燔之炙之』，《齊民要術》中也有〈炙法篇〉，記載了二十餘種食材的炙法，京城中更有炙鹿肉、炙羊肉等等，所以……」

「所以這也不算書上沒有的對不對？」

文老太爺打著飽嗝點點頭。

顧茵笑咪咪地道：「那我明天再接著想。」

文老太爺又是一笑，讓人把烤好的肉串分出一些裝進食盒，讓顧茵帶回去。

等到老太爺走了，徐廚子忍不住出聲道：「小師傅怎麼還笑？照老太爺這說法，天下間的食物不外乎煎炒烹炸煮燉燜，醃滷醬拌生烤蒸……那二十八種，哪有什麼書上沒有、他老人家又不知道的？您也是忒好性子，老太爺這分明是……」分明是故意為難人嘛！

真不是顧茵忒好性子，而是她看出來了，老太爺不是在為難她，就是和她一起找事做而已啊！

顧茵上輩子的時候就招待過老太爺這樣的退休幹部，他們一輩子操勞，猛地退下來就各種不舒服，像老太爺這樣只是沒胃口、找事做的還是症狀輕的，嚴重的還有得憂鬱症的。

老太爺也只是看著凶，其實心寬得很，先是不計較戲臺子的事，也沒發落偷肉吃的徐廚子和在他面前說渾話的二管家，儼然就是個好老闆！

像今天這樣，她陪著老太爺「玩」了一天，哄了他老人家高興，自己一邊拿下一天工資，還跟著公費吃喝了，這明明是兩全其美的事啊！

但這話不好明說，所以顧茵只笑道：「真沒事，老太爺也沒為難我呀！我明兒再想別的就是了。」

等到顧茵離開了文家，在顧茵面前出了好幾次醜、氣兒十分不順的二管家就摸到了大廚房。

兩人都是府裡的老人，又因為一個管著家裡的大小事務，一個管著大廚房，都算是手裡有實權的，所以日常也算是能說上話。

二管家先是誇今天的烤串味道好，徐廚子手藝見長，又冷不防地涼涼說道：「徐廚子不知道，這小廚娘雖來了兩天，但本事大著呢，老太爺都被她哄得團團轉，這往後啊……」往後廚房裡可要沒你的地兒了！

徐廚子心道：你這不是說屁話嗎？小師傅被老太爺支使得團團轉，老太爺還非要監工盯梢，可不是得跟著她一直轉？

看到徐廚子不吭聲，二管家又湊上去壓低聲音道：「徐廚子知道那小廚娘月錢多少嗎？」

徐廚子搖搖頭。

「十兩！十兩啊！她一個月就抵你兩個月的工錢！」

「太過分了！」徐廚子從小板凳上豁然站起。

二管家見他這反應，喜笑顏開道：「可不是嘛，我也覺得過分！你看你在府上都做了多少年了，一個人能抵三個人用，一個月才得五兩，她一個黃毛丫頭，她憑啥——」

徐廚子義憤填膺地罵道：「小師傅這手藝、這聰明勁兒，便是去大酒樓做大師傅，掙那二十兩、三十兩也使得，怎麼只給十兩？老太爺和老爺一起欺負人！」

二管家一噎。「……」這徐廚子怕是得了大病！

第九章

顧茵提著食盒回到緇衣巷的時候，腳步格外輕快。迎面遇上從巷子裡出來的王氏，顧茵笑著上前。「娘這是擔心壞了吧？我今天很順利，還帶了好多肉串回來呢，咱們晚上不用準備夕食了。」她說完話，王氏才像是剛看到她了。

「哎呀，妳怎回來得這麼早？」

顧茵奇怪地道：「您不是出來接我的，那這是……」

「我出來買點饅頭啥的，分給家裡幹活的人吃。」說著王氏便笑起來，眼睛都笑瞇得看不見了，壓低聲音道：「咱家盤炕呢！」

他們住的小院子裡並沒有炕，而是簡易的竹床，平時還好，入冬後就冷得不行。之前王氏就去問過，但是入冬後這行的人活兒多，要價也高，到了臘月那更是不得了，價錢翻了好幾倍。王氏心疼銀錢，並不捨得，只在每人的床上多鋪幾條床褥。

不等顧茵發問，王氏就把她拉到一邊去，解釋起了來龍去脈——

晨間關捕頭來了家裡，讓王氏去一趟縣衙。

王氏嚇得腿肚子發抖，差點直接朝他跪下，直呼冤枉，說自己是良民！

關捕頭讓徒弟把她扶好，解釋道：「妳誤會了，是縣太爺聽說妳收養了碼頭上的小孩，要嘉獎妳。另外，你們一家在鎮上定居了，得補繳人頭稅。」說到後半句，關捕頭也有些不好意思，他自詡有些本事，把寒山鎮治理成這亂世中的一方樂土，但是朝廷的稅收卻是不容他插手的，所以即便知道王氏孤兒寡母的不容易，還是得同她徵稅。

王氏一聽是這個，當即呼出一口長氣，腿也不軟了，揣上銀錢就和關捕頭去了縣衙。

縣太爺是個沒什麼架子、十分隨和的中年人，氣勢上完全比不上關捕頭。

王氏放鬆了一些，先哭自己逃荒而來又孤兒寡母的，多麼不容易，看縣太爺也是一臉為難的表情，她再毫不吝惜地把一人半兩銀子的人頭稅交了——至於那小孩，縣太爺知道他是流民，本來要在善堂照顧的，王氏她們幫著收養便是減輕了縣裡的財政支出，所以並不收他的稅。

後面到了嘉獎環節，縣太爺問王氏想要什麼？

王氏當然最想要銀錢，但是一來她還真不敢向當官的要錢；二來看縣太爺身上的衣服也是半新不舊的，還為了一兩多的人頭稅特地把她喊過來，想也知道他自己也不寬裕。

於是王氏期期艾艾地道：「到了鎮上，在大老爺的治理下，民婦才知道啥叫好日子。只是初來乍到，生活上還是有許多不方便，比如家裡睡的竹床，冬天下頭透著風，實在不如老家那火炕舒服。可惜家裡沒個男人，便是這點事都……」

縣太爺本來就是個和氣人，對王氏的觀感也不錯——孤兒寡母的生活不易，交稅的時候也並未糾纏爭論，還好心地收養了一個孤兒，所以他道：「這不難，衙門裡的捕快都年輕力壯，就是不知道他們會不會這個？」

關捕頭便出聲說他會，小時候跟著親戚學過。

這下領頭的人有了，出力的人衙門裡也不缺，因此縣太爺點了頭，關捕頭帶著人就上緇衣巷去盤炕了。

「年前請這些人少說得二兩銀子，咱家三口人的人頭稅交了一兩半，還賺半兩呢！」

顧茵聽得人都呆住了。這薑還是老的辣，她頂多蹭點公費吃喝，怎麼還帶公費盤炕的？

顧茵跟著王氏去買了十來個饅頭回了家，還拿出食盒裡的肉串要分給大家。

但是在關捕頭的帶領下，眾人並不肯收，只說既然是縣太爺的吩咐，他們便算是執行公務，不好收取百姓的東西。

天將黑的時候，家裡三間屋子的盤炕工作已經接近尾聲，但是炕要完全冷卻，燒上好幾天才能睡上。

不過這自然難不倒王氏，早在開始動工前，她就把家當直接搬到了隔壁。

正值許青川放旬假，他幫著王氏一道搬了屋子後，下午晌便立刻回書院去了，等到下一旬再回家來。

許氏母子住的院子比顧茵他們的多一間屋子。

顧茵帶著兩個孩子住多的那間，王氏則去和許氏擠一擠。

因為只有臥房不能住，家裡其他地方還是一樣可以用，所以倒也不算特別麻煩。

送走關捕頭等人後，他們兩家就在一起用夕食。

飯桌上，許氏興致缺缺，連顧茵翻熱的烤串都沒能把她哄高興。

後頭用完飯，許氏沒和王氏搶到洗碗的活計，就回隔壁屋去了。

顧茵跟著王氏進了灶房，王氏卻用手肘直推她。「不用妳，就幾個碗而已，妳都累了一天了，快歇著去。」

顧茵看碗不多，就沒跟著沾手，試探著問道：「娘，我看許嬸子好像不怎麼高興，吃飯都沒胃口，是不是不願意咱們去隔壁住？或者是咱家今天盤炕擾了她家的清靜？」

「她怎沒胃口了？肉串都擼了好幾串呢！哎，都不是！當時我說去住客棧，還是妳許嬸子說直接住她家就是了，反正她家青川十天才回來一次，不會影響什麼。」

「那是……」

王氏扭頭看過一圈，確定沒人在，才壓低聲音道：「妳許嬸子是不高興我支使關捕頭做活呢！我不是早就和妳說過了嘛！」

顧茵這才想起來早前王氏就和她說過這個八卦。「我當時以為娘只是隨便說說。」

「我是那種隨便說東家長、西家短的人？」

從前在壩頭村的時候，王氏幹完活最喜歡的事就是和村裡的婦人閒話家常了，連別村頭人家丟了隻雞她都能回來說給顧茵聽，所以顧茵沈默了。

「……好吧，我是有一點點愛說，但這種事我總不能瞎編啊！這是有證據的——」

「哎，算了算了，我不問了！」顧茵朝著王氏比了個噤聲的手勢，讓她別再說許氏和關捕頭的八卦了。

第二天，顧茵依舊去文家做工。

這天她看前一天剩的食材和香料多，就準備給文老太爺做火鍋。

火鍋底料自然是自己炒的。

清湯鍋簡單，用豬骨頭加水慢慢熬成奶白色高湯就是。

麻辣底料則麻煩一些。

她先把乾辣椒放進開水鍋裡煮上十分鐘，撈出瀝乾，然後剁碎；再把文家現成的牛板油洗淨切塊，鍋裡燒水，放入牛油塊慢慢熬成；過濾好的牛油下鍋，放小蔥、芫荽、芹菜葉、大蒜等大火煸炒出香味，等香味都融入牛油中，把這些都撈出，再下剁碎的辣椒和一些生薑末，翻炒均勻，用中火把水分都熬乾，最後再放入花椒和黃豆醬，熬上兩刻鐘。

最後一步則是把前一天剩下的那些香料泡入白酒，加進牛油翻炒均勻，放一些糖和鹽，轉小火慢熬小半個時辰，自製的牛油火鍋底料就完成了。

老太爺昨天玩得瘋，這天就起得晚。

顧茵想著正好，畢竟炒辣椒太過嗆人，別把老爺子嗆出個好歹。

但她沒想到在已經把大廚房的門窗都關著的情況下，那辣椒味還是從門窗縫傳到了外頭，讓整個文家都籠罩在濃郁的辣味之下。

文老太爺和大老爺直接結伴過來了。老太爺是被嗆醒的，大老爺則是嚥著口水過來的。

也幸虧他們過來得早，因為二管家後腳就一邊咳嗽、一邊罵罵咧咧地過來了，要不是這兩尊大佛在，顧茵這麻辣鍋底料可能就熬不成了。

底料熬成以後，就是準備配菜了。

文家的牛肉被顧茵這麼造了兩天，最後剩下的那些被做成了牛肉卷，全部用完。加上前一天剩下的羊肉、白菜、香菇等，配菜就齊了。

最後是醬料，顧茵調了芝麻醬和花生醬兩種。因為這時候沒有研磨機，還多虧了徐廚子手勁大，帶著兩個小徒弟幫著一通研磨。

因為這辣鍋味道實在太大，不適合去外頭吃，便在大廚房裡臨時加了一張八仙桌。

桌上放兩個紅泥小火爐，爐上各架一個平底鐵鍋，一個鍋是奶白色的骨湯，另一個鍋裡是紅辣辣的牛油湯底，桌上是各色切好的肉和菜，光是看著就新奇。

文老太爺和文大老爺先落坐，老太爺讓忙活了半上午的顧茵也坐。

三人面前各自擺上一副撈麵條的長公筷，和另外一副正常大小的筷子。

文老太爺看著大兒子，好笑道：「往常就知道悶在屋裡讀書，我見你一次都不容易，這兩天倒是日日看你在身邊打轉。」
文大老爺也有些赧然，他自詡不是重口腹之慾的人，平時就喜歡在屋子裡看書、寫字、作畫，但吃過顧茵做的辣味菜餚之後，就好像打開了人生的新篇章，這兩天日常吃食裡都要加辣不算，今日更是被這無比辛辣的味道勾出了屋子。
骨湯清淡，最能呈現食物本身的鮮美，再蘸上現做的芝麻醬、花生醬，讓人吃得停不下嘴；辣湯濃郁，不論是肉片還是蔬菜、菌菇，往裡一涮，那是蘸料都不用，麻辣鮮香的滋味直衝腦門！
一頓火鍋吃完，三人都吃得面色發紅。
老太爺捏著茶杯，猶猶豫豫的。這要還說顧茵沒達到他的要求，小丫頭都裡裡外外忙了兩天了，且做出來的吃食既新鮮又美味，自己還這麼做也太過分了；可若是說顧茵達到了要求，那以後他不是沒有由頭來廚房，又要變成孤家寡人的了？
不等老太爺開口，顧茵就很體貼地說道：「京城裡應該也有銅爐羊肉那些，所以這也不算是獨創，只是口味不同，又多了些別的配菜罷了。我明天再想別的。」
老太爺立刻笑起來。「哎，好！吃得一身味道，我回去換身衣裳歇一歇。這鍋底應當還有吧？我晚上還吃這個骨湯火鍋。妳也不用再忙活了，早些回家洗個澡、換身衣裳，明天再過來吧！」
這等於是又提前放工了。

文老太爺一站起來，嘴腫了的文大老爺也隨後跟上。

等到兩位主子走了，徐廚子端著自己的碗、帶著兩個小徒弟就上桌了。

他們三個當然就沒有文老太爺那麼講究了，也不用公筷，把盤子裡剩下的、沒動過的肉和菜一挾，往鍋裡一燙一涮，再往自己手裡的醬料碗裡一蘸，呼著熱氣就往嘴裡送，吃起來更有氛圍。

「小師傅也太謙虛了，」徐廚子囫圇嚥著菜，含糊不清地道：「這麼好吃的東西怎麼還不算獨創？嘶嘶……好辣！」

顧茵被他一邊吃，一邊還不忘為她打抱不平的模樣逗笑。「那我先回去了，你們慢慢吃。」

徐廚子放了碗，把她送出廚房，然後趕緊小跑著返回。「兔崽子，給老子留點啊！」

就在這種幹半天活、歇小半天的狀態下，顧茵後頭又給老太爺做出了家庭版的可樂、鐵板燒、披薩等一系列新鮮的東西，老太爺每天都樂呵呵的，不只精神好了，人也豐腴了一圈。

一直到了年二十五，年味越來越濃重，徐廚子和兩個小徒弟也開始繁忙地準備起年節上招待客人的食物。

這天下午文老太爺沒放顧茵的假，特地讓她留了一留。

顧茵跟著老太爺去了書房，路上還在想，應當是馬上要過年了，徐廚子那麼快的手都忙成那樣，老太爺也要指派別的任務給自己了。她一個月拿著十兩銀子的月錢，每天卻只做半天的活，確實有些過於輕鬆了。沒想到，到了書房，老太爺並沒有拿出什麼食物單子讓她提前準備，而是拿出了幾個銀錠子放到桌上。

「這是妳這個月的工錢，另外五兩是給妳的過年錢。」

顧茵一驚。「?!」這就失業了？雖然一開始就是為了武安的束脩來打短工，但是當初她上工的時候說的是做兩個月，眼下雖然束脩錢夠了，但是幹一個月就讓人辭了，這種事總是讓人心裡不怎麼好受。「我明天想別的，好好想！」顧茵認真地道：「肯定能達到您的要求！」她承認之前是猜著老太爺只是想有人陪他一起玩，所以並沒做那種特別新奇的東西。

文老太爺被她一臉嚴肅的樣子逗笑了。「妳想什麼呢？馬上就是年節了，我只是讓妳提前回家歇年，等過了初五再回來，自然得把這個月的工錢先結給妳。」

「歇年？年頭上不是正忙嗎？到時候您招待客人……」

「我沒客人！」老太爺撇嘴道。「我都這把年紀了，族裡誰的輩分還能比我高？我說沒有就沒有。小丫頭怎操心這麼多？讓妳歇妳就歇。」

看老太爺已有決定，顧茵就道：「那月錢我就拿著了，只是這過年的銀子我真不能收。」

老太爺也不逼她，只是把那五兩銀子從左手換到右手，裝到手邊一個紅紙封裡。「既然是過年，到時候妳不在我跟前，我提前把壓歲錢給妳總行了吧？長者賜，不可辭。長輩給的壓歲錢妳也不肯收？」

顧茵醞釀著婉拒的說辭，結果老太爺根本沒給她這個機會，把銀錢往她手裡一塞，又拿出兩本用油紙包好的書，讓顧茵幫著轉交給許家，然後就開始趕人。顧茵被趕到書房外頭，老太爺的聲音從裡頭傳來——

「可不許把壓歲錢都存起來！弄點好吃的、好喝的，再把自己打理得好看些，開年我要是還看見妳瘦瘦小小的、穿著那件大黑袍子，我可是要罵人的！」

顧茵隔著門板，忍不住笑彎了眼睛。她先是道了謝，又給老爺子提前拜了年，這才回廚房去取自己的外袍。

徐廚子正在熱火朝天地灌香腸，看到顧茵回來他手下不停，見怪不怪地問：「小師傅今天這是要回了？」

顧茵說沒有，又解釋了老太爺讓她提前歇年。

徐廚子的兩個小徒弟聞言，羨慕得眼睛都發紅了！都知道逢年過節是廚子最忙的時候，這時候能休息，簡直是每個廚子的終極夢想啊！

「去去，一邊待著去！」徐廚子趕蒼蠅似地把兩個小徒弟趕到一邊。「你們有那能耐嗎？光看賊吃肉，不看賊挨打！」說完他自己也頓了一下，不好意思地道：「我粗人不會說話，小師傅別和我一般計較。反正我的意思就是，您這些天勞心勞力的，整出那麼些我聞所未聞、見所未見的吃食，是該歇一歇！」

顧茵笑著搖搖頭，和徐廚子告了別便離開了文家。

到了大街上，平時本就熱鬧的小鎮越發人頭攢動，街上賣各色年貨的店面和小攤子一眼望不到盡頭。

顧茵把十兩工錢貼身收起，只揣著那五兩壓歲錢，加入了置辦年貨的大軍。

她先去成衣鋪子，給家裡每人買了一身新衣裳。雖然前頭入冬的時候王氏給每人都做了新的，但都是灰沈沈、耐髒的顏色，樣子也不是很美觀。尤其是小孩那身，是用碎布頭拼的，她前一天還聽武安說，他倆出去玩的時候，緇衣巷其他孩子笑話小孩穿得像乞丐。

小孩是什麼都不懂，自顧自玩，武安卻是氣得不行，回來後偷偷講給了顧茵聽。

四套體體面面的成衣，就花去了快二兩。顧茵又去買了一些平時家裡不捨得吃的乾果點心、切了一些肉，又花掉了快一兩。還剩下二兩多，她思索了一番，去了首飾鋪子。

還記得剛穿來的時候，王氏頭上是有一根小銀簪子的，上頭依稀還刻著她的名字。只是後頭顧茵的藥一日一日地吃下去，也不知道什麼時候，王氏頭上的簪子就沒有了，換成了戴到現在的木簪子。

黃昏時分，顧茵提著大包小包地回了緇衣巷。

王氏和兩個連成串串的孩子都在巷口等著，看到顧茵，一大兩小立即迎了上去。

「我還奇怪怎麼今天妳回來得這麼晚，敢情是去買東西了？」王氏接了她手裡的東西，一樣都沒給她留。「我怎記得妳之前把錢櫃子的鑰匙給我之後就沒再要回去呢？妳哪裡來的銀錢？」

顧茵蹲下身，把兩個孩子手上的繩子解開，一手牽一個，跟上了王氏的腳步。「是老太爺放了我歇年，還給了我當月的工錢和一些過年的壓歲銀兩，我就去買了新衣服和吃的。」

到了家，王氏把東西都拆開來，看到那四身衣裳，不禁皺眉道：「妳只給自己買就好了……給兩個孩子買也成，怎還買給我？」

「娘鎮日裡穿的都是灰撲撲的，這不是過年嘛，咱們也鮮亮一些。」顧茵給自己和王氏選的都是碧色的襖裙，只是王氏那身的顏色深一些，她自己的顏色淺一些。

王氏說：「哎，我不喜歡這個顏色，妳在哪家買的，我去換換成不？」

顧茵就報出了那家成衣鋪子的地址，之後讓兩個小傢伙試穿新衣服。

給小武安的是一身湖青色的棉襖、棉褲，顏色不僅鮮亮，剪裁得也十分得體。武安穿著略有些大，但比他娘做的那種一套可以穿三年的大小還是合適很多了，手腕和褲腿捲起一個邊，就正正好。他皮膚是天然的黝黑，這衣服上身雖沒有顯得白淨，卻是神氣了不少。

武安喜歡得不行，試穿完就立刻換下來，又方方正正地折起來，說等過年的時候再穿。

後頭輪到小孩，他的衣服跟褲子比武安的小了一圈，顧茵本來想讓兩個孩子穿同色同款的，但是後頭想了想，還是給他買了身靛藍的——這孩子忒能造，上房、爬樹、鑽狗洞……就沒有他不會的，還是略深一些的顏色好，起碼可以保證能穿一整天再換洗。他皮膚的黑是後天曬的，在家裡養了大半個月，已經白回去不少，那靛青色的小衣服、小褲子往他身上一穿，活脫脫像個小富之家的少爺。

他也有樣學樣，試穿完就要換下來。

見兩個孩子捧著珍寶似地捧著衣裳回了屋，顧茵也準備去試穿自己的，結果找來找去，她的衣裳不見了！

她又翻檢過一遍，想著莫不是當時成衣鋪的夥計給她漏裝了？或者是自己粗心大意，買別的東西時掉了也沒發現？這時，就見王氏挎著小包袱回來了。

包袱抖落開，是一件鵝黃色素面小襖和一條湘色馬面裙。

「娘這是……」

王氏笑咪咪地道：「哎，我去看了看也沒啥喜歡的，而且一不留神竟把妳給自己買的那身也帶去了，乾脆就兩身換了這麼一身回來。妳快去試試！」說著她就推顧茵回屋試穿衣裳。

要不怎麼說人靠衣裝，佛靠金裝呢？小襖和裙子上身，顧茵本就白皙的肌膚頓時被襯得越發瑩潤，那襖子的立領處還鑲了一圈兔毛，圍繞著她尖尖的下巴，更顯得那巴掌大的臉蛋越發小巧。

「真好看！」王氏真心實意地誇讚道。「妳這年紀才該好好打扮，過年就穿這個，我看著都高興！」

「那您的衣裳……」

「嗨，那些我都看不上，穿著還不方便幹活呢！我這身自己做的怎麼了？妳覺得不好看？」

顧茵自然不能說王氏的手藝不好，只囁嚅道：「就是想看您穿年輕一些……」

王氏擺擺手，接著去理別的東西了。「妳沒再給我買什麼了吧？」

顧茵連忙上前拿起最小的那個、一直貼身放的小包袱。「沒了。這是老太爺給許家的書，說是謝謝許嬸子上回幫著請大夫的謝禮，我這就送到隔壁去。」

當天晚上，王氏洗漱完正準備歇息，武安突然跑進了屋。

武安開心地笑道：「娘！快看我撿到了啥！」

王氏定睛一瞧，小兒子手裡拿著一根細細的銀簪子，那簪子雖細，但簪頭是一朵栩栩如生的梅花，精緻小巧，很是討人喜歡。「你哪裡撿的？」王氏驚喜地接過，拿出帕子擦了簪子上的土。

武安頓了一下，而後才說：「其實也不是我撿的啦，是咱家那小孩撿的，所以我也不知道到底是哪裡。」

「我這輩子活這麼大，最多只撿過一個銅板，他竟能撿到簪子，還是根銀的？」

母子倆說著話時，顧茵推了門進來。「唉，我在外頭聽到武安的話了，真是出門見財，好事啊！娘快插戴看看合不合適？」

王氏卻沒動，還狐疑道：「這別是賊贓吧？我聽說好些毛賊偷了東西不敢直接拿出來賣，故意先埋到荒僻的地方去，別是讓咱家孩子撿了，這不得惹大禍！」

顧茵立刻道：「肯定不會！武安他們今天沒跑遠，是吧？」

武安立刻小雞啄米似地狂點頭。

顧茵便接著道：「所以這應該是咱家附近撿的。關捕頭就在旁邊住著，哪有毛賊敢把賊贓埋到咱家附近？」

「那更不成了！要是咱家附近，那不就是妳許嬸子的東西？她這人好像就喜歡這種梅花樣式的首飾呢，我給她送回去！」王氏一拍大腿。「要不是她的，我就送給關捕頭去，這麼好的簪子，丟了定心疼死，還是讓衙門的人放到失物待尋的地方去。」她說走就走，眼看著就要踏出屋門了。

「娘，別！」顧茵和武安異口同聲，然後一左一右地把王氏拉住。但兩人喊完後都不知道該怎麼說，只能一個勁地打眉眼官司——

嫂嫂，妳快說啊！

我就編了這麼多，我不會撒謊啊！

一大一小你看我、我看你，誰都憋不出一個屁來。

後頭背對著他們的王氏身體開始抖動，然後動作越來越大，最後終於哈哈大笑起來。「大傻子帶小傻子撒謊騙人呢！家裡附近撿的，還知道往上撒土……笑死我了！哈哈哈哈……」

「娘都知道啊……」顧茵臉上一臊，鬆開了拉著王氏的手。

「都說妳不會撒謊了，武安前腳說撿了東西，妳後腳就來賀喜，傻子也知道你倆串通好的！」

「那不是怕您又不要嘛！」

王氏伸手擰了一把她的臉蛋。「要，為啥不要？我們倆輪流插戴。妳長這麼大也沒個好首飾，等過完年就戴著去文家上工。我聽說那些大戶人家的下人最會看人下菜碟了，可不能讓人把妳低看了去。」

鬧完這一場，顧茵和武安便拉著手回了屋，臨出門的時候武安忍不住說道：「嫂嫂，妳好像真的不會編瞎話呢，不然下回還是我來編，妳照著我說的做吧？」

顧茵的臉越發通紅。「沒有下回啦！扯謊終歸是不好的事……」

這一夜，王氏摩挲著那根小銀簪子，睡得格外香甜。

就這樣笑著、鬧著，顧茵迎來了穿越後的第一個年節。

年二十六，王氏和顧茵最後一趟置辦年貨，趕上現殺的豬，又割了一些年肉。

年二十七，王氏宰了買來的雞，顧茵下廚，全家美美地吃了一頓雞肉。

年二十八，打糕、蒸饃、貼窗花，王氏拿著紅紙去隔壁請許青川寫了一副春聯和幾個「福」字，貼在家裡大門口。

到了年二十九，王氏反而有些懨懨的。

她這天一大早祭拜了父母回來，顧茵問她是不是哪裡不舒服，她卻不肯多說。

武安就悄悄告訴顧茵。「娘昨晚上沒睡，屋子裡的燈亮了好久好久。」

顧茵先是看王氏，隨後又覺得不對。「你昨晚和我睡的，你怎麼知道娘晚上沒睡？」

武安被她說的噎住，囁嚅道：「是……是咱家小孩嘛！半夜聽到別家放鞭炮，非要出去看看。」

小孩被點了名，一臉茫然，還攤了攤手，表示他沒有！

「好呀，你才是咱家最會說瞎話的！明明就是你！」武安氣呼呼地紅著臉去追他。

小孩笑嘻嘻地在屋子裡溜圈跑。

顧茵沒再管他們，坐到王氏身邊問：「娘昨晚上怎麼沒睡好？要不要請老大夫來瞧瞧？」

王氏立刻搖頭道：「不用不用，我身上沒有哪裡不舒服，就是……唉……」她長長地一嘆。其實哪是身體不舒服呢？就是之前一直忙著，忙著家裡的生意，忙著料理年前的事務，讓她全然沒想到丈夫和大兒子已經走了六年了。加上又是過年，闔家團圓的日子，家裡缺的這兩個人卻是再也回不來了。連她這當妻子、當娘的都快把他們忘了，是不是再過幾年，他們就好似不曾存在過了？這種催淚的話王氏沒說，只道：「過年要祭拜先人，咱們出來的匆忙，我只帶了妳爹和青意一人一身衣服，連個墳塚都沒立、也不知上哪兒祭拜去。」

顧茵握上王氏的手。「等世道太平了，咱們肯定要回壩頭村去，給他們立個衣冠塚，也是一份念想。」

年前聽說外頭又打起仗了，義王座下有一員猛將，面上有一道紅疤，渾似修羅惡鬼，能生撕活人，朝廷的軍隊聞風喪膽，被他打得節節敗退，不出一月又丟了一座城。民間都在傳，這是最後一個安穩年了，來年開春朝廷和義軍必然有一場你死我亡的惡戰。

王氏看著眼神溫情脈脈的兒媳婦，一擦眼淚，道：「也是。這世道，咱們能活到現在，還過得比以前都好，我還有啥不滿足的？大過年地咱不想那些了！妳跟我去趟隔壁。」

顧茵被她拉到隔壁，才知道王氏這是要給小孩起名字。

王氏肚子裡沒墨水，顧茵和武青意這樣略顯文氣的名字都是花錢請人起的，武安的倒是她起的，當時她一心盼著丈夫和大兒子平安歸來，以當時的心境也算是給小兒子起了個好名字。現在再讓王氏想，她看到小孩就想到剛見到他時像隻野貓的樣子，還有就是日常和武安繫在一起的樣子，至多叫小貓或者串串吧！

許青川和許氏正在家裡貼春聯。

許氏一看王氏來了就道：「春聯不是給妳家寫好了嘛，怎又來了？」

附近一片都知道許青川有才名，自從他放年假歸家以後，求春聯的人絡繹不絕，以至於到了這天的這個時辰，許青川才得空給自己家寫完。

要過年了不興罵人，王氏看她一眼，又對許青川笑道：「好孩子累了吧？要不要吃點啥？」

兩家也算熟絡了，所以許青川彎了彎唇道：「嬸子別客氣，直接說事就成，我最近都沒什麼事的。」

王氏也不兜圈子，直接說了讓他幫著起名的事情。

許青川謹慎道：「名字要跟著人一輩子的，我並未幫人起過名字，嬸子若信得過我，容我想兩天。」

「哎！你是秀才，我哪裡信不過你？你慢慢想哈，不急！」

許青川當即就進了書房翻閱典籍。

「花十文錢，滿大街都是給人起名字的秀才。」許氏小聲嘀咕。

「那能一樣嗎？」王氏反問道。「我們大丫這名字就是請人起的，那秀才說什麼『梅市花成幄，蘭亭草作茵』，我聽著還覺得挺美的，回去後逢人問起就給人唸叨我們大丫名字的出處，後來才知道這茵草就是長成一片的小草！可不好再吃這種虧了！」

許氏回道：「妳懂啥？這估計是人家看著妳家大丫瘦小，希望她像春草一樣茁壯長大呢！」

兩人妳一句、我一句的，眼看著又要爭起來時，武安和小孩跑過來了。

武安追了小孩好幾圈，死活追不上。這小孩狡黠得過分，每每武安覺得追不上要放棄了，他就故意放慢腳步，等武安快碰到他的衣襬了，他再加速。也多虧武安性格好，換別人被他這麼遛，肯定要急怒。

兩人跑到許家後被顧茵一手一個拉住。「在自己家淘氣就算了，在外頭可不好這樣。」

王氏都伸手要敲武安的栗暴了，被顧茵攔住。

武安回過味來也有些委屈，拉著王氏的衣襬小聲解釋道：「娘，是他先逗我的嘛！」

「你也是傻，你能跑過他去？」王氏看著傻兒子，無奈地揉了揉他的頭。「委屈個啥？娘回去炸油糕給你吃！」

武安的眼睛一下子亮了。「讓嫂嫂炸，她炸的好吃！」

小孩現在已經會說好幾個字了，因為和武安待在一起的時間最多，就最喜歡學他說話。而且他似乎認為喊「娘」就有東西吃，所以也馬上拉著顧茵的裙襬，喊道：「娘，我吃！」

顧茵一人揉他們一把，再一手牽上一個，眉眼彎彎地笑道：「走走，這就回去炸，都有得吃！」

兩個小傢伙蹦蹦跳跳地跟著走了。

王氏忍不住笑罵道：「一個兩個的就知道吃！」

正好有人來許家討春聯，那婦人看了一通熱鬧，出聲笑道：「這就給孩子起大名了？武太太可想好了？起了大名喊著喊著就有感情了，可捨不得送走了。」

「送走啥啊送走？他那麼點大，吃的還沒小貓崽兒多，我們家雖然窮，還能少他一口飯吃？」王氏記得這婦人嚼過自家的舌根子，對她自然沒個好臉，哼聲道：「縣太爺還因為這個嘉獎了我們家呢！有些人啊，別是眼紅沒趕上好事，特地來說酸話的吧？」

「我們家有男人做那些粗重活，怎麼就要請別人來做，又怎麼酸妳家了？」那婦人被王氏嗆紅了臉，隨後又突然想到了什麼，涼涼地道：「也是，妳家大兒子年紀輕輕就沒了，也沒個兒子，咱們的傳統就是得有個小輩摔盆送終，不然上路都上得不安生，讓下頭的人嘲笑後繼無人呢，收了這野孩子可不是正好？」

不等王氏罵回去，許氏已插著腰道：「我呸！老娘過年不罵人，妳當我是病貓是吧？就妳這尖酸刻薄的樣兒，怪不得妳家吃食生意做不好，妳家男人也不頂用！還想要春聯？要個屁！快從我們家滾出去！」許氏和王氏一樣，打小性子就厲害，又孤兒寡母地生活了好些年，早些年許青川年紀還小的時候，她潑辣的名聲也是很響亮的，也就是後頭兒子考取功名了，許氏覺得身為秀才他親娘得持重一些，才收斂了性子。

那婦人被她一罵，立刻一邊出門一邊罵道：「有什麼了不起的？不就是個窮秀才，又不是考中舉人、進士了！」

看對方灰溜溜地走了，許氏也收起怒色，拉著王氏道：「妳別理她，她就是酸。同樣是做吃食，妳家剛做幾個月的生意都比她家做了好些年的好，她就是酸妳家的好日子呢，別和她一般見識。大過年的，為這種人氣壞了可不值得！」

那婦人不在碼頭擺攤，是在緇衣巷附近做吃食生意，也不知道從哪裡聽說顧茵她們開攤沒多久生意就特別好，曾特地跑上門取經。

本來街里街坊的，顧茵也不吝惜指點兩句，但聊過一次後顧茵就發現不對了。

那戶人家並不是那種真的一心想做好吃食的，而是只想賺銀錢。當然，這也無可厚非，但是她為了賺那昧良心的銀錢，還和顧茵說她知道哪家酒樓會賣廚餘，甚至故作神秘地道「那些東西保管吃不壞人，就是不怎麼新鮮，但多加點調料，誰都吃不出來！這本錢一省，保管小娘子的生意賺得更多呢」！她是想以這種方法換取顧茵的悉心指點，沒想到這卻是觸碰到了顧茵的底線，當即就說自己沒這本事指點她，把她從家裡請了出去。那婦人還要糾纏，最後讓王氏拽著衣領子推出了家門。因為這事，那婦人徹底記恨上了顧茵和王氏。

不過巷子裡有關捕頭住著，她也不敢鬧出什麼事來，就只能像今天這樣說點酸話。但是一般她也吵不過王氏，也就今天突然想到了王氏家的境況，故意說這戳人肺管子的話。

王氏沈吟不語，半晌後才道：「沒事，我懶得同她一般見識，我回去了。」

回去後，顧茵給兩個孩子炸了米糕，米糕焦黃酥脆，一口下去便是滿口的米香。

武安捧著小碗送到王氏跟前。「娘，您也吃。」

小孩有樣學樣，也把碗遞給顧茵。「娘，吃！」

顧茵定睛一看，小孩碗裡的米糕早就讓他吃完了，只剩幾顆米粒，這是讓她吃個啥？

「就知道瞎學！」她無奈地揉了小孩一把，又給他裝了一塊，然後叮囑兩個孩子道：「都乖一點知不知道？大過年的，可不好再有矛盾。」

兩個小傢伙方才還鬧著的，如今吃完一頓又好得像一個人似的，手牽手地去外頭看別人家放鞭炮了。

投餵完兩個孩子後，顧茵回到堂屋，看到王氏又把眉頭皺上了。「娘，您想不想吃點什麼？我都給您做。」

「我又不是武安他們，妳也拿吃的來哄我？」王氏面上一鬆。「我就是想著旁的了。妳說這孩子……是算在我名下，還是記在妳名下呢？」

「娘原來是煩心這個啊！」顧茵也放鬆起來，挨著她坐下。「他老是學武安喊娘，次次都喊我，合該記在我名下。但是您如果不願意……」小孩雖然和顧茵最親近，但顧茵忙的時候多，經驗也少，其實大部分時候還是王氏看顧著。

「也不是不願意……」王氏糾結地又蹙起眉。「可是記在妳名下，咱們知情的知道是妳收養的，不知道的……唉，且妳以後去了別家，帶著這麼個孩子，不好啊！」說著不等顧茵說話，王氏就喊武安把小孩帶進來，看著小孩認真地道：「你往後得喊我娘，知道不？」

小孩本就有些怕她，此時看她神情嚴肅，本能地後退了兩步。

「娘，您嚇到他了。」武安上前半步，把小孩擋在身後。

「你別管！」王氏拉開武安，抓住小孩的手。「要喊我娘知道不？」

小孩嚇得眼睛都睜大了，茫然無助地看向顧茵，弱弱地喊了一聲「娘」。

「這孩子怎這麼倔呢？要是不聽話，我開年就把你送走！」

和很多喜歡嚇唬孩子說「再不聽話就讓大野狼把你叼走」的家長一樣，王氏下意識地採取了這種錯誤的方式。

「娘怎麼說這種話。」顧茵立刻把小孩拉到自己身邊。「沒的大過年嚇到孩子。」

王氏也覺得自己說話過分了，正想圓回來，卻聽「哇」地一聲，小孩已撲進顧茵懷裡哭了起來。

小孩抽抽噎噎的，第一次說了好長的一串話。「娘，我、我乖！我不走……不送走！」

顧茵心頭一軟，鼻頭也跟著發酸，緊緊攬住他瘦小的身體。

「唉我這嘴！」王氏重重地打了自己的嘴。「滿口胡唚！」

顧茵忙拉住王氏，又哄了小孩好一會兒，才把他哄好了，又放他和武安出去玩。「娘怎麼好端端的這樣？」

王氏就說起那婦人說的話，又道：「我就是一時急了，真沒想著把他送走。」

顧茵點點頭。「娘心腸軟和，沒人比我更知道。小孩就記在我名下好了，管旁人做什麼呢？再者，娘說的什麼去別人家，那更是沒影兒的事。這不就是我家嗎？我幹啥要去別人家？」

「妳知道我的意思……」

「我再和您說一次，我真沒有那樣的想頭。當然，人生有幾十年長，未來如何咱們眼下也說不準，但是三、五年內，我肯定是不想的。」看王氏又想勸這個，顧茵藉口去做點吃食，趕緊躲進了灶房。

王氏也追著她過去了，不過卻不是再勉強她，而是道：「既然這樣，我尋思著不然孩子的名字就讓妳起吧？」

「這倒是可以。」顧茵笑起來。「其實我覺得名字嘛，不一定非要特別好聽，像您給武安起的就很不錯，孩子平平安安長大，寓意就很好。娘不是老說他是野貓崽兒嗎？就取個『野』字吧，希望他像野草那樣堅韌，正好和我名字的茵也有所呼應。」

「不錯不錯，妳說得對！名字嘛，也不用太講究，鄉下都興起賤名，好養活！」

顧茵小聲地唸了一下。「武野，很不錯。」

王氏立刻道：「叫顧野！跟妳姓，這樣人家就都知道這孩子只和妳有關係，和咱們老武家沒關係，不是妳和我們武家人生的！」

得，這是還想著讓她以後改嫁呢！不過小孩跟自己最親近，所以跟自己姓也很不錯，顧茵便笑著應下。

「武安、顧野，回來吃糖糕！」

小孩終於有了自己的名字，成了這個家的正式一員。

而武安是最高興的，因為他一躍成了顧野的小叔叔！

武安老氣橫秋地道：「小野往後要聽小叔叔的話喔！」

大年三十，鞭炮連天，年夜飯是王氏和顧茵一起做的。

隔壁許家的人口比他們還簡單，更有關捕頭帶著徒弟李捕頭生活，年頭上家裡冷鍋冷灶的，半點年味都沒有，因此王氏乾脆把這兩家都邀請到家裡來，一起吃團圓飯。

這樣就是關捕頭、李捕頭、許青川坐一桌，許氏、王氏和顧茵帶著兩個孩子坐一桌。

平民百姓的講究沒有那麼多，雖然分桌卻沒有再分屋子，就一起在堂屋裡用飯。

燉肘子、炸肉丸、清蒸魚、鹹雞、鹹鴨、臘肉、香腸，再加上熱騰騰的白菜豬肉餡的餃子，都是尋常時候百姓人家捨不得吃的好東西。

每個人都吃得好不暢快，關捕頭還拿出了珍藏的女兒紅，和李捕頭、許青川分著喝了。

酒菜都吃完後，眾人湊在一起說著話、嗑著瓜子，熱熱鬧鬧地守了歲。

子時一過，大家才散開，各自去家門口放鞭炮。

在噼哩啪啦的熱鬧鞭炮聲和孩子們的笑鬧聲中，眾人互相道「新年吉祥」。

顧茵不喜歡硝煙的氣味，正要回屋去，卻被許青川喊住。

許青川喝了一些酒，白淨的臉上染上了緋色，站在三步開外的地方，出聲道：「文老太爺給的書太過貴重，我已經抄寫過了，原本想要物歸原主，但是年前幾次拜訪，文家的人都說年頭上老太爺身子不爽利，不方便見客，所以我想著請妳幫忙轉交。」老太爺給他的是一本《論語》、一本《中庸》，是很常見的《四書五經》，但珍貴就珍貴在書中滿滿都是老太爺的批註心得。

他說著話，鞭炮聲又響起，顧茵只好認真地讀他的唇語，隨後應道：「好，那我年後去文家的時候轉交給老太爺。」

許青川又道過一聲謝。

顧茵是真的聽不清他說話，便揮揮手表示不用謝，回了屋裡。

大年初一，王氏帶著顧茵和兩個孩子去了隔壁兩家拜年。

許氏和關捕頭早就想著要把年夜飯的銀錢給王氏，但是王氏並不肯收，所以他們便封了厚厚的紅包給了兩個小孩。

回到家王氏就把紅包收了起來，再一人分他們十文錢，讓他們自己花，說其餘的幫他們存起來。

等到兩個孩子歡天喜地、手拉著手出了門，王氏轉頭就把兩個紅包塞給了顧茵。

大年初二回娘家，王氏自然不會去觸這個霉頭——先不說關係已經交惡，就說自家才兩個孩子，她兩個哥哥可是有好幾個孫子、孫女呢，回去等於給人白送銀錢，因此就還在自家過。

初三、初四，鎮上的戲臺子又搭起來了，王氏和許氏領著兩個孩子能在外頭聽一整天。

顧茵不喜歡聽戲，加上也紮紮實實地歇過了，就有些閒不住，想琢磨做一點別的東西出來。

一來是她過完年就得回文家上工，老爺子要是問她最近有沒有想出什麼別的，她若說過年只顧著吃喝玩樂，那多丟臉？二來嘛，當然還是為了自家的小生意。

去歲自家生意還算不錯，吃食做的好吃自然是最主要的原因，還有就是因為新鮮勁兒。就像普通的店鋪剛開業的時候，客人見了都會想去嚐嚐。

那幾樣吃食已經推出幾個月，是時候換換口味了。

顧茵想起過年辦年貨的時候好像沒看到皮蛋，照理說過年的時候，家家戶戶都會以皮蛋做涼菜，是這個時代沒有，還是說，只是寒山鎮沒有這個習俗？

等王氏看戲回來，顧茵就問她吃過皮蛋沒有。

「啥皮蛋？我只聽說過皮帽子、皮領子的，這個皮蛋是啥？」王氏搖頭說沒聽過。

「唔……或者叫松花蛋？」

王氏還特地去問了許氏，許氏也說不知道。

她們倆都是大戶人家的小姐出身，尤其許氏，還在州府那樣的大地方住過許多年，見多識廣，她們都沒聽過，一般人那肯定更不知道。

於是，顧茵就開始自製皮蛋了。

先泡一碗濃茶備用，再把新鮮鴨蛋洗淨，放室外風乾水分。

接著把茶葉濾出，放入鹽和鹼麵，再放入上次盤炕時家裡剩下的生石灰，也就是這個時代所稱的「白灰麵」，攪拌均勻後，放入草木灰再次攪拌，等得到一堆泥狀物，就把晾乾的鴨蛋放進去滾上一層，最後放入稻殼堆裡再滾一圈，用手捏緊，便算是製作好了。

王氏是很信服自家兒媳婦的手藝的，但是見到這東西時還是猶豫地問道：「這又是放白灰麵，又是拆出了枕頭裡的稻殼……真的就能把鴨蛋變好吃了？」

顧茵一口氣做了五十個皮蛋，笑道：「還要醃上半個月呢，肯定好吃！」

王氏還是持懷疑態度。

初五顧茵就回文家報到了，幫許青川送還了書，再給老太爺拜個年，同時告訴他，自己做了新東西，不過還得再等上十來天才能吃到。

過了一個年，老太爺也看開了很多，不再糾結於舊事，也就不用「為難」顧茵想新東西來給他打發時間了，所以他也沒多問，只是上下把顧茵打量一遍，而後滿意地笑道：「不錯，還是穿這樣顯得有朝氣，再不是年前那個大狗熊啦！」

顧茵又大大方方地轉了一個圈，還把自己頭上的梅花簪子展示給老太爺看——那是王氏今天特地給她插戴上的。「可不是嘛，您老都說了，讓我得好好收拾自己。」

老太爺笑道：「就是還瘦，妳這一點還是得跟徐廚子學學，我看他過年這幾天又胖了一圈。」

「好咧，那我一會兒就上廚房偷吃去！」

兩人說了會兒話，老太爺讓顧茵隨便做些糕點，就放她去了廚房。

如老太爺所說，徐廚子過年跟著主子們頓頓大葷，看著又胖了不少，看到顧茵的時候，他笑得眼縫都沒有了。

互相拜了年後，便各自開始幹自己的活計。

一晃到了正月中旬，天氣開始暖和了一些。在顧茵離職前，她的皮蛋終於做好了。

王氏愣是沒敢下口，後頭顧茵又用醋涼拌了，王氏仍是吃不慣，直說欣賞不來。

顧茵便把皮蛋呈送到了很能欣賞新鮮事物的文老太爺面前。

文老太爺看到那黑黑的皮蛋也沒敢動，在顧茵再三保證確實能吃後，老太爺才拿起筷子嚐了嚐，然後皺著臉誇讚不錯。

顧茵就是個傻子也能看出他的勉強了。

不過皮蛋剛吃的時候，確實有些難以接受，於是顧茵就改為做皮蛋瘦肉粥和小蔥拌豆腐。

這下子老太爺便能接受了，尤其喜歡皮蛋瘦肉粥，說味道醇香，再加上顧茵的手藝，簡直是天底下最好喝的粥！一連十天，老太爺的朝食都是皮蛋瘦肉粥。

這天顧茵去收碗筷的時候，忍不住笑道：「您老這樣的人物都這麼喜歡，那我就放心了。等過幾天就賣這個，肯定能讓生意越發好！」

老太爺聽了這話愣了一下，而後才奇怪地問：「妳還要去擺攤？」

顧茵說是呀。「本就是說好做兩個月的，這不是馬上就要出正月了，天氣也暖和了。」

在現代的時候，過完春節，天氣就會一日比一日暖。這個時代因為沒有全球暖化的關係，加上寒山鎮的冬天格外冷，所以要一直到出了正月，才算是到了春暖花開的時節。

老太爺欲言又止。「擺攤得風吹日曬，多辛苦啊！在我們文家做廚娘不好嗎？還是工錢方面……」

「不不！」顧茵立刻道：「您給的工錢已經十分豐厚了。」工錢確實豐厚，但是顧茵也並不是一味只想賺銀錢，她想把食物賣給更多的人。她喜歡看別人吃到她的食物後，臉上不由自主浮現出幸福的笑容。「唉，您別擔心我。我還是有些本事的，擺攤風吹日曬是辛苦一些，但是等我再攢攢，回頭盤個鋪子，這日子嘛，總是會越過越好的！」

老太爺就喜歡她這樂觀豁達、有朝氣的模樣，他能這麼快從低谷走出來，也是因為這段時間被顧茵慢慢影響著。

等到顧茵收了碗筷離開，老太爺忍不住嘆息了一聲。家裡兒孫都有了，怎麼就沒個女兒、孫女呢？

隨後他又想到老大書呆子、老二鑽錢眼子裡，生出來的閨女怕是也不會太討人喜歡。

就在這個時候，鑽錢眼子裡的文二老爺過來了。

這位二老爺年前因為覬覦亡母的嫁妝鋪子，被老太爺罵了個狗血淋頭，他自覺失了顏面，也怕老太爺繼續怪罪他，愣是在外頭躲到年底才歸家。這段時間他看著老太爺的心情比以前好了很多，心思便又活泛了起來。

文二老爺進了屋就笑道：「父親這是已經吃過了？兒子來的不巧，不然也嚐嚐父親近日喜歡的那粥！」

老太爺掀了眼皮看他一眼，又垂下眼睛，老神在在地問他來幹啥。

文二老爺搓著手笑道：「眼瞅著就要出正月了，母親嫁妝那鋪子不是還空著嗎？那麼好的鋪子，市口好，離咱家也近，空一天就是虧一天的租子，您看……」那鋪子確實是文二老爺說的好鋪子，還空著的原因很簡單——他特地運作的，並不對外租賃！

本以為老太爺就算同意也會先罵自己一頓，沒想到老太爺不僅沒罵他，臉上反而帶出了一點笑。

是啊，家裡還有個空鋪子呢！

文二老爺看到老太爺這笑模樣，以為有戲，越發殷勤地道：「父親放心，兒子肯定會好好經營。如您所說，這是母親留給未來孫媳婦的東西，兒子只是代為管理幾年，等到後頭家裡孩子們娶媳婦了，肯定完璧歸趙！」他這也不算是說假話，至於到底是給自己兒媳婦還是給隔房的姪媳婦，不都是他拿主意了嗎？

文二老爺心裡的小算盤打得噼啪響，沒想到老太爺卻突然變了臉。

文老太爺罵道：「你想得美！那鋪子怎麼就租不出去了？把你老子當傻子騙啊？再說一句那鋪子的事，你就再也別到我跟前來！」

「爹，好好的怎麼……」

文老太爺沈著臉道：「我從前耳提面命讓你兄弟別和你計較家裡的祖產，他做到了！都知道翰林院清苦，過去那些年家裡所有產業都捏在你手裡，進項如何他問過一句沒有？便是如今被罷了官、回了家，他也沒說要和你爭奪家產。你給的那幾個鋪子，利頭多薄你自己心裡不知道嗎？你呢？你存那什麼心思，難道要我直說？你要還這般不知足，不若趁我還在，你們兩房就此分家，我只跟著你大哥他們過！」

「不行！」文二老爺立刻拒絕。開玩笑，若是現在分家，家裡的產業要一分為二，那他手裡不還得劃出去好些東西？而且都知道老太爺私庫頗豐，他現在身子骨還硬朗，肯定不會分私庫的東西。若是讓他跟著大房過，那等老太爺百年後，豈不是都留給大房了？

「不行就收起你的小心思！」

文二老爺期期艾艾地道：「爹也別只罵我，大哥他們也不像您說的那麼好。兒子年前……年前書房裡還丟了罐上好的茶葉呢！那可是十兩銀子一錢的頂級大紅袍！」他越說越覺得有理，聲音也漸漸大了起來。那可是他自己都沒捨得喝的新茶呢，出門躲了一遭回來後，就發現連茶葉罐子都讓人拿走了！

他的書房日常都上鎖，下人進不去，也沒那個膽子，而他大哥的書房和他的挨著，有一個角門是相通的。因此文二老爺便立刻懷疑到了兄長的頭上，只等著找機會把這事捅到老太爺面前。

文老太爺突然安靜下來，再不指著他的鼻子痛罵，只臉色越發冷峻。

那兩間相通的書房，是老太爺當年特地讓人建造的，為的是讓他們兄弟二人多相處、多來往，兄友弟恭。沒想到，如今倒成了當弟弟的懷疑兄長拿自己東西的理由。

他要是以為是他哥哥拿的，直接找兄長說一聲、問一問，也就不會鬧這種誤會了。而且他們這樣的人家，一罐茶葉值什麼呢？便是兄弟拿了，也沒必要特地到他面前來說。

這種告兄弟的狀、說小話的手段，已經不是上不得檯面，而是令人不齒了。

「茶葉是我拿的，多少錢你報給帳房，不走公中，我從私庫裡撥出來還你。」

文老太爺意興闌珊地擺擺手，也懶得解釋當時是和顧茵一起鼓搗奶茶，而事後二老爺又隔了好些天才回家，所以取用後就忘記知會他了。

文二老爺剛剛還大聲得不行，看到老太爺突然這樣，他反而不敢再說別的了，立刻行禮出了去。

第十章

顧茵和老太爺說完話後就回到了大廚房，卻看見徐廚子和兩個小徒弟正在條案前神神秘秘地搗鼓著什麼，不過徐廚子那肉山似的身子擋住，所以顧茵什麼也看不到就是了。

顧茵也沒去探究，自顧自走到水槽邊，先把老太爺吃完的碗筷洗了。

徐廚子聽到響動，立刻站起身，追到她身邊道：「這種事情怎麼好讓小師傅動手，讓我小徒弟來做就行。」

顧茵說沒事。「一手一腳這就洗完了。」

等顧茵洗完了碗筷、擦了手，徐廚子便引著顧茵來到條案前。

只見案臺上放著各色吃食，肉乾、芹菜、龍眼乾、蓮子、紅棗、紅豆六樣東西裝在六個白瓷高底盤子裡，都堆成小山模樣，還用紅綢帶紮著，旁邊更有一壺酒，顯然都是精心準備的。

徐廚子白胖的臉上浮現出一絲紅暈。「這都是我為小師傅準備的，您放心，都是用我自己的工錢準備，不是拿主家的！」

兩個月來，顧茵做新鮮吃食的時候都沒有防著徐廚子，日常也經常指點他，雖然沒有圖他什麼，但當對方主動回報的時候，還是怪讓人感動的。顧茵心頭微熱地說：「你有心了。

這些東西都不便宜吧？說起來，咱們認識的時間也不算長，你還特地為我餞別。」

徐廚子臉上的笑驀地頓住了。「餞別？什麼餞別？小師傅要走?!」

「是啊，來上工的時候我就和文掌櫃說好只做兩個月，老太爺也知道的……不對，我好像沒和你說過？你不知道我要走，那你這是？」

徐廚子皺著臉道：「我這是拜師啊！小師傅，您難道不知道拜師禮嗎？」

顧茵還真不知道，她又沒有在這個時代拜過師啊！

「您要走了，那您去哪兒？」

「我還回去做自己的小買賣呀！」

徐廚子的眼睛頓時亮了，說：「那我也不幹了，我跟著小師傅做買賣去！」

顧茵無奈道：「我的買賣你做不了。」

「我怎麼做不了？」徐廚子急了。「我知道自己沒個擅長的，但是我肯學啊！從前那幾十年沒人帶著，我都學過來了，這兩個月跟著您，我也進步了不少！當然，我的手藝不能和您這樣的大師傅比，但是我手快，您也知道的，我一個人能頂三個人用！我這兩個小徒弟也像我，一個人當兩個人用絕對沒問題！」

「哎哎不是這個問題！」顧茵解釋道：「是我廟小，是真的小！我現在還在碼頭擺攤呢，小攤子就我和我娘兩個人足夠了。」

徐廚子滿臉的不可置信，愣了半晌後才道：「小、小攤子？」

顧茵摸了摸鼻子。「是呀，這不是冬天碼頭上沒有人嘛，所以我才出來尋活計做，到了這裡。」

「那您啥時候準備擴大規模啊？」徐廚子皺著臉，像要哭了一樣。

「快了。」顧茵正色道：「我打聽過了，碼頭那一帶物價低，租子也低，一個市口好些的鋪子，年租大概在十兩左右，我應該再攢幾個月就差不多了。」

徐廚子這才高興了一些，點頭道：「好，那到時候等您開了鋪子，我跟著您去做！」

顧茵雖然也是有大志向的，但是也沒敢一口應下，只道：「有機會的話，我也是想同你合作的。」

「那咱們拜師的事……」

顧茵倒是沒想過要收徒弟，畢竟這個時代的徒弟可不像後世那樣隨便。天地君親師，師父的名次只次於父親之後，師徒如父子，如果她把徐廚子收下，那就相當於母子關係了。

她其實對徐廚子挺有好感的，他這人呢，是真的喜歡廚藝，也是耐得住性子學廚的人。旁的不說，就說之前顧茵做火鍋蘸料的時候，要磨芝麻醬、花生醬，顧茵想到這個時代沒有研磨機，都覺得有些煩躁，他卻全然不會，帶著兩個小徒弟熱火朝天地一通研磨，後來嚐到那醬料，他直呼值得，一句辛苦都沒喊。

「這好像不太適合……咱們的年紀差得有些多了。」顧茵斟酌著言辭。

「是，我初時也想著，若是年輕十歲，立刻拜您為師絕無二話。但其實後來想想，年紀又算什麼呢？有個文謅謅的話怎麼說來著？」徐廚子看向兩個小徒弟。他之前特地找人問了這麼一句，但實在記不住，就只讓小徒弟記著。

小徒弟立刻說：「無貴無賤，無長無少，道之所存，師之所存也。」

徐廚子附和道：「對對，無長無少！我雖比小師傅略微年長幾歲，但是……」

「略微年長幾歲？」顧茵狐疑地打量徐廚子。年前他還只像個發麵饅頭，過完年後卻是胖得脖子都快沒了。臉上倒是生得還算白淨，沒有鬍鬚和褶子，但怎麼看都是個中年人。

徐廚子搔了搔後腦勺道：「我才二十八，還沒成家。」

蛤?!顧茵震驚。

「真的，我就是胖得顯老，以前沒這麼胖的時候可年輕了！你們說是不是？」

兩個小徒弟是徐廚子走南闖北的時候救下的兩個孤兒，聞言都跟著點頭。

「真的，師父救我那會兒他還不到十八，那時候可年輕了！」大徒弟道。

「是啊，師父救我那會兒才二十，風華正茂呢！」二徒弟也幫腔。

合著徐廚子沒比她上輩子大多少，這輩子也只比她大了八歲而已！顧茵半晌後才回過神來。「那你怎麼說自己在外頭學廚幾十年了？」

「這是真的，我也是無父無母的，被一群跑單幫的收養了。我五歲上頭他們就不管我了，把我扔到酒樓去當學徒，後來我換了好些個地方，學到現在可不是二十幾年了？而且我也知道自己顯老，這不是多說一些年分，好漲漲身價嘛！」怕顧茵還不肯應，徐廚子扶著桌子就要下跪。

顧茵伸手去拉，拉不動，喊了他兩個小徒弟才把半跪下去的徐廚子拉起來。

「這事容我考慮一下成不？」

收徒本就是你情我願的事，徐廚子看她沒有一口回絕，便立刻笑著點頭道：「成！您考慮多久都成，我等著您！」

顧茵看著他那憨厚的模樣，一時間還是難以接受他二十八歲這個事實……

這天老太爺說身體有些不舒坦，要休息，午飯剛過就放了顧茵下工。

顧茵回到緇衣巷的時候，王氏正在院子裡洗刷開攤子的那些傢伙什物。

看到顧茵提早回來，王氏見怪不怪地道：「妳忙完就歇著去，我自己洗刷就成。等明天再曬過一天，肯定誤不了事！」

顧茵還是挽了袖子，擰了巾帕，幫著王氏一道兒幹活。

王氏看她這日有些悶悶的，手下不停，問她。「怎麼了這是？遇到啥事了？」

婆媳倆相依為命地過了這半年，已經習慣遇事先和對方商量，因此顧茵就把徐廚子要拜師的事說給了王氏聽。

王氏忍不住笑道：「我還以為啥事呢！這不是好事嗎？說明人家打心底服氣妳、尊敬妳，所以才想拜妳為師啊！還是妳不喜歡他給妳當徒弟？」

顧茵說也不是。「徐廚子是我到現在為止認識的最好學、最喜歡鑽研廚藝的人，除了貪嘴這一點，其他沒什麼問題，人也挺好的。」

「那不就行了？我想著他這人也挺好的。妳想呀，妳這段時間指點了他，他感激妳，也沒想要白占妳的便宜，還準備了拜師禮要認妳當師父。」

「他還說要跟著我一道兒幹，可我也同他說了，我現在這小攤子人手盡夠了。他說等我開店……」

「妳不是本來就想開店嗎？」

「是啊，那不是眼前還沒影兒嘛！而且他在文家的工錢不低，到時候我也不能占著師父的名義，苛扣他的工錢吧？他還有兩個小徒弟，都過來的話，咱們開店的人手是夠了。」

王氏停下手裡的活計，奇怪地看著她。「妳怎麼想的這般多？妳前頭還和我信誓旦旦地說未來十兩、十五兩都不是事兒的氣魄呢？怎麼這會兒突然畏首畏尾起來了？」

顧茵笑了笑。「可能感覺像是一下子揹負起別人的人生，所以有些沒底氣。」

王氏伸手拍了一下她的背。「那就不想那麼遠的事！只說眼前，他欽佩妳的手藝，妳也欣賞他好學的心，那這事就成了！咱們開店沒影兒，那就讓他還在文家幹著，他想學的時候妳找地方教就是了。真到了小店也開起來了、缺人手的時候，再來想要不要請他來那些後頭的事！」

王氏是有生活智慧的人，讓顧茵為難了半上午的事，到她嘴裡就不是什麼事了。

顧茵輕鬆地笑起來。「娘說得對，他想學，我就教，旁的往後再想。咱家是要開店、開酒樓的，哪兒就帶不了一個徒弟呢？」

婆媳兩人說說笑笑的，黃昏前就把擱置了幾個月的傢伙什物全都洗刷好了。

第二天，顧茵去文家上工，認下了徐廚子這個徒弟。

徐廚子要給她拜師禮，她收了肉乾、龍眼那些，沒收他另外封的銀錢，只說自己快離開文家去開攤了，到時候忙得很，短時間內沒有太多心力可以教他，這銀錢等來日兩人一道幹的時候再給也不遲。

到了正月底，家裡萬事俱備，顧茵也和老太爺辭別。

老太爺早就準備好了給她的第二個月的工錢。

這幾天他在盤算別的，顧茵是個有骨氣的人，前頭他只給了她五兩銀子過年，她初時還不肯收，還是他拿出長輩的身分，以壓歲錢為由逼著她收下的。後頭年後返工，他要再給開工紅包，顧茵卻是怎麼都不肯再收了。

這樣的人，文老太爺很喜歡，但想給她點便宜的時候，卻又為難起來。

總不能直接說「我家有個好鋪子，老二那混蛋東西故意放出風去不許人來租，所以這鋪子現在還空著，我又不想便宜混蛋兒子，想便宜租給妳」吧？顧茵肯定不會接受的。

老太爺思索再三，開口道：「我前兒個聽妳說往後想開店，正好我這裡有個旺鋪空著，妳看看要不要租下？雖然咱們有些交情，但是按市價，這鋪子一年要租二十五兩，我給妳抹個零頭，一年二十兩租給妳怎麼樣？」

這是老太爺給她算的、很合適的價格。二十兩正好是顧茵這兩個月的工錢，她看著也是勤儉持家的，不是那等會亂花銀錢的人，怎麼著也還剩下一些傍身。若是不夠二十兩，那就修一下書契，不像市面上那樣按年付租子，先付個半年的也行。

顧茵搖頭道：「謝謝您的好意。我今年確實有開店的打算，但只是想開在碼頭那一帶，因為那裡租子便宜。不瞞您說，我現在身邊湊湊，十兩還拿不出來呢！」

年前攢下六兩，人頭稅交去一兩半，後頭過年置辦東西，得虧老太爺給了五兩，所以家裡攢的錢只用掉了半兩。如今那部分銀錢還剩下四兩，但是王氏已經買米、買麵，為開攤做準備，又花出去一部分了。剩下的那些不能動，既然做生意，肯定是要備著流動資金的。

至於顧茵這兩個月的工錢，那自然是沒動的，十五兩要給束脩，剩下五兩倒是可以攢著。五兩銀子，碼頭那一帶的鋪子都不夠，更別說老太爺口中的旺鋪了。

顧茵細細說給老太爺聽，表明自己暫時是真的有心無力，而不是故意要推辭他的好意。

老太爺聞言就激動道：「什麼了不得的先生，要收妳家十五兩束脩？」

「是個姓溫的舉人老爺，聽說是很了不起的，只是不願意做官，才沒有接著考下去。而且溫先生收的學生不多，所以束脩略貴一些。」

「這不是胡唚嘛！要不想做官，還考啥科舉啊？別是考不上進士，所以才這樣說的吧？」看顧茵閉口不言，老太爺也急了，又問：「妳都到文家這麼久了，不知道我的身分嗎？」

顧茵道：「那自然是知道的。」

其實一開始並不很清楚，但是廚房裡有徐廚子在，兩人閒磕牙的時候，徐廚子早把文家的事都告訴顧茵了，他當時還無比佩服地道「縣太爺當年科舉入仕的時候，咱們老太爺正好是當屆考官，是縣太爺的座師，所以就算老太爺現在退下來了，縣太爺見了咱們老太爺都怵得慌。咱們府裡的人更別說了，就沒有不怵他老人家的，只有小師傅不怕老太爺」。

顧茵還真不怎麼怕老太爺，一來自然是這段時間接觸下來，她知道老太爺為人很好，她陪他吃吃喝喝、玩玩鬧鬧，不知不覺地就把他當成了普通的長輩；二來可能也跟第一印象有關。

旁人都是先知道老太爺的身分，再想他這個人，自然不敢小看了他去。

她不是，她第一次見到老太爺的時候，老太爺正爬上戲臺子和人吵嘴，後頭還讓許氏和王氏兩個聯手架了下來，任憑文老太爺兩條短腿凌空來回踩單車那樣倒騰，都沒能把自己倒騰下地。這樣的初次見面，她回想起來只想發笑，自然是不會去畏懼他的。

文老太爺像看傻子似地看著顧茵。「既然知道，妳還給妳家孩子請別人當先生？妳知道想投入我門下的學子有多少嗎？光我過年拒而不見的就有上百！上百妳知不知道?!」

原來老太爺過年不見客是因為躲這個啊！顧茵心中想著，又看老太爺一聲高過一聲，臉都憋紅了，連忙遞杯熱茶給他。「您別激動，歇口氣。」

文老太爺抿過一口熱茶，冷靜了一些才又道：「妳是怎麼想的？妳仔細給我說說。」

顧茵就道：「您老肯定是比溫先生更有學問，如果我家武安不是六歲，是十六歲，那我肯定也想為他爭取一個機會。可他現在還差兩個月才到六歲呢，只跟著隔壁許公子唸過「三百千」，這種程度我如何好意思讓他給您當學生呢？」

大學老師能教小學生嗎？那當然是可以教的，但是這也太大材小用了！而且大學老師的思維和孩子的思維肯定是不同的，這也是為什麼現代有很多家長，明明自己學歷很高，輔導自家剛上學的孩子的功課時，也會覺得力不從心、屢屢崩潰。

老太爺一想也是，他做學問做了一輩子，這把年紀了，現在讓他再把《弟子規》、《幼學瓊林》、《聲律啟蒙》那些講一遍，他自己都覺得沒勁，更別說提高學生的積極性了。讀書這種事，名師固然重要，但是孩子的自主積極性同樣重要。要是開頭的時候沒讓孩子自己想學，後頭要再學就難了。

最重要的是，人不服老不行，他這幾年眼神是越來越不行了，看什麼都帶著虛影，自己看書、練字都費勁。

老太爺撇著嘴不吱聲了，正好，這時文大老爺過來請安。

文大老爺知道今天是顧茵在文家上工的最後一日，想來問問老太爺能不能把廚娘借他一會兒，好再做兩道辣菜解解他的癮？最好是能做一些上次那種麻辣火鍋底料，可以存起來他慢慢吃。

老太爺一看到他就驀地笑起來，忙不迭地招手道：「老大快來，我這有好事便宜你！」

文大老爺看到老父親笑咪咪的就心慌。老太爺從前在朝堂上算計政敵的時候，也是這模樣！但是心慌又能如何呢？這是自己親爹，又是自己上趕著撞上來的，總不能掉頭就走吧？

文大老爺步伐沈重地進了屋，動作遲緩地給老太爺行了禮。

老太爺還是笑，熱情地問他。「老大吃過沒？我記得你最近喜吃辣，顧丫頭今天最後一天在咱家上工，要不要讓她再給你做點啥？」

這是文大老爺過來的目的，但文老太爺主動這麼問，反倒讓他不敢答應了。

「吃、吃過了。」文大老爺吞吞吐吐地道。「父親有話直說，兒子但憑驅策。」

「哎，你這孩子，說得好像我關心你是為了用你似的！」文老太爺慈祥地看著他。「是真有好事便宜你呢！你不是說在家無聊，想收學生嗎？」

文大老爺心道：我哪有？

「唉，正好顧丫頭家有個孩子，聽說是絕頂聰明、百年難得一遇的好苗子，你看是不是……」

雖然顧茵也覺得武安是真的挺有讀書天賦的，光過目不忘的記憶力就是許多人一輩子都趕不上的，但是她還沒和老太爺提這個啊！怎麼還帶自說自話的？

老太爺說著又看向顧茵。「我家老大雖然在京中的官位低微，但那也是正經的兩榜進士、當年的探花郎出身，說起做學問、做先生，他是真的比我厲害。」

老太爺讀書，那是為了做官，入仕之後他的心思就不在做學問上頭了。

文大老爺不同，他天賦沒有他爹高，但他是真心喜歡看書，不止《四書五經》，其他什麼書他都喜歡看。前兩天老太爺還看他在翻著《幼學瓊林》那樣的書看，問他怎麼看起這樣的書，他說就是突然想起很久沒翻了，這本書雖然是兒童開蒙的讀物，但現在再讀也挺有趣的。還有比這樣喜歡讀書又年富力強，並且還時間充沛的人更適合當老師的嗎？

老太爺這番兩頭推銷，不可謂不成功，反正顧茵是心動了，當即就笑道：「那我得空把那孩子帶過來？就是不知道大老爺明天哪個時辰比較有空？」

文大老爺看向老太爺。「父親看我什麼時候有空？」

老太爺心道：我看你現在就空得很！老大如今是家裡的閒人，雖然老太爺分了幾個鋪子給他們大房，但是他不會庶務，也對那些沒興趣，便把幾個鋪子全權交給了文琅和文沛豐管理。但當著顧茵的面，老太爺沒說這個，只道：「擇日不如撞日，那就今日吧！上午你也沒啥事，就讓顧丫頭把人帶過來。」

顧茵自然應好，先不管武安能不能被文大老爺選上，她還是跟老太爺和大老爺都福身道謝，感謝他們給了這個機會。道完謝，顧茵就出府回緇衣巷去了。

等顧茵走了，文大老爺不禁垮下臉來發愁道：「父親，我怎麼就要收學生了？過年的時候您稱病不見客，那上百個學子可都是我幫您接見的呢！」

文大老爺雖然人到中年，但或許是多年來一直一心讀書，入官場之後也只在翰林院那樣的地方供職——翰林院裡有文人，雖自古文人相輕，傾軋也有，但還是比外頭少很多，且朝堂上有老太爺這文官之首坐鎮，當然沒人敢去觸霉頭。所以文大老爺一顆赤子之心未泯，人前還算持重，私下裡卻是少年心性。

文老太爺老神在在地端著茶盞。「上百個你都幫著見了，再見一個怎麼了？」

「也沒怎麼……」文大老爺的聲音就低了下去。「但是那孩子……真的有父親說的那麼聰明嗎？」

文大老爺之前確實是沒想過要收學生，但過年的時候見到了那麼些求知若渴的學子，他其實也動過收個學生的念頭。可一來，過去的那些年，他們父子倆雖同朝為官，卻還是老太爺的一生更具有傳奇色彩，在翰林院裡做了半輩子學問的文大老爺就顯得有些名不見經傳，所以那些學子絕大多數還是衝著文老太爺來的。二來，也是文大老爺自己眼光高，雖然沒指望收個老太爺這樣天縱之才的學生，但也不能比他差吧？

兩個因素一卡，上百個學子就都被文大老爺拒回去了。

現在既然得了老太爺的吩咐，要真正考慮收學生了，文大老爺少不得要仔細問問那孩子的資質和學習進度。

他是真的挺喜歡顧茵的手藝——雖然她總說自己紅案功夫差一些，老太爺日常也誇獎她白案做得更好，但是番椒到她手裡，就能變化出眾多截然不同的吃食，那番奇思妙想連京城酒樓的大師傅都比不過，實在讓人大開眼界。如果不收下她家的孩子，怕是會壞了情分。

所以，最好是她家孩子真的有天賦，他也能收到個讓人滿意的學生，皆大歡喜。

老太爺面色不自然地咳嗽了一聲，半晌後才道：「顧丫頭看著那麼機靈，她家的孩子肯定不會差了去。」

「小娘子看著那麼年輕，原來已經有孩子了。」

老太爺說不是啊。「那孩子叫武安，好像是她夫家的。」

文大老爺失聲喊道：「她夫家的孩子能隨她的機靈?!」

老太爺掏了掏耳朵。「喊啥？你爹沒聾呢！我又沒強逼你把人收下，只是給那孩子一個機會嘛！你前頭沒少跟著我吃喝吧？人家丫頭是來給我一個人當廚娘的，照理說只要照顧我的吃食就好，人家還給你做了那麼些，也沒多收工錢，你給人家孩子一個機會怎麼啦？」

文大老爺的聲音又低了下去。「……那好吧。」

這天中午前，顧茵把武安和顧野一起領過來了。

本來她只是要帶武安過來的，但這兩個孩子連成串都連習慣了，形影不離的，她把武安領走後，顧野就一直遠遠地跟著他們，她也不好把他撇下，只好一起帶過來了。

「兩個都是妳的孩子？」

顧茵說不是，介紹道：「大一些的是我小叔子，叫武安，還有兩個月不到就六歲了。小一些的叫顧野，跟我姓，是我的孩子。兩個小孩在家形影不離，就只好一起帶過來了。」

老太爺聞言就先去看顧野，想著就算大的不成，這小的看著怪機靈的，肯定能隨他娘了吧？

可惜讓老太爺失望的是，小顧野雖然生得白淨秀氣，一雙眼睛亮晶晶的很是機靈，被老太爺從頭到腳地打量了一番也絲毫不怯場，但一問之下，才發現他連基本的應答都不會。

怕傷到孩子的自尊心，老太爺把顧茵招到跟前，壓低聲音問她是怎麼回事？總不會這麼大的孩子還不會說話。

顧茵就把小顧野的來歷輕聲解釋給了老太爺聽。

老太爺聽完後點了點頭。「原來是這樣。那也不急，這孩子看著頗機靈，來日方長，可堪教化。」

然後就輪到武安了，他性子靦腆，驟然被帶到陌生的環境，又見到了生人，下意識地就要往顧茵身後躲。

顧茵就蹲下身同他道：「武安別怕，這個老爺爺人很好的，嫂嫂這段時間就是在他家做工。過年的時候老爺爺還給了嫂嫂好大一個紅封，嫂嫂給你們都買新衣裳了，還記得不？」

武安自然是記得的，新衣裳他愛惜地穿了一整個過年，可惜這兩天天氣熱了，他娘說不適合穿襖子了，把那一身收起來了，說來年過年時再穿。而且武安還記得這段時間嫂嫂每天放工都會帶各種好吃的回家，都是東家——也就是眼前這個老爺爺給的。

果然他沒有那麼害怕了，鬆開了捏著顧茵裙襬的手，絞著雙手上前給老太爺請安。

「孩子的性子有些靦腆，畢竟家裡只有我娘和我兩個，您老原諒則個。」顧茵幫著致歉。

老太爺不以為意地擺擺手，說不礙事。

畢竟雖然老話說三歲看八十，但其實性格這種東西是最會變的。

就像小時候的文家老二，那會兒長在父母膝下，雖然讀書上頭沒天賦，但也是機靈懂事的，後頭是當時還健在的文家二老覺得膝下空虛，來信想讓老太爺把孫子送回去住一段時間，於是老太爺就把兩個兒子都打包送回去了。結果老大雖然是長孫，卻因為性子太過木訥，鎮日裡就知道捧著書閉門不出；老二雖然小幾歲，卻是俏皮話不斷，日常就在二老膝下承歡，讓二老愛他愛得不行。

幾個月後，文老太爺把兩個孩子接回來。老大慶幸終於能回家好好讀書了，說去了幾個月，帶回去的書早就看完了；老二則懨懨的，回來後讀書越發定不下心，三天背不完一頁書，氣得老太爺打了他一頓板子，轉頭他就自己去信給祖父、祖母，說還想回寒山鎮去。

於是文家二老又來了信，先說捨不得老二，又說家裡的產業雖然在京城不算什麼，但到底是祖祖輩輩傳下來的東西，總要有人繼承。老二既然不會讀書，但腦子機靈活絡，回去繼承祖產不是正好？

老太爺和太夫人當然捨不得孩子，但是如老太爺這樣在外為官、父母又不肯離開老家的，確實都會送一個孩子回去代自己盡孝，且老二自己也願意，所以他們夫婦還是把孩子送回去了。

一開始是讓老二每年在寒山鎮和京城各住半年的，但半年後他自己不願意回京，推出文家二老兩座大山來，文老太爺也奈何他不得。後頭等文老太爺發現老二長歪了的時候，想糾正時已經來不及了。

一晃眼到現在，文家老二成了鑽進錢眼子裡出不來的文二老爺。

所以老太爺更相信環境能塑造人的性格。

說完話、見完了禮，便到了考校的環節。

因為武安只唸過「三百千」，文大老爺便讓他先都背過一遍。

這是武安的長項，所以他慢慢也放開了。

「人之初，性本善……」

「趙錢孫李，周吳鄭王……」

「天地玄黃，宇宙洪荒……」

武安用清朗的童聲不徐不疾地依次背過三本書，文大老爺又挑著抽背了幾句，武安都能對答如流。

文大老爺點頭道：「確實都會了。我聽說你沒請過先生，只是跟著隔壁的書生學過一遍？」

武安看向顧茵。

顧茵卻並不開口，只鼓勵地拍了拍他的肩膀，讓他自己說。

武安就鼓起勇氣開口道：「回大老爺的話，我是沒請過先生，但青川哥都讀過好幾遍給我聽，也教我認過，所以我都學會了。」

「只聽過、認過幾遍就會背了嗎？那我這裡有一本《幼學瓊林》，來，你到我身邊來，我讀一遍給你聽。」挨個字指著讀過一遍後，文大老爺端起熱茶潤潤口，正要再讀第二遍，卻聽武安已經開口背上了——

「混沌初開，乾坤始奠。氣之輕清上浮者為天，氣之重濁下凝者為地……」

「咳咳，這就會了？」文大老爺小聲地和老太爺嘀咕。

老太爺心中也頗驚訝，面上卻不顯，斜了他一眼，低聲道：「我都說顧丫頭家的孩子聰慧了。你鎮定點，都是要當人家先生的人了。」

文大老爺立即又坐直身子。半晌後，等到武安一字不錯地背完，他微微頷首，含蓄地誇讚道：「不錯。」隨後又問道：「也會寫嗎？」

「也是會的。」

筆墨紙硯都是現成的，文大老爺便讓武安當場寫來看。

武安往常在家裡都是用炭筆自己寫著玩，第一次碰毛筆難免有些慌張，再次對上他嫂嫂滿含鼓勵的溫柔眼神，這才吐出一口長氣，先回憶了許青川拿筆的手勢，然後執筆蘸墨，在空白的宣紙上開始寫字。

第一次拿毛筆，武安本就沒有練過的字越發的歪七扭八。不過好在他細心妥貼，白紙之上也沒有弄出墨團污漬。

早在他握筆的時候，老太爺和文大老爺就知道這孩子多半是沒碰過筆的——空有姿勢卻不知道如何用力。所以在這種情況下，他還能把字寫得清晰可見便是不容易了。

後頭文大老爺指點了他兩句，他立刻心領神會，再下筆的時候字跡便工整了不少，雖然仍稱不上一個好字，但和之前的已經完全像是兩個人寫的了，還真是個一點就通的！

他們父子二人對視一眼，都對武安十分有好感。

在文大老爺這裡是過了關的，不過後頭老太爺又出了個問題。

「一杯清水，加入一滴墨汁後，便整杯變渾。一杯污汁，卻不會因為加入一滴清水而變清澈。你是這滴清水，該當如何？」

怕孩子不理解，文老太爺當場用兩個茶杯，一個裝水，一個裝墨汁示範給他看。

顧茵聽出來這問題是影射官場了，但既然是考驗武安的，所以她並不多言。

武安此時也放開許多了，便說：「清水、污水都是水，既然是我不能改變的，那我就做好一滴清水，不要被污水同化。」說完武安自己的臉也紅了。其實他明白眼前的老爺爺在藉著水考驗自己別的東西，但是他只隱隱約約摸到一點邊，其實也不清楚到底在問什麼，所以覺得自己答得並不好。

老太爺瞇著眼，回想起自己孩童時被問到這個問題，他當時寧折不彎的天性已經顯出來了，說一滴清水滌不淨這污水，他便不做那一滴清水，做一捧、一汪清水，日復一日，年復一年，總有一天，他才是主導這杯水會不會渾濁的那個。

後來他確實是這麼做的，歷經三朝，鍥而不捨。但回過頭來才發現，自始至終，任他能耐再大，到底也只是杯中水，爭不過執杯的人，實在可笑。

反倒是武安這樣的回答，圓融通達，另含一種不以物喜、不以己悲的寬廣胸襟。

這個問題其實都沒有所謂的正確答案，不過是讓老太爺和大老爺更了解武安罷了。

所以文大老爺點頭道：「確實是個好孩子。明日開始便來府中跟我讀書吧，你可願意？」

武安自然是願意的，忙不迭地點頭說：「我願意！」其實他挺喜歡讀書的，雖然現在還是一知半解，但這種喜歡說不清也道不明。

拜師禮便定在第二日。

老太爺笑咪咪地目送顧茵牽著兩個孩子出門。

文大老爺忍不住出聲問：「父親怎麼比我還高興？」

老太爺並不肯透露，只正色道：「你收了個好學生，我替你高興還不成？咱們也該做往後的打算了。我們父子見惡於今上，他在位一日，我們便無一日起復的可能。文琅的資質雖比你好些，但無人幫扶，他日入朝為官也是獨木難支，總是需要幫手的。」

說到這個，文大老爺也正色躬身行禮。「父親高瞻遠矚，兒子一定不辜負您的期望，將這孩子好好教養出來。」

再說顧茵他們，出了文家後，武安蹦蹦跳跳的，儘管他之前已經再三強調，他現在都有姪子了，不能再喊他小武安，顧茵還是忍不住笑道：「小武安，怎麼這麼高興？」

武安紅著臉笑笑，這才開始老實下來。

顧野被顧茵的另一隻手牽著，嘴裡嘀嘀咕咕的。

顧茵仔細一聽，只聽他自言自語道——

「水渾……全倒掉！一杯不行……再換一杯！」

聽聽這話，簡直狂得沒邊了！顧茵不禁揉了一把他的小腦袋。

等回到了緇衣巷，王氏已經伸長脖子等在巷子口了。

「怎樣啊？咱家武安通過考校沒有？」王氏的聲音都在打著顫。

顧茵輕輕一拍武安。

武安自己開口道：「通過啦！先生讓我明天就去跟著讀書了！」

「老天爺啊！」王氏忍不住嚷起來，隨後又連忙捂住自己的嘴，推著三人一道回家去。

拜師禮要準備肉乾、龍眼、蓮子等那六樣東西，所幸前兩天徐廚子才給顧茵送過一份。

顧茵離開文家的時候去問了他一聲，問到了他那些東西到底是在哪家採買的。

其他的都能買到，就是肉乾，這東西還是要自己風乾划算。徐廚子過年前就動了拜師的心思，所以過年的時候特地多做了一些，一半送給顧茵，一半他是留著自己慢慢吃的，聽說她要用，徐廚子也沒多問，當即就說回頭讓他小徒弟給顧茵送到家裡去。

王氏平復下心情後，就和顧茵去買其他的東西，傍晚徐廚子的小徒弟送肉乾過來，東西就都準備齊全了。

隔壁許氏看她這忙進忙出的，忍不住多打聽了一句。

別看王氏平時憋不住事——過年的時候顧茵送她那簪子，她整個過年期間都戴著，逢人不管對方問沒問起，她就主動說是兒媳婦孝敬的。但是到了這時候她卻知道不能聲張，也就是許氏問了，她才壓低聲音告訴了對方，說自家武安被文家大老爺收為學生啦，明天就去行拜師禮！

許氏還不知道文家的真正背景，只知道那老太爺先前讓顧茵轉交了兩本書，自家兒子寶貝得不行，先仔細看過一遍，後謄抄下來，再把原書還給了人家。

「溫先生那裡不好嗎？還有兩日就是溫先生招學生的時間了，妳可別是為了省銀錢。真要不夠，咱們兩家湊湊。」

王氏笑著擺手。「不是那樣的。這文家啊……就是咱們之前在戲文裡聽到的那樣的人家！那文家老太爺那會兒就是剛辭官，心氣不順，所以看到那樣的戲文內容才和人吵起來了！」

許氏驚得吸了一口冷氣。

後頭王氏就接著去忙了。

許氏若有所思地回了屋，沒多會兒許青川回來了。

許青川面上帶笑，進屋便道：「剛回來時遇到了武家孀子，她和我說了武安的事，讓我後日不用帶他去溫先生那裡了。這孩子天賦絕佳，沒想到運道更好，他日必然會有一番作為！」

許氏看著兒子真心實意為武安感到高興的模樣，嘆了口氣。

許青川問她怎麼了？

許氏吞吞吐吐地道：「兒啊，你說武安縱然聰明，但你也不比他差，咱們當時和隔壁是同一天認識那文老太爺的，怎麼就……」怎麼就不是你呢？

許青川不以為意地笑道：「娘怎麼這樣想？各人有各人的緣法，且我已有先生，若我今日覺得文家兩位先生更煊赫便改拜先生，他日遇到更厲害的，難道我要再換先生嗎？那我成什麼人了？」

「唉，我兒說的有理，可我就是……」

許青川溫聲勸慰道：「當年老太爺在鎮上的時候，不也是跟著舉人老爺讀書，您看他都做了三朝重臣了。若不是他與當今起了齟齬，自請辭官，他的地位是再不可能被人撼動的，可見名師固然重要，但是今後如何，還是看學生自己。」

許氏被他哄得氣順了，起身回屋拿了自己的私房錢，道：「那我再去隔壁一趟！人家翰林老爺肯收學生，那束脩肯定要比溫先生高，王寶蕓那個憨貨光顧著樂，也不知道銀錢夠不夠……」

這天半夜裡，顧茵起身做包子、熬粥，等到天亮的時候，王氏先去支攤子，她則提著東西送武安去文家。

武安和顧野都搶著幫她提東西，只讓她提了一袋的龍眼乾。

一行人到了文家，文老太爺和文大老爺都在書房等著他們了。

六色拜師禮放到桌上，文大老爺喝了一盞武安敬的茶，又領著他拜過至聖先師的畫像，舉行了開筆禮，簡單的拜師禮便算是成了。

禮成之後，顧茵又拿出另外一個紅綢紮成的小包袱，跟束脩禮放到一起。

文大老爺自然不在乎這些俗禮，不過是走個過場罷了，所以他也沒注意到拜師禮多了一樣，讓人把東西收下後，就領著武安去了自己的書房。

老太爺笑咪咪地觀看了全部過程，等送走了這對新晉師生後，老太爺看顧茵福身要告退，他臉上的笑容一滯，忙把人喊住。「妳家孩子進學的事情解決了，我們來說說鋪子的事情吧！現在妳可以租我那個鋪子了吧？」

顧茵說不行。「現在怕是連那五兩銀子都沒有了，除了攤子上留了些現銀流動外，家裡的吃穿還要現掙了。」

老太爺奇怪道：「我不是給妳家省下十五兩了嗎？」

「是啊，原先預備給溫先生的那十五兩是省下了，可大老爺是這樣清貴的翰林大老爺，我們家雖然家底薄，但肯定得呈上更豐厚的束脩才成啊！所以這兩個月的二十兩工錢我剛剛都一併放進束脩禮了。」

老太爺目瞪口呆。「我什麼時候和妳說老大要同你們家要銀錢了？真要是為了銀錢，他也犯不上收妳家武安，自去收那些富戶商賈的孩子了！」

「不是那個意思，大老爺自然不在乎這些俗物，但給不給卻是我們家的態度問題。武安在您家一待就是一日，午飯吃喝都要在這裡，便是孩子的開支，也是要給一些的。這也就是我能力有限，不然以大老爺的身分，自然不該只呈上這點。」

老太爺把嘴閉上了，他既不好意思說讓大兒子把銀錢還回去的話，也不好意思說顧茵這份尊敬大兒子的心是錯誤的，但是這件事的發展和他想的也太不同了啊！

合著前後好一通忙活，武家得了個厲害的先生，大兒子也得了個聰明乖巧的學生，就他一人啥也沒撈著？忒讓人難受了！

顧茵其實是知道老爺子的想法的。昨兒個許氏揣著私房錢到家裡來問要不要幫忙，孩子唸書雖然是大事，但是也不好在外頭舉債供孩子唸書，所以顧茵沒借她的銀錢，只和王氏商量著，先把家裡那二十兩給文大老爺，以後等家裡境況好了再逐年增加。

「您別不高興，我知道您是捨不得我。不然這樣吧，我每日送武安過來後，先給您做一頓朝食，再回去開攤？」

文老太爺哼了一聲。「我確實還沒用朝食，走吧！」

他站起身拿了自己的帽子，看著就是要出門的樣子，顧茵奇怪地問他是要去哪兒？

老太爺背著雙手，氣鼓鼓地道：「還能去哪兒？當然是妳那個小攤子上吃啊！把妳扣在這裡做一頓朝食，再讓妳接著去開攤的事我可做不出！正好去看看妳那個小攤子到底擺得怎麼樣。」

顧茵連忙牽著顧野跟上。「哎！我那兒還有魚肉餛飩、菜包和肉包，當然也有您喜歡吃的皮蛋瘦肉粥。您今天先湊合著吃一頓，回頭想好明天想吃什麼，我單獨做給您！」

「誰說我要天天去了？」老太爺頭也不回地道，走到文家大門口後，他又說：「我不喜歡魚肉的，我想吃鮮蝦餛飩。」

顧茵忙不迭地應下，老少三人便步行去了碼頭。

只見人來人往的碼頭上，自家攤子前擠滿了人，王氏站在板凳上，一手拿著舀粥的大鐵勺，一手插腰，正眉飛色舞地吹噓道：「這皮蛋瘦肉粥你們沒聽過對不對？那可是文老太爺吃完都讚不絕口的吃食呢！也就是我兒媳婦心好，把這好粥以兩文錢的價格賣給大家吃，等於白送啊！」

眾人雖然都沒見過文老太爺，但是經過這幾個月，大家都知道這名位極人臣的老太爺回到鎮上來了，過年的時候文家門庭若市，全都是想拜見他老人家的，所以一聽說是連他老人家都讚不絕口的，掏錢買那個放了黑皮蛋的粥的人頓時就多了起來。

當然也有人不信的，嚷嚷說：「人家文老太爺是什麼人物？三朝重臣、兩任帝師啊！還能看上妳兒媳婦做的吃食？小心風大，妳可別閃了舌頭！」

眾人一通哄笑。

王氏紅著臉、梗著脖子道：「我還要胡說？文老太爺說不定放不下這吃食，巴巴地追過來呢！」

「文老太爺那樣的人物還會到我們這種地方來？妳這惡婆婆忒會說笑！」

王氏還要再爭，抬眼就看到了人群後頭的顧茵，也看到了跟在顧茵旁邊的小老頭，她的臉頓時由紅轉白，嚇得差點從板凳上摔下去！

那板凳到人腿肚子高，摔下來可人可小。

顧茵連忙撥開人群要去扶，不過王氏自己穩住了。

穩住身形後，王氏頓時沒了方才的氣焰，對著看熱鬧的眾人嚷嚷道：「散了散了！買就買，不買的別擱這兒看老娘的熱鬧！」

眾人見沒熱鬧可看了，想買粥的自然掏銀錢，不想買的就散開。

顧茵也回到了自己的攤子上。

婆媳倆還像從前那樣，一個賣包子和粥，一個賣餛飩，小顧野則頂替了武安的位置，幫著端碗打下手。

一口氣忙了快一個時辰後，總算能喘口氣。

王氏伸著脖子左右環顧，沒看到文老太爺，她先是呼出一口長氣，而後才壓低聲音問道：「老太爺怎麼跟著妳一道回來了？」

顧茵無奈道：「老太爺沒用朝食，我說留在文家給他做好了再過來，他不想耽誤我的工夫，就說過來用。」

「那……那他都聽到了？」王氏囁嚅著，再沒有方才站在板凳上那呼呼喝喝的氣勢。

顧茵用眼神表示：妳說呢？

方才老太爺聽到王氏的話就立刻往旁邊邁了兩步，裝出一副不是和她一道來、並不認識她的模樣。後頭人都散了，老太爺也跟著人群走了，也不知道是不是真的氣上了？

「娘怎麼好好地說那些？他老人家也是要面子的。」

王氏後悔不已，小聲道：「就是咱家那個皮蛋瘦肉粥，他們看裡頭放了那個黑乎乎的皮蛋，也不知道誰先嚷嚷的，說是咱們賣壞掉的東西給他們吃。我氣憤不過，本來只是想說這是文老太爺都稱讚過的，自然不會是什麼壞掉的東西，後面就是話趕話，就……妳說老太爺會不會不讓咱們武安去他們府上唸書了？」

顧茵見她苦著臉，一副天都塌了的模樣，便安慰道：「老太爺器量大，回頭我代娘好好道歉，應該就沒事了。而且一碼歸一碼，想他老人家是不會遷怒到武安身上的。」

早市過半，隔壁賣油條的老劉頭過來和顧茵寒暄了兩句，然後就注意到了她身邊的顧野。「這小傢伙長得真好看，怎麼之前沒見過？」

顧野比之前白了也胖了，穿著一件棕色夾襖，一條黑色薄棉褲，小腰上紮一條黑色的腰帶，勒出一個圓滾滾的小肚子，看著神氣活現的。他臉上的凍瘡在搽了一個月的藥後就結痂脫落了，又白又嫩的臉頰不再像過去那樣凹陷，笑起來的時候會有兩個淺淺的酒窩，又乖又甜。當然最特別的還是那一雙烏灼灼的眼睛，又大又亮，靈氣十足。

任誰見到他現在的模樣，都想不出他兩個月前還是個髒兮兮的野孩子。

顧茵拍拍他，輕聲問：「還記得娘在家怎麼教你的嗎？」

顧野點了點頭，邁著小短腿，毫不怯場地跑到老劉頭跟前，徑直跪下去給他磕頭拜年。「劉爺爺，給您拜個晚年！」這話在家時已經練過好幾遍，所以他說起來一點都不磕巴。

「好好！」老劉頭笑得牙豁子都出來了，一邊開錢箱子一邊道：「這就給你拿壓歲錢，自己拿著買東西吃啊！」

顧野抿唇一笑，眼睛彎彎，酒窩淺淺。

正好葛大嬸來還蒸屜，看到他這小模樣，也忍不住跟著笑起來。「乖乖，哪裡來的小福娃？比年畫上的還討喜呢！這是誰家的孩子啊？」

這次不用顧茵教，顧野又對著葛大嬸拜下去，聲音清亮地喊了人。

「哎哎！」葛大嬸眉開眼笑，忙不迭地把他拉起來，又摸了摸身上。「我過來沒帶銀錢，等著啊，馬上就回去給你補上！」

看到旁邊的顧茵笑得合不攏嘴，葛大嬸笑著拍了她一下。「怎麼兩個月不見，妳家多了這麼個娃娃？也怪多禮的，拜年拱拱手就行了，怎還讓孩子跪上了？」

顧茵笑著道：「這個頭您和劉大叔都受得！您二位還沒看出這孩子是誰嗎？」

她這麼說了，老劉頭和葛大嬸便再把小顧野從頭打量到腳一遍，這才將將把他認出來了。

「福大命大的孩子，是你啊！」葛大嬸頓時紅了眼睛。

去歲冬天這小孩忽然不知去向，拜託了關捕頭幫著尋找都沒有結果，眾人都是急得團團轉，尤其是老劉頭和葛大嬸這兩家最早開始餵養小孩的，對他的擔心比顧茵和王氏只多不少。

「好孩子，真是個好孩子！」老劉頭也拿著袖子擦眼睛。

顧野大大方方地接受他們的誇獎。

後頭葛大嬸又折回去拿了銀錢來，也要給他壓歲錢。

顧野毫不客氣地一把接過，轉頭又看了看顧茵的眼色，就一人只拿他們一個銅錢，其餘的都不肯要。

「唉，真是像變了個人一樣呢！這要是走在路上，我是肯定認不出的。」葛大嬸拉著顧茵的手拍了拍。「妳教得真好。往後是怎麼個章程？」葛大嬸知道顧茵家孤兒寡母的也不容易，家裡還另有個五、六歲的小叔子，尤其王氏看著委實不好相與，就怕她容不下這孩子。

「嬸子別操心，我娘是真心喜歡他。」

她們說著話，顧野已經托著兩枚銅錢進了攤檔，獻寶似地捧給王氏看。他還沒忘了壓歲錢要交給王氏呢！

「奶不要，你自己拿著買飴糖吃。」王氏正在給人裝包子，就用手肘把小崽子又推出去。

顧野又蹦蹦跳跳地跑到顧茵面前，笑著問她。「娘，我吃？」

「去吧。自己認得路回來吧？」

他忙不迭地點頭，然後一溜煙地跑走了。

葛大嬸看完了一整個過程，總算是放下心來，又接著同顧茵道：「往後要是遇到什麼困難，儘管開口。」

顧茵謝過她的好意，兩人說了會兒話後，葛大嬸便回去了。

沒多會兒，顧野拿著兩串糖葫蘆回來了。

一串他已經吃了，另一串他先遞給顧茵，又遞給王氏，她們倆自然都不吃，他就讓王氏幫著他放起來。看王氏把那串糖葫蘆插放好了，他才又去了顧茵身邊。

顧茵帶著他在碼頭上逛了一圈，讓他給其他幫助過他的人家都拜了個晚年。

凡是認得這小孩的，再見他就沒有不驚奇的，先是變著法地誇他，又各種好話去誇收養他的顧茵，顧茵聽得臉都紅了。

倒是顧野，一直表現得坦坦蕩蕩的。他覺得大家沒說錯啊，他就是這麼好、這麼討人喜歡，而他娘也確實人美心善，像天上的仙女呢！可惜他現在會說的話還不多，不然一定說更好聽的話去誇他娘！

一通拜下來，顧野的小荷包裡多了十文錢。他來回數了好多遍，眼睛都笑成了個小月牙兒。

下午晌回到家裡，王氏看顧野寶貝地捧著個小荷包，好笑地道：「看看這小財迷的樣子，說不是妳生的怕是沒人相信！」

顧茵正在笑咪咪地數著這天賺的銅錢呢，聞言立刻摸了摸臉，說：「我哪有啊？」

王氏笑過一陣，便問顧茵今天的進項如何？

過年前他們每天能賺一百三十文左右，這天換成了皮蛋瘦肉粥，雖擱了皮蛋和瘦肉，但在一大鍋粥湯裡並不會放很多，主要是提味，利頭是稍微厚了一些的，照理說應該多賺一點。不過可惜的是皮蛋的賣相不好，很多人和一開始的王氏一樣難以接受，所以總利潤和之前差不多。

但顧茵並不心慌，本來推出新品就是個更朝換代的過程，第一天能賣出這個數目，後頭的生意肯定是會越來越好的。

王氏聽她算了一通帳，可惜道：「妳那粥是真的好吃，我這輩子沒吃過這種味道的粥。別說是兩文錢，三文、五文也使得，就是碼頭上的人沒啥見識，看著賣相不好，又貴一文錢就猶豫了，要是咱們有個鋪子就好了。」開鋪子招呼的客人和碼頭上的人層次不同，接受度自然會高一些。而且顧茵這手藝是文老太爺都認可的，王氏越發覺得不該讓她在碼頭上風吹日曬的。再者，她的皮膚是真的嫩，冬日裡的凍瘡好不容易沒了，結果今天日頭好，她曬半上午就曬紅了臉，也不知道到了夏天怎麼熬？「早知道還是讓武安晚一年再唸，那二十兩留著盡夠盤下一間市口不錯的小鋪子了。」

「能拜入文大老爺門下，那是可遇而不可求的好事呢！娘還想那些幹什麼？」顧茵把銅錢攏到錢箱裡。「沒事，咱們一個月最少賺三兩，生活上再儉省一點，開店也就是這半年的事。」

王氏要出去採買食材，本想讓顧茵歇著，但顧茵想著答應第二天要給老太爺做鮮蝦餛飩，就跟著一道去了。

可惜的是，到了集市上，市面上只有剛抓上來的河蝦。初春時節，那河蝦不僅價格貴，個頭也小，距離顧茵想的那種一口一個的飽滿蝦仁差距還挺大的。

顧茵買了小半斤，琢磨著大約要多花些心思，才能做出讓老太爺滿意的蝦肉餛飩。一路琢磨到王氏買完其他東西，顧茵又去割了一斤不帶半點肥肉的豬後腿肉和一小袋的紅薯粉。

她準備做一道燕皮鮮蝦餛飩。

所謂燕皮，就是用肉茸和紅薯粉製成的薄片，又稱肉燕皮。

它需要把豬肉捶打成肉泥，一旦開始便不能停止，顧茵和王氏輪流捶打，足足捶打了一個時辰。

至於加多少紅薯粉也很講究，稍微掌握不好比例，肉皮就會不成型。不過顧茵的手比料理秤還準，不一會兒工夫，肉泥和紅薯粉就混合成一個粉色的麵團。

得了麵團，再用擀麵杖將之擀成薄皮，用菜刀切成餛飩皮形狀，一斤豬肉也只做出了二十來張餛飩皮。

因為捶打肉泥花費了太多工夫，餛飩皮做完武安也下學回來了。

武安挎著前兒個王氏給他臨時縫製的小書袋，興高采烈地回了家。

王氏奇怪道：「你怎麼自個兒回來了？不是說好等娘去接你嗎？」

「也不是很遠，還沒從前在村裡的時候去地裡撿麥穗遠呢！嫂嫂帶我走過兩回了，我都認得的。」武安笑了笑，自己給自己倒了碗水喝，又道：「再說，娘和嫂嫂每天擺攤已經很辛苦了，還要早晚接送太麻煩了，我也不是小孩子了。」

他性格內向，就是在家裡也很少一口氣說這樣多的話，連顧茵都不禁驚訝道：「我們武安真不得了，才唸過一天書就像個小大人了！」

武安被她誇得小臉一紅，搔了搔頭，不吱聲了。

天擦黑的時候，在外頭瘋玩的顧野回來了。

王氏習慣性地拿著布巾將他身上從頭到腳撣一遍灰。

顧野乖乖地讓她撣完後，又拉著王氏討要之前的糖葫蘆。

王氏不肯給，只道：「馬上就要吃夕食了，吃撐了肚子可就吃不下飯了。」

不過最後還是在顧野眼巴巴的乞求下敗下陣來，把糖葫蘆給了他。

那糖葫蘆放過了半天，最外頭的糖衣已化開又重新凝結成型，看著很不美觀，但是在孩子眼裡，這點不美觀自然不算什麼，所以顧野歡欣鼓舞地拿著糖葫蘆送到武安面前的時候，武安的眼睛也亮了。

「我留給你的。」顧野嚥著口水說。

武安美滋滋地吃了一顆，又讓顧野也咬上一顆，兩人就這麼你一口、我一口地分著吃完了一整根。

「我之前還奇怪，這小崽子居然還能吃剩下東西，敢情那糖葫蘆是特地給武安留的呢……」王氏笑著去和顧茵分享這個新鮮事，卻看到說要回屋歇會兒的顧茵已經累得和衣睡著了。

再過幾個時辰顧茵又要起身忙，所以王氏也沒喊她，只幫她散了頭髮，蓋上被子。

顧茵一覺睡到半夜時分，爬起身的時候才發現兩隻手臂痠痛得不像自己的。她「嘶嘶」地抽著氣穿戴好了，又給兩個孩子把被子蓋好，這才輕手輕腳地出屋洗漱。

王氏已經在屋外等著她了。「聽妳起身就在抽氣，是不是胳膊疼得厲害？」

昨兒個打肉泥的時候王氏本來說她來的，但是顧茵說打肉泥看似簡單，其實要順著肉的紋理來，把筋膜都給打裂才算是成功，所以那一個時辰裡，大半時間都是顧茵自己打。說著話，王氏就去給顧茵按經絡，她已經很克制了，沒花上三成力，但顧茵還是倒吸了一口冷氣。王氏連忙把手撤回去，心疼地直皺眉。

「沒事沒事！就是過去兩個月活計做少了，猛地一用力才不習慣，過兩日就好了。」

王氏看她洗漱完又立刻去調餡包包子，趕緊去打下手幫忙，一面還自責道：「都是我昨兒個說錯了話，不然妳也不用費這麼大工夫給老太爺賠罪。」

「真和您沒關係，老太爺過去兩個月這麼照顧我，又給咱家武安找了大老爺當先生，便是沒有昨兒個那樁事，也是我該做的。」

一通忙到天明，葛大嬸來取包子，武安和顧野也先後起了身。

——未完，待續，請看文創風1021《媳婦好粥到》2

2019年4月出版

霸妻追夫

文創風734~735

追夫大法百百種，
就不信他能逃得出她的手掌心。
今生今世，她非他不嫁！

相思入骨 情真意切／踏枝

喬秀蘭重生後的頭號目標就是——嫁、給、趙、長、青。
上輩子他們相遇太晚，許多事情已成定局，只能留下遺憾，
這一世，她得趁早把他拐回家，好好地享受一下兩人世界。
她主動伸出魔爪，打算偷偷與他的二頭肌來個親密接觸，
只是才輕輕碰一下，他馬上神速抽回手，紅著臉逃走了。
至於這樣嗎？搞得她像個調戲良家郎君的登徒浪女似地。
失策！一開始太熱情果然不行，還是先增加好感度吧～～
她為他下廚做飯、替他照顧養子，盡所能展現溫柔賢淑的一面，
可連老天爺都不幫她，竟讓他撞見自己痛揍渣男的施暴現場……
看他愣在原地瑟瑟發抖，難道是在擔心以後吵架會打不過她？
唉，追夫路漫漫，再這樣下去，他遲早會被她嚇跑的！

為流浪貓狗加油 和貓寶貝 狗寶貝

廝守終生(一定要終生喔！)的幸福機會

對人來說，貓寶貝狗寶貝只是生活的一部分，但妳（你）對牠們來說，卻是生活的全部，領養前請一定要考慮清楚——

▲ 會讓人忍不住親上幾口的小妞 吳天天

性　　別：女生
品　　種：米克斯
年　　紀：2歲半
個　　性：親人親狗
健康狀況：救援初期患有心絲蟲，已治療完成，
將於12/15覆驗，心絲蟲覆驗過關才結紮
目前住所：新北市三重區

本期資料來源：中途吳小姐

第326期推薦寵物情人

『吳天天』的故事：

小小年紀已升格成母親的天天，生了九隻顏值很高的寶寶，一起被捉捕進新屋收容所。救援初期不親人、不親狗，極度怕生且有低吼咬人的問題，對聲音敏銳度極高，害怕任何會發出聲音的物件。

經過八個多月的訓練，成果豐碩，目前狀態親人也親狗，個性溫和，其實內心住了一個小三八，渴望被愛，滿心滿眼都是牠的愛；生活習慣良好，吃飯、喝水、吃零食都很守規矩，是個很有禮貌又愛排隊的小妞；個性可靜可動，在室內會不吵不鬧地靜靜休息，在戶外可以跟同伴們打打鬧鬧地玩耍追逐。

不過對聲音很靈敏的天天，聽到突然的聲響還是會害怕，尤其車聲最讓牠感到壓迫。但很可愛的一點是，牠遇見陌生人會主動靠近打招呼，遇到貓咪也很和善，卻因此反倒常被貓咪凶呢！

天天最愛在鄉下的空曠地上打滾、盡情奔跑，喚回時完全不用費心，只要牠認定您，不管您身在何處，牠的目光總是在您身上，在您還沒出聲喚回時，牠已經奔向您了！來吧，請拿起電話跟吳鳳珠小姐0922982581聯繫，通關密語請說「我想認養吳天天」！

認養資格：

1. 認養人須年滿25歲，有工作且收入穩定，勇於對自己負責，全家人也須同意。
2. 請當成家人一樣愛護，謝絕放養、關籠、睡陽臺或當成顧果園/工廠之類的工作犬。
3. 不接受差別待遇，嚴禁當童養媳。
4. 須同意簽認養寵物切結書。
5. 須同意送養人日後之追蹤探訪，對待吳天天不離不棄。

來信請說明：

a. 個人基本資料：姓名、性別、年齡、家庭狀況、職業與經濟來源等。
b. 想認養吳天天的理由。
c. 過去養寵物的經驗，及簡介一下您的飼養環境。
d. 若未來有結婚、懷孕、出國或搬家等計劃，將如何安置吳天天？

2022
過年書展
狗屋

1/18、25出版 愛情悄悄縫紉中，針針藏情……

秋水痕

愛情的最佳風味，
使是那一股傻氣

他查案居然還要到墳頭看屍體？
她可太好奇了，這死了許久的人，
跟剛死不久的人，到底有何差別？

文創風 1028-1031

《綿裡繡花針》全四冊

青城縣顧班頭的女兒顧綿綿，自生下來就是個美人，
無奈這等美貌為她帶來的不是運氣，而是災禍。
她又生來膽大心細，一手針線活更是出名，
有顏、有才，自然引得一群富人家的浮浪子弟心癢。
為了護她，她爹一不做二不休，讓她拜師學習「裁縫」手藝，
那靈巧的針線自此不在布疋上穿梭，而是遊走於亡者的軀體上。
這事雖是行善積德的活兒，卻受人畏懼，狂蜂浪蝶自然遠去。
可流言又傳她有一品誥命的命，竟讓老縣令異想天開想納她為妾 ?!
這下子做裁縫的招數不靈通了，她爹又無法得罪縣老爺，
全家面對這絕路只能拖著，皆是成日愁雲慘霧，苦惱萬分，
這烏雲未散，縣太爺還不要臉地給他們家添麻煩，
塞了個不知哪來的遠房親戚——衛景明，要她爹照看。
本以為這漂亮少年就是個臥底，是特地來抓她家小辮子的，
可他卻再三保證會幫忙解決這災厄，這人……真的能相信嗎？

2022
過年書展
狗屋

2/1出版 一場亂局，成就好姻緣？

春遲

將門逆女，實力撩夫

所嫁非人禍及全家，她最終只能親手了結性命以贖罪，
如有來世，只願能忘卻前塵重新開始……
豈料她連黃泉路都走得不順遂，被孟婆一出手就送回大婚當日！
她投胎不成，還得重新面對這棘手的一局，這盤棋該如何下？

文創風 1032-1033

《月老套路深》 全二冊

大將軍之女陸蒺藜是京城的話題人物，容貌絕色卻古靈精怪、時有驚人之舉，
繼看上新科狀元展開窮追不捨的求親後，大婚之日姑娘她又「發作」了——
「退婚！我要退婚！」
身著嫁衣的陸蒺藜嚷嚷著要退婚，任將軍老爹氣得跳腳也動搖不了她的決心，
只因重生歸來，她心裡有數，這男人嫁不得！
他的人模人樣只是表面功夫，實則腹黑心機別有所圖，終將害得她家破人亡……
這一回她不再傻傻被套路，順手拉了個喝喜酒的路人充當新歡，誓要退婚成功，
誰知她想得太天真，逆天改命可不簡單，
婚事沒退成，抗旨拒婚就先觸怒龍顏，惹來殺身之禍，
還得仰賴隨手拉來演出的「路人」出手相救、從中化解！
原來人家身分不一般，年紀輕輕後臺比她還猛，竟是地位尊貴的國公爺?!
據聞羅止行出自天家行事低調，向來不涉及政事，全然是個富貴閒人；
可不知為何被扯進混亂中，形成和狀元郎針鋒相對的局面，他似乎開心樂意得很？
這棋局深得她看不懂，以為如願退了婚一切便在掌控中，不料事情變得更複雜，
無緣渣夫不放手，國公爺這尊大佛也請不走，這場面她實在始料未及啊……

過年書展

歡迎光臨

狗屋話題作者好友會

單冊特價66折不稀奇，以下書單任選一套6折，二套(含)以上5折

灩灩清泉

文創風 949-952《大四喜》全四冊

擁有「聽心術」能力的許蘭因，
不僅解決了原主留下的爛攤子，
還在尋藥草好賣錢的路上，
救下落崖的男子，
孰料，這傢伙傷癒後老愛在她耳邊念叨著娶她 ?!

文創風 973-976《旺夫續弦妻》全四冊

意外穿越又被下凡修行的精靈驚著，
還在宴會上撲倒賓客當眾失儀 ?!
這種出場嚇死謝嫻兒了，
身邊也因此多了隻被精靈附身的貓咪太極。
「喵～～一頓能吃十顆雞蛋？
我對妳嫁進馬家充滿了期待哪！」

踏枝

文創風 882-886《聚福妻》全五冊

重生的姜桃只想求個健康身子，
孰料因命格帶凶被當成掃把星，
不只生病被抬進山上破廟自生自滅，
長輩們還打算把她隨便嫁了，替姜家解厄？
嫁就嫁，既然嫁誰都是賭，
不如設法嫁給在廟裡看對眼的男人吧！

文創風 964-967《誤入豪門當後娘》全四冊

穿成有剋夫之名的舉人之女，鄭繡毫不在意，
反正爹爹願意養她一輩子就行，
直到在家門口撿了條狗回家養，
接著又養起這條狗的小主人，
然後養著養著，
現在竟連小主人的爹都要她一併養了 ?!

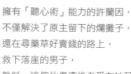

文創風
1020

媳婦好粥到 1

國家圖書館出版品預行編目資料

媳婦好粥到 / 踏枝著. --
初版. -- 臺北市 : 狗屋出版社有限公司, 2021.12
冊 ; 公分. --（文創風 ; 1020-1024）
ISBN 978-986-509-278-8（第1冊 : 平裝）. --

857.7 110018443

著作者	踏枝
編輯	黃淑珍
校對	吳帛奕
發行所	狗屋出版社有限公司
地址	台北市104中山區龍江路71巷15號1樓
電話	02-2776-5889～0
發行字號	局版台業字845號
法律顧問	蕭雄淋律師
總經銷	知遠文化事業有限公司
電話	02-2664-8800
初版	2021年12月
國際書碼	ISBN-13　978-986-509-278-8

本著作物由北京晉江原創網絡科技有限公司授權出版

定價280元
狗屋劃撥帳號：19001626
網址：love.doghouse.com.tw　E-mail：love@doghouse.com.tw